AF397225

fv *Fehnland-Verlag*

Pharo, Miriam. Sektion 3|Hanseapolis – Schlangenfutter. Hamburg, Fehnland Verlag 2021

1. überarbeitete Neuauflage
ISBN: 978-3-96971-023-4

Dieses Buch ist auch als eBook erhältlich und kann über den Handel oder den Verlag bezogen werden.
ePub-eBook: ISBN 978-3-941404-01-4

Lektorat: st., acabus Verlag
Umschlaggestaltung: Christina Clausen
Umschlagmotiv: © iStockphoto.com/Rene Mansi und © iStockpho-to.com/eugenio d\'orio
Illustrationen: Gaby Mammitzsch

Bibliografische Information der Deutschen Nationalbibliothek: Die Deutsche Nationalbibliothek verzeichnet diese Publikation in der Deutschen Nationalbibliografie; detaillierte bibliografische Daten sind im Internet über https://dnb.d-nb.de abrufbar.

Der Fehnland Verlag ist ein Imprint der Bedey & Thoms Media GmbH, Hermannstal 119k, 22119 Hamburg.

Miriam Pharo

Sektion 3 | Hanseapolis

Schlangenfutter

Fehnland-Verlag

Für Howie

Inhalt

„Angst bringt den Menschen dazu, das Richtige zu tun.“
Elias Kosloff

Prolog

„Willkommen an Bord der *Whale Queen*. Bitte setzen Sie Ihren Virtuellen Kommunikator auf und aktivieren Sie per Sprachmodus den City Guide in Ihrer Taskleiste. Sobald Sie das Aussehen Ihres persönlichen Guides konfiguriert haben, kann die Reise losgehen. Im Namen von Amazing Tours und der IFH Corporation wünschen wir Ihnen einen angenehmen Rundflug!"

500 bebrillte Augenpaare suchten ihre interaktiven Sichtgläser nach dem entsprechenden Menüpunkt ab, dann erfüllte emsiges Gemurmel den transparenten Schiffsrumpf. Die dickbäuchige *Whale Queen*, ein unbemannter Touristenfrachter der Klasse E, war 150 Meter lang und von elliptischer Form. Die Passagiere, die in diagonalen Sitzreihen wie auf den Knochen eines gigantischen, gläsernen Wales saßen, blickten sich neugierig nach allen Seiten um. In die Virtuellen Kommunikatoren kam Leben.

„Guten Morgen, ich bin Kara, Ihr Virtueller Guide auf Ihrem heutigen Flug. Bevor es losgeht, hier noch ein paar allgemeine Infos: Hanseapolis ist eine blühende Megacity mit über 20 Millionen Einwohnern und eines der mächtigsten Wirtschaftszentren der Welt. Es gibt viel zu entdecken. Machen Sie sich also auf einen interessanten Trip gefasst! Um Infos zu einem Ort oder einer Sehenswürdigkeit zu bekommen, nehmen Sie bitte das gewünschte Objekt in Augenschein. Wir befinden uns in einer Höhe von 600 Metern über dem Meeresspiegel, wenn Sie sich also etwas im Detail ansehen möchten, peilen Sie den Punkt länger als fünf Sekunden an und er wird bis auf wenige Meter herangezoomt ...".

Zwei Sitzreihen dahinter erklärte ein anderer virtueller Sprecher:

„Es geschah am 11. April 2025. Die Geburtsstunde von Hanseapolis schlug morgens um 4.35 Uhr MEZ, als der Orkan *Kumani*, was auf afrikanisch Schicksal bedeutet, die Nordsee zu noch nie da gewesenen Höhen aufpeitschte. Was Katastrophen-Experten bis dahin für unmöglich gehalten hatten, trat ein: In der Deutschen Bucht türmte sich eine 30 Meter hohe Freak Wave auf und begrub das flache Land westlich der damaligen Stadt Hamburg unter sich. Siedlungen wie Cuxhaven oder Stade wurden dem Erdboden gleich gemacht. Mit 500 Kilometern in der Stunde zermalmte die Monsterwelle alles, was sich ihr in den Weg stellte. Sie verpuffte erst kurz vor Altona. Der Schaden war immens! Salzwasser und giftiger Elbschlamm verseuchten hunderte Quadratkilometer Land und kappten die Verbindung zur Nordsee. Allein in Hamburg starben über 250.000 Menschen; ein Zehntel der damaligen Bevölkerung! Die Hansestadt erlitt einen schweren wirtschaftlichen Schaden und bat Lübeck um Unterstützung. Infolge von Fehlspekulationen stand die Stadt im Nordosten kurz vor dem Bankrott, besaß aber direkten Zugang zur ruhigeren Ostsee und damit zu den lebensnotwendigen Wasservorräten. Um überleben zu können, gingen beide Städte ein Bündnis ein. Sie verschmolzen zu Hanseapolis ...“

„Lübeck wurde zum Industriestandort der neuen Megacity umfunktioniert. Zu diesem Zweck mussten die Menschen umgesiedelt werden, was vielerorts zu gewalttätigen Ausschreitungen führte. Nicht gerade ein ruhmreiches Kapitel in der jungen Geschichte von Hanseapolis! Aber mit den Jahren akzeptierten die Menschen ihr neues Schicksal, nicht zuletzt dank der großzügigen Subventionen der Europäischen Föderation. Heute existiert die Stadt Lübeck nicht mehr, die Region wurde vollständig industrialisiert ...“

„Drei Viertel der Stadtbevölkerung bezieht ihr Trinkwasser aus den gewaltigen Meerwasserentsalzungs-Quadern vor Ihnen, wo Salzwasser mit Hilfe von Solarenergie gereinigt und entsalzt wird. Wie Sie sehen, füllen sie die gesamte ehemalige Lübecker Bucht aus. Täglich werden hier zwei Millionen Kubikmeter Meerwasser verwertet und über ein riesiges unterirdisches Röhrensystem in die City gepumpt. Das gewonnene Salz gelangt in unterirdische Kavernen, wo es als Energiespeicher dient ...“

„Zu Ihrer Linken sehen Sie das rote Holstentor aus dem Jahre 1478. Es ist in einen schützenden achteckigen Glas-Solitär eingebettet, der 2042 von Staringenieur GM² erbaut wurde. Das Holstentor ist das älteste Bauwerk von Hanseapolis und erinnert an die glanzvolle Handelstradition der Megacity! Genau jetzt überfliegen wir die Express-Rampe für Mondfähren. Mit zehn Flügen pro Woche ist sie die wirtschaftlichste in der Europäischen Föderation …"

„Wir verlassen nun die Holsten-Region und steuern das Zentrum an. Ja, hier ist mächtig was los! Obwohl nur 20 Prozent der Hanseapolen einen eigenen Gleiter besitzt, ist der Luftraum immer dicht. Was für Sie vielleicht wie ein wildes Durcheinander aussieht, hat System. Der Luftraum ist in drei Flugzonen aufgeteilt: Die erste Zone liegt bei 60 Höhenmetern, die zweite Zone bei 100 bis 400 Metern, die dritte Zone beginnt bei 600 Metern. Wie Sie gut erkennen können, wird Zone 1 von tausenden Tubes durchzogen – ein riesiges Spinnennetz aus Polymer-Röhren, das zwischen den Towern gespannt ist. Die Expressbahnen im Innern sind das Hauptverkehrsmittel von Hanseapolis und erreichen Spitzengeschwindigkeiten von bis zu 600 km/h. Zone 2 bildet einen Luftraumkorridor für zivile Gleiter und Lufttaxen. Zone 3 ist ausschließlich Transport- und Passagierfrachtern vorbehalten. Bis auf wenige Ausnahmen erreicht der Hanseapole die Null-Ebene, also den Erdboden, per Expresslift …"

„Wie in jeder Megacity der Europäischen Föderation ist die Luft am Boden toxisch. Der Gehalt an Stickoxiden und Schwermetallen liegt bei 30 Prozent. Ein Aufenthalt im Freien ohne Atemmaske und Augen-Protektionsgel ist auf der Null-Ebene lebensgefährlich! Unter Ihrem Sitz ist eine Ersatzmaske verstaut … für alle Fälle …"

„Direkt hinter dem Hamburger Viertel thront der 800 Meter hohe *Tower of Lust*. Wie Sie wissen, ist das horizontale Gewerbe seit 2058 in staatlicher Hand. Um die Verbreitung einer neuen Lust-Seuche wie vor 60 Jahren AIDS oder heute KOIS unter allen Umständen zu verhindern, ist der kostenpflichtige Verkehr streng reglementiert und findet nur an ausgewiesenen Orten statt. Der phallusförmige Vergnügungsturm vor Ihnen ist das Lustzentrum von Hanseapolis, könnte man sagen. Wer bereit ist, den Homeservice-Aufschlag zu bezahlen, kann sich sein Objekt der Begierde natürlich auch nach Hause kommen lassen ...“ Wie immer an dieser Stelle stießen die Passagiere der Whale Queen alberne Gluckser aus.

„Prachtvoll, nicht wahr? Wie durch ein Wunder ist die HafenCity mit ihren verschachtelten Terrassen und Treppenlandschaften von der Großen Flut verschont geblieben und ist heute, wie schon vor 50 Jahren, *das* Amüsierviertel von Hanseapolis. Wenn Sie also einen drauf machen wollen, hier werden Sie Ihre Eurodollar am schnellsten los ...“

„Rechts vor Ihnen sehen Sie das Wahrzeichen der Stadt: Wo noch vor einem halben Jahrhundert Kerosin betriebene Fluggeräte vom Boden aufstiegen ...“, ungläubiges Kopfschütteln machte sich breit, „... erhebt sich jetzt die Schwarze Hand, ein 300 Meter hohes glänzendes Monument aus schwarzem Onyx. Sie ist dem Meer zugewandt und signalisiert: Halt! Bis hierher und nicht weiter! Als sie vor 30 Jahren erbaut wurde, war sie Hunderte von Kilometern weit zu sehen. Heute ist sie auf drei Seiten von doppelt so hohen Towern umgeben. Dennoch symbolisiert sie wie kaum ein anderes Denkmal in Hanseapolis den Überlebenswillen der Stadt und ihrer Bewohner ...“

„Natürlich haben Sie die dunkle Schlangenlinie bemerkt, die an den verseuchten Sumpf grenzt. Sie ahnen es wahrscheinlich schon: Es handelt sich um den weltberühmten Damm aus schwarzem Beton, den die City 2029 zum Schutz vor weiteren Flutkatastrophen bauen ließ. 50 Meter hoch und 350 Kilometer lang, verläuft er von Norden nach Süden am Distrikt Neumünster entlang, vorbei am Hamburger Viertel über der Elbe, wo sich die berühmte Albers-Schleuse befindet, bis hinunter zum Weser-Delta.“

„Vielleicht fragen Sie sich jetzt, warum die überflutete Region jenseits des Damms niemals trocken gelegt wurde? Die Antwort ist so einfach wie tragisch: Drei Jahre nach der Großen Flut wurde

Hanseapolis von einer weiteren Katastrophe heimgesucht. Ein Flugcontainer der Klasse A, der hochgiftigen Sondermüll geladen hatte und sich auf dem Weg zur Mondfähre befand, stürzte über der Region ab. Bis heute ist nicht geklärt, ob es sich um einen Unfall oder um Sabotage handelte. Stellenweise war sogar von illegaler Müllbeseitigung die Rede. Wie dem auch sei, nach langer, eingehender Untersuchung entschied die Europäische Föderation, dass die Gegend sowie küstennahe Teile der Nordsee auf unbestimmte Zeit unter Quarantäne gestellt werden müssten."

„Genau jetzt passieren wir den Damm und fliegen über das verseuchte Sumpfland", erklang es plötzlich einstimmig aus allen Virtuellen Kommunikatoren. „Wie Sie sehen, erobert sich die Natur nach und nach ihr Territorium zurück. Führende Biologen vermuten, dass die giftigen Substanzen im Boden und in der Luft zu gefährlichen Mutationen in der Tier- und Pflanzenwelt geführt haben könnten ..."

Mit weit aufgerissenen Augen starrte die Gruppe von Touristen hinunter auf die schmutzig grüne Ebene, die im düsteren Kontrast zur glitzernden Hochwelt von Hanseapolis stand, und schauderte wohlig angesichts ihrer davongaloppierenden Fantasie.

„Nein!" *Die Läuferin reißt sich los. Ihre schlanken, muskulösen Beine setzen sich in Bewegung, doch der Boden unter ihr ist weich; bei jedem Schritt sacken ihre nackten Füße mit einem leisen, verhöhnenden Schmatzen ein. Sie spannt alle Muskeln an, treibt sich innerlich voran. Lauf! Lauf! Lauf! Der Schweiß rinnt zwischen ihren Brüsten hinab, ihre Lunge brennt. Stechender Gestank dringt durch ihre Nase und sie muss würgen. Um sie herum herrscht vollkommene Stille. Todesstille. Kein Vogel singt. Keine Stimme ruft. Ihr eigener hechelnder Atem klingt ihr überlaut in den Ohren. Da erhaschen ihre wild flackernden Augen etwas Helles zwischen den Bäumen. Das Altonaer Rathaus! Das Adrenalin jagt durch ihren entkräfteten Körper. Ein Hoffnungs-schimmer! Wenn sie es bis zur verwitterten Ruine schafft, hat sie vielleicht eine Chance. Doch – oh Gott, nein! – ihre Beine versagen ihr den Dienst. Sie stolpert. Und fällt. Der Morast fühlt sich auf ihrer erhitzten Haut kühl an. Fast angenehm.*

Die Läuferin schließt die Augen, wie sie es früher als Kind getan hat, in der Hoffnung, ihr Albtraum würde sich in Luft auflösen.

Ein knackendes Geräusch dicht hinter ihr durchbricht die Stille. Ruckartig hebt sie den Kopf, das Weiße in ihren Augen zuckt panisch im trüben Licht. Sie versucht aufzustehen, doch so sehr sie ihren Beinen befiehlt weiter zu laufen, sie kommt nicht von der Stelle. Irgendetwas ist mit ihr geschehen. Sie ist buchstäblich zur Säule erstarrt! Die Läuferin hebt ihre tränenverschleierten Augen. Hoch über ihr schwebt eine walförmige Silhouette, ein kleiner dunkler Fleck vor blassblauem Himmel, nicht größer als ihr Daumen. Sie schreit um Hilfe, doch der Frachter ist viel zu weit weg. Genauso gut könnte sie die Sterne anschreien. Ein verzweifeltes Schluchzen entweicht ihrer ausgedörrten Kehle. Schon eilen die Bluthunde herbei.

Die Läuferin schließt die Augen und wartet.

Erste Episode

Das rote Pendel

1

An diesem denkwürdigen Tag erwachte Louann mit einem heftig pochenden Schädel. „Ihr Götter, mein Kopf!", stöhnte sie. „Welcher Tag ist heute ...? Montag ...? Fuck!" Die Thermotrop-Fenster in ihrer Apartmenteinheit kannten nur zwei Einstellungen, dunkel oder hell, und wie sooft in den letzten Wochen hatte sie am Vorabend vergessen, ihre Fenster zu verdunkeln. Jetzt strömte das grelle Morgenlicht ungefiltert in ihre Schlafkoje und bohrte sich seinen Weg durch ihre Augenlider. Louann blinzelte gequält und schaute hinaus. Der Himmel erstreckte sich azurblau bis zum Horizont, nicht eine Wolke verunzierte das makellose Bild. Sie seufzte. Es würde wieder ein heißer Tag werden. Mühsam richtete sie sich auf. Die Decke rutschte ein Stück herab und entblößte die Umrisse ihres S3-Implantats an der Schulter. Unbewusst kratzte sie sich. Phantomschmerz. Sie hatte das Implantat schon seit vier Wochen, seit sie in die Sektion 3 versetzt worden war, dem Morddezernat von Hanseapolis, doch ihr Körper wehrte sich immer noch dagegen, trotz der „fabelhaften Verträglichkeit" – laut Herstellerangaben.

Als sie versuchte aufzustehen, kam ihr der Boden entgegen. Fluchend hielt sie sich an der Außenwand ihres Schalenbettes fest und atmete tief durch. Am Abend zuvor war sie beim klassischen Initiationsritual der Sektion 3, Wettsaufen mit den Kameraden, in der HafenCity regelrecht versackt. Zur Überraschung aller hatte sie bis zum Schluss durchgehalten, was ihr Ansehen enorm gesteigert hatte. Jetzt allerdings kassierte sie für ihren kleinen Triumph die bittere Quittung. Mit einem flauen Gefühl im Magen schlurfte sie nackt die wenigen Schritte in Richtung Nasszelle, die hinter der dunkelblauen Wall-Flax, einer harten, aber beweglichen Luftkissenwand, verborgen lag.

Müde betätigte sie den roten Recycling-Button neben der Wall-Flax, woraufhin die Luftkissen in sich zusammensackten und in einen kleinen Spalt im Boden eingezogen wurden. Eine Duschkabine, ein Waschbecken und ein großer Spiegel kamen zum Vorschein. Gleichzeitig begann es in der hinteren Wand zu röhren und zu knattern. Es dauerte fast eine Minute, bis sich die 30 Jahre alte Pumpe in Bewegung setzte und 20 Liter recyceltes Wasser durch die Duschbrause spuckte. Dankbar streckte Louann das heiße Gesicht darunter und verdrängte wie immer erfolgreich, dass das kostbare Nass, das gerade ihren Nacken herunterlief, vor 24 Stunden mit großer Wahrscheinlichkeit durch irgendeine Kloschüssel gerauscht war.

Eine kurze Dusche und drei Kaffee später schaute Louann missmutig in den Spiegel. Die Ringe unter den Augen waren wenig schmückend. Egal, dachte sie, und streckte ihrem Spiegelbild die Zunge heraus.

Ich werde damit leben müssen, und die anderen auch!

Ein wenig Nanorouge, die schwarzen Locken kräftig durchgebürstet, das musste reichen. „Sektion 3, ich komme!“, murmelte sie kämpferisch und streifte – ganz nach Dienstvorschrift – ihre silbergefleckte Schutzjacke über den dunkelgrauen Overall. Die Uniform der Sektion 3. Sie brauchte nicht noch einmal in den Spiegel zu schauen, um sich zu vergewissern, dass alles richtig saß. Die Nanobots im Gewebe würden sich ihrer Körperform millimetergenau anpassen.

Mit schnellen Schritten verließ Louann ihre Apartmenteinheit, nicht ohne vorher ihre Thermotrop-Fenster zu aktivieren. Die intensive Sonneneinstrahlung in dieser Höhe würde ihr Apartment im Nu in einen Glutofen verwandeln. Ihr kleines Reich war sehr übersichtlich, nur 53 Quadratmeter groß, dafür aber im 139. Level. Klare Luft und eine freie Aussicht auf die flachen, trapezförmigen

Terminals des Transkontinental-Airports rechtfertigten nicht die horrende Miete, aber sie trösteten Louann ein wenig darüber hinweg.

Draußen im Gang betrat sie die Metallröhre, die links zum Expresslift, rechts zu den Hangars führte. Sie lenkte ihre Schritte nach rechts und erreichte schon bald eine Stahltür. Mit den Fingerspitzen betätigte sie den Öffnungsmechanismus und die Tür glitt summend in die Wand zurück. Während sie das tat, sendete ihr S3-Implantat ein Signal, das 150 Meter unter ihr aufgefangen wurde. Fast zeitgleich ertönte ein leises Heulen aus den dunklen Tiefen des Hangars, das sich zu einem tiefen Brummen steigerte. Zugluft schlug Louann entgegen, als ein großer Schatten, der an einen Riesenbumerang erinnerte, sich langsam vor ihr auftürmte: ein MEC, ein Mobiles Einsatz Center der Sektion 3 und neueste Errungenschaft in Sachen flexible Einsatztechnik. Streife, Office und Verhörraum in einem, war es mit der neuesten Technik ausgestattet: zwei High Energy Laser, ein Mikrowellen-Werfer – im polizeilichen Sprachgebrauch zur „nicht tödlichen Unterbindung von Störern" – Multifunktions-Konsolen und Screens, tragbare CS/X-Geräte zur Tatortanalyse, ein Erste-Hilfe-Robot und natürlich eine gut gefüllte Coolbox!

Das gelb gehaltene Interieur des gepanzerten Gleiters war in vier Einheiten unterteilt. Im spitzen Teil befand sich die Kommandozentrale mit den Konsolen, den Screens und zwei sehr gemütlichen Sesseln. In der Mitte erhob sich ein dreidimensionales Map Board zur Ansicht von Gebäude- und Lageplänen. Im rechten Flügel stand eine Sleeping Box, die den Nutzer in einen künstlichen Schlaf versetzte. Aufgrund ihrer auffallenden Ähnlichkeit mit einem silbernen Sarkophag verpassten ihr die Cops den Spitznamen *Sarg*. Der Sarg ersetzte zwar keinen achtstündigen Schlaf im eigenen Bett, doch die künstliche Induktion der REM-Schlafphase, der Tiefschlafphase, brachte schon einiges an kurzfristiger Erholung. Und darauf kam es letztlich an!

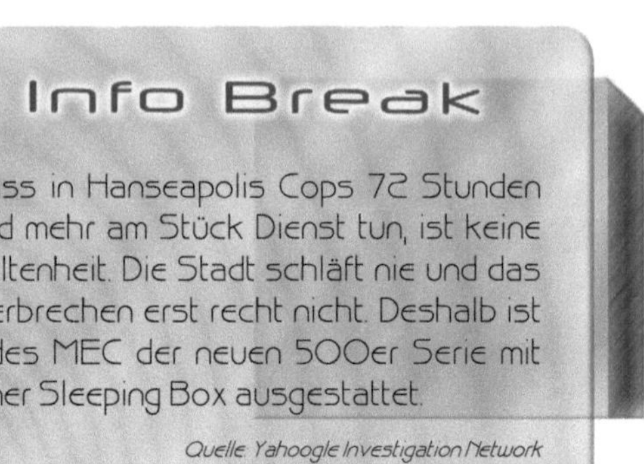

Links im MEC befand sich ein kleiner, spartanisch eingerichteter Verhörraum. Hier stand auch der Erste-Hilfe-Robot. Dahinter lag die Waffenkammer, die man durch eine runde, doppelt abgesicherte Schotttür betrat. Um sie zu öffnen, authentifizierte sich Louann über ihr S3-Implantat und gab dann einen täglich wechselnden Zahlencode ein.

Vier Wochen lang war das MEC-549 ihr zweites Zuhause gewesen, denn bis auf das morgendliche Briefing in der Zentrale verbrachte sie hier die meiste Zeit. Ab heute würde sie ihr „trautes Heim" mit einem neuen Partner teilen müssen: Elias Kosloff, Senior Detective. Ein Urgestein der Sektion 3, mit über 2000 gelösten Fällen eine echte Legende. Louann hatte die widersprüchlichsten Dinge über ihn gehört: Ein Genie, sagten die einen, ein Arschloch, die anderen. Wahrscheinlich stimmt beides, dachte Louann mit Unbehagen, als sie darauf wartete, dass der Gleiter seine Rampe ausfuhr. Elias hatte die letzten Wochen auf einem Konvent-Satelliten der Karmeliter im All verbracht, in einer fünf Mal fünf Meter großen Zelle, um von dem „Moloch Erde" Abstand zu nehmen, so wurde gemunkelt. Louann seufzte. Wie sollte sie sich mit einem Typen verstehen, der sich erst in 300 Kilometern Höhe entspannen konnte?

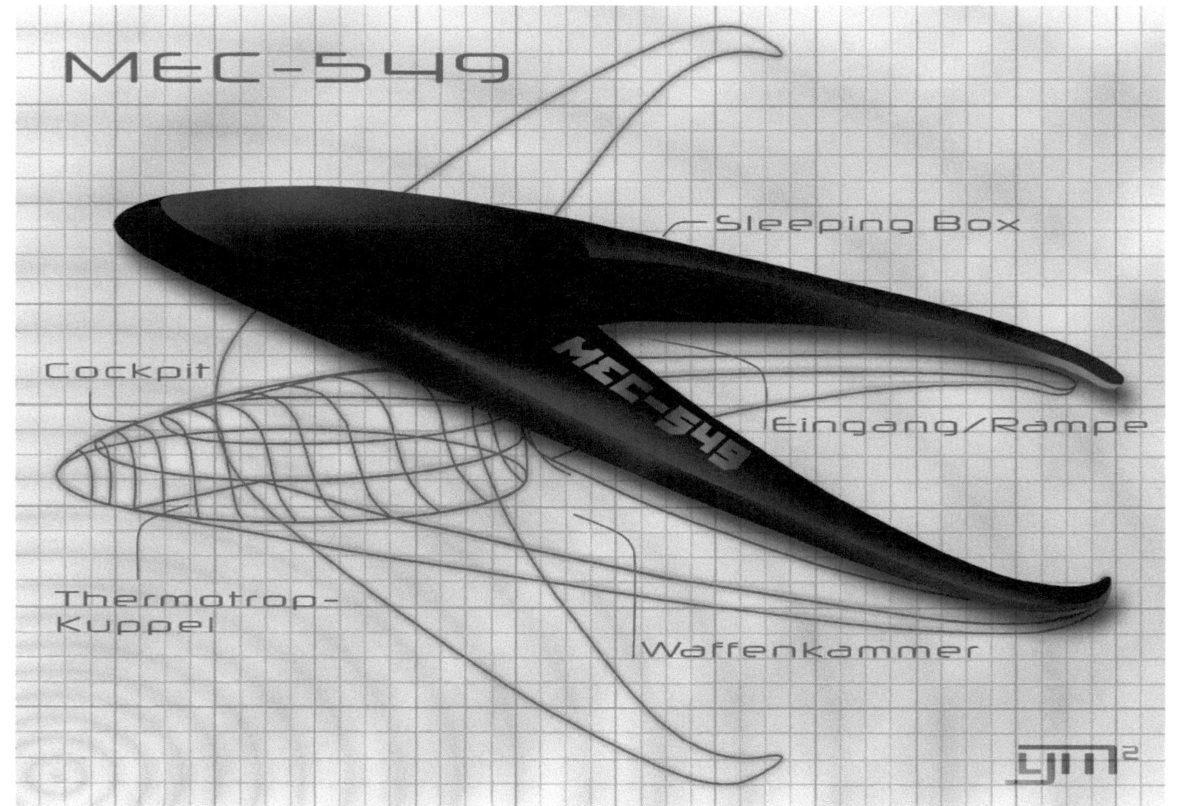

MEC-549
Sleeping Box
Eingang/Rampe
Waffenkammer
Cockpit
Thermotrop-Kuppel
MEC-549

„Guten Morgen, Detective Marino", säuselte es Louann entgegen, als sie einstieg und gescannt wurde. „Wie geht es Ihnen heute?"

Ihr MEC war nicht nur mit einem ausgeklügelten Waffen- und Sensorsystem, sondern auch mit einem intelligenten Bordcomputer ausgestattet. Die Polizeipsychologen waren der Ansicht, dass die interaktive Kommunikation einen frühzeitigen Burn-out der Einsatzkräfte verhindern konnte, die den Großteil ihrer Zeit im MEC verbrachten.

An diesem Morgen des 22. Februar 2066 jedoch war Louann nicht nach Smalltalk zumute. Mürrisch steuerte sie die Coolbox an, nahm einen Proteinriegel mit Schinkengeschmack heraus und warf sich in einen der gelben, ergonomisch geformten Sessel. Dann betätigte sie die Massage-Sensoren und schloss die Augen. In den letzten sieben Jahren hatte sie als Officer in Oyten Dienst getan, einer südlichen Enklave von Hanseapolis. Jede Menge Einbrüche, einige Fälle von illegaler Prostitution und eine Handvoll Morde. Kein Verhältnis zu dem Dreck, mit dem sich die Sektion 3 jeden Tag abgab.

Sie durfte auf keinen Fall versagen! Schon bei dem Gedanken begann ihr Magen wieder zu rotieren. Sicher, niemand hatte sie gezwungen, ihren ruhigen Posten aufzugeben. Aber sie hätte es in dem langweiligen Kaff nicht einen Tag länger ausgehalten! Abgesehen davon wurden die Cops der Sektion 3 außerordentlich gut bezahlt. Nur Idealisten waren heute noch bereit, für einen Hungerlohn Kopf und Kragen zu riskieren.

Und die kann man in Hanseapolis an einer Hand abzählen!

Ein Räuspern riss Louann aus ihren Träumereien. Sie schaute nach oben, dann begriff sie. „MEC-549, Ziel Sektion 3", knurrte sie und biss halbherzig in ihren Proteinriegel. Ein leises ‚Pffft' ertönte, als die Rampe eingezogen wurde, dann rastete die schwarze Metalltür ein. Der Helium-3-Reaktor unterhalb der Kommandozentrale erwachte erneut zum Leben und ein dumpfes Vibrieren erfüllte den schmalen Rumpf. Wenige Sekunden später jagte der Gleiter durch den Ausgangstunnel hinaus ins grelle Sonnenlicht, wo er einen kurzen Augenblick verharrte, bevor er sich im Sinkflug in den fließenden Verkehr einordnete.

Der flache, achteckige Betonklotz der Sektion 3 wirkte wie eine achtlos liegengelassene Schraubenmutter in einem gläsernen Wald und gehörte zu den wenigen öffentlichen Einrichtungen in Hanseapolis, die von der Straße aus zugänglich waren. Die meisten öffentlichen Gebäude, aber auch Apartment- und Office-Tower der Megacity erreichte man nur aus der Luft oder über die stickigen, hoffnungslos überfüllten Tubes.

Aus der Mitte des fliederfarbenen Baus ragte ein großer schwarzer Turm, der entfernt an einen Taubenschlag erinnerte. Hier waren die MECs untergebracht. Das Bemerkenswerteste an der Sektion 3 war allerdings das, was unter der Erde verborgen lag. Geheime und weniger geheime Abteilungen auf 12 Levels verteilt, die nur mit Sondergenehmigung betreten werden durften. Louann selbst war noch nie unten gewesen, befanden sich doch die Briefingräume und das Head Office ihres Bosses im oberen Level des Komplexes.

Sanft wie ein fallendes Blatt landete das MEC auf dem Vorplatz. „Sie haben Ihr Ziel erreicht. Willkommen in der Sektion 3", hallte es kühl von oben. Louann seufzte und fuhr sich mit beiden Händen übers Gesicht. Widerwillig hievte sie sich aus ihrem bequemen Sessel, legte die Atemmaske an und stieg die Rampe hinunter. Draußen am Boden empfing sie der beißende Dunst wie ein Schlag ins Gesicht und ihre Augen fingen sofort an zu tränen. Im Laufschritt begab sie sich zur Eingangsschleuse der Sektion, die nur einen Steinwurf entfernt war. Währenddessen hob ihr Gleiter ab, beschrieb einen eleganten Bogen und verschwand in den schwarzen Turm.

Als Louann die gigantische Lobby betrat, herrschte dort ein Höllenlärm. Eine Gruppe platinblonder Transen mit künstlichem Haarimplantat – schließlich gab es seit 20 Jahren keine Naturblonden mehr – randalierte lautstark. Louann nahm ihre Atemmaske ab, da sah sie, wie eine der Transen versuchte, sich an eine der schwarzen Säulen festzuketten, die das 50 Meter hohe Flachdach stützten.

Wo zum Teufel hat sie die antiquierten Handschellen her?

Sie musste grinsen. Die Cops hatten augenscheinlich alle Hände voll zu tun, um die zwei Meter großen Busenwunder mit geklonten Karpfenlippen und blauen Barbie-Augen zu bändigen.

Mit spitzen Ellenbogen kämpfte sich Louann durch die raufende Menge, um zu einem der zehn Help Desks zu gelangen.

„Was ist denn hier los?", fragte sie den HolOfficer, als sie dort ankam.

„Wir haben heute Nacht im Hamburger Viertel einen illegalen Callgirl-Ring gesprengt, Detective Marino. Sind mitten in eine kleine Privatparty reingeplatzt, könnte man sagen. Die feinen Herren, die das Ganze organisiert haben, waren über den Koitus Interruptus gar nicht erfreut", erklärte der HolOfficer und lachte lautlos. Seine leeren Augen blickten durch Louann hindurch. „Schließlich haben die ein halbes Vermögen hingeblättert. Jede einzelne von denen kostet 1.000 Eurodollar die Stunde! Ich würde gerne wissen, was die dafür alles machen." Er schnalzte anzüglich.

Louann rollte angenervt mit den Augen. Männer sind doch alle gleich, dachte sie. Egal, ob programmiertes Hologramm oder die Typen aus Fleisch und Blut! Kopfschüttelnd betrat sie die gewundene Gangway in der Mitte der Halle und fuhr nach oben. Das obere Level war in drei Bereiche unterteilt. Links befand sich das Head Office, in der Mitte eine großzügige Ruhelounge. Rechts davon verteilten sich die Briefingräume, die durch flügelförmige, fest verankerte Paravents voneinander getrennt waren.

Louann sah Elias Kosloff schon von weitem. Er stand vor einem der Windschirme und überragte die kleine Gruppe von Officers, die ihn wie Motten umschwirrte und mit Fragen bombardierte, um gut zwei Haupteslängen. Auch das noch, dachte Louann gereizt, die gerade mal 1,70 Meter maß, ein Riese! Das Ziehen in ihren Eingeweiden meldete sich prompt zurück. Sie stockte und machte eine Kehrtwende, bevor jemand sie bemerkte. Ein weiterer Morgenkaffee wäre jetzt genau das Richtige.

Sie verkroch sich in der Ruhelounge, die von den restlichen Räumlichkeiten durch eine mächtige, saftig grüne Zimmerhecke rundum abgeschirmt war. In der Mitte der Lounge dominierte eine todschicke Sitzgruppe, dahinter erhob sich dichtes holografisches Gehölz. Als sich Louann näherte, schaute ein braungesichtiges Kapuzineräffchen neugierig zu ihr herüber, dann flitzte es auf den nächsten Baum. Der Duft von Moos und Blättern lag in der Luft, vermischt mit dem herben Aroma von frischem Kaffee. Das dumpfe Lachen der Kollegen drang von der anderen Seite der Zimmerhecke zu ihr herüber.

Nachdem sich Louann einige Minuten vor dem Getränke-Replikator herumgedrückt hatte, ermahnte sie sich selbst: „Sei nicht feige, geh hin und bring es hinter dich." Mit ihrem Charme würde sie ihren neuen Partner leicht um den kleinen Finger wickeln! Sie atmete tief ein, drückte das Kreuz durch und schlenderte demonstrativ gelassen wieder zurück. Mitten in den Mottenschwarm hinein.

Die Gespräche verstummten jäh und ein halbes Dutzend Augenpaare blickte ihr entgegen. Die einen neugierig, die anderen amüsiert. Nur einen Herzschlag später drehte sich auch der Riese um. Louann sah ihm ins Gesicht und rang erschrocken nach Luft. Sie war sich sicher, noch nie beängstigendere Augen gesehen zu haben. Die Iris ihres neuen Partners sah aus, als bestünde sie aus flüssigem Quecksilber. Ein Gendefekt? Ein biomolekulares Implantat? Seine Haare waren schneeweiß, sein Gesicht glatt, seine Nase gerade, zu gerade, um natürlich gewachsen zu sein. Vielleicht war sie nach einem Bruch ersetzt worden ... Eine wulstige Narbe verlief durch seine linke Augenbraue. Wieso bloß hatte er sich die nicht weglasern lassen? Louanns Gedanken überschlugen sich. *Obwohl ... dadurch würde er auch nicht schöner!* Es war schwierig, sein Alter zu schätzen. Vielleicht 40 oder 50.

Offensichtlich hatte sie sein Missfallen erregt, denn als er sie seinerseits eingehend musterte, zogen sich seine Pupillen auf Stecknadelgröße zusammen. Er zögerte kurz, dann machte er einen Schritt auf sie zu und streckte ihr seine rechte Hand entgegen. Louann ergriff sie automatisch, wie hypnotisiert. Sie konnte ihren Blick nicht von seinen Augen wenden und kam sich unsagbar dumm vor. Warum hatte sie niemand vorgewarnt?

„Hi, ich bin Elias Kosloff." Seine Stimme klang etwas rau. „Du bist also Louann Marino, mein neuer Partner ... Willkommen in der Sektion!" Er machte eine kurze Pause, dann fügte er leise hinzu, allerdings so, dass es noch alle hören konnten: „Wir spielen hier nach meinen Regeln, Marino. Tu einfach, was ich dir sage, dann kommen wir beide prima miteinander aus."

Mit diesen Worten drehte er ihr den Rücken zu und entfernte sich mit großen Schritten. Dabei erhaschte Louann einen Blick auf seine linke Hand und erstarrte: eine schwarze Onyx-Schlange. Oh, nein!, dachte sie entsetzt, Elias ist ein Citoyen Zero, ein Hanseapole der ersten Stunde!

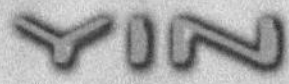

Elias' Schlange begann am Mittelfinger seiner linken Hand. Die schwarzen Platten führten von seinem Nagel aus – dieser war ebenfalls durch einen schwarzen Onyx ersetzt worden – fingerbreit nach oben zum Handgelenk. Danach, so nahm Louann an, wand sich das Band um den Arm über die Schulter bis zum Hals hoch. Sie hatte schon oft von diesen Spinnern gehört, doch es war das erste Mal, dass sie einem die Hand geschüttelt hatte. Benommen starrte Louann ihrem neuen Partner hinterher. Sie konnte förmlich spüren, was die Kameraden um sie herum dachten: Die Kleine hält keine Woche durch!

Wie sich herausstellte, sollten das für Stunden die letzten Worte sein, die Elias an Louann richtete. Er wurde zum Boss gerufen und verschwand hinter den abgedunkelten Scheiben des Head Office. Die beiden waren angeblich gute Freunde und würden sich demnach eine Menge zu erzählen haben. Mit einem beklemmenden

Gefühl beobachtete Louann, wie sich die Tür hinter Elias schloss, da knarrte es in ihrem InterCom, dem allgegenwärtigen Knopf im Ohr.

„Detective? Kommen Sie bitte nach unten in die Halle. Sie müssen eine der blonden Nutt... äh ... Delinquenten ... befragen. Sie wartet in Vernehmungszelle R. Sie wissen schon, R wie rasiert.“

Trotz Regulator klingelte Louann das wiehernde Lachen des HolOfficers unangenehm in den Ohren. Sie schnaubte. Enthaltsamkeit schadete diesem Hologramm eindeutig mehr, als sie ihm gut tat. Genauer gesagt, seinem Programmierer! Man sollte diesen Idioten zum Therapeuten schicken oder noch besser in den *Tower of Lust* sperren. Für immer!

Die Vernehmungszellen der Sektion 3 mit ihren farbenfrohen Türen umgaben die kreisförmige Lobby wie eine bunte Perlenschnur. Die Innenausstatter waren sehr darauf bedacht gewesen, durch eine fröhliche Farbgebung die Atmosphäre positiv aufzuladen. Das galt allerdings nicht für das Innere der Zellen. Die waren schlicht weiß, schalldicht und fensterlos. Als Louann Vernehmungszelle R betrat, saß eine der blonden Transen, die sie zuvor in der Lobby gesehen hatte, auf einem schwarzen Luftsack und bohrte höchst undamenhaft in der Nase. Die Luftsäcke waren so konzipiert, dass die befragten Personen mit der Zeit immer tiefer rutschten und damit niedriger saßen als die Verhör-Officers. Schon jetzt wusste die Transe nicht wohin mit ihren langen Beinen, wie Louann mit einem Anflug von Schadenfreude bemerkte. Die Lüftung in der Zelle lief auf Hochtouren und es war eiskalt.

Die Vernehmung der Professionellen dauerte über zwei Stunden. Sie hieß Pearl – wie originell! – und hatte schon bessere Tage gesehen. Nase und Kinn ließen darauf schließen, dass sie mehr als nur einmal in einem Defroisseur gelegen hatte, einer hautstraffenden Photon-Kapsel für Leute mit dem nötigen Kleingeld. Kaum saß Louann, ging das Gezeter los:

„Eine Unverschämtheit ist das, respektable Bürgerinnen aus ihren Häusern zu zerren!“ Pearls durchdringende Stimme schrammte am hohen Fis vorbei. „Ich habe für einen Freund lediglich eine kleine Willkommensparty veranstaltet. Das ist wohl kein Verbrechen! Ich will sofort mit meinem Anwalt sprechen! Wenn's geht, bevor sich mein Arsch in einen Eisblock verwandelt!"

So oder so ähnlich ging es dann weiter. Schon nach wenigen Minuten spürte Louann ein dumpfes rhythmisches Klopfen hinter den Augen. Ein Migräneanfall. *Das hat mir gerade noch gefehlt!* In den letzten Jahrzehnten hatte man Krankheiten wie AIDS oder Malaria besiegt, doch gegen Migräne war nach wie vor kein Kraut gewachsen. Irgendwie brachte Louann das Kunststück fertig, ihre Fragen zu stellen, und zwar vorbildlich nach Lehrbuch. Sie war neu und wollte einen guten Eindruck machen. Schließlich zeichneten diskret installierte Überwachungssysteme alles auf und übermittelten die Daten direkt an den Zentralserver. Ein Glück für sie, dass ihr die Fragen von den Officers der Nachtschicht vorgegeben worden waren. Diese hatten vor Stunden die Festnahmen durchgeführt und holten jetzt ihren wohlverdienten Schlaf nach. Ein übliches Vorgehen bei geringfügigen Gesetzesbrüchen und noch geringfügigerer Personaldecke.

Louann starrte auf die wild gestikulierende Pearl und seufzte. Alles in allem war sie mit ihrer bisherigen Arbeit bei der Sektion 3 unzufrieden. In den vier Wochen, die sie da war, hatte sie noch keinen richtigen Fall zugewiesen bekommen, weil man damit bis zu Elias' Rückkehr hatte warten wollen. In der Zwischenzeit wurde sie zu Aufgaben verdonnert, die nicht mal in den Zuständigkeitsbereich des Morddezernats fielen. Wie diese Vernehmung hier. Es ging mal wieder um illegale Prostitution. Die barbarischen Zustände der letzten Jahrhunderte wie Zuhälterei oder Straßenstrich waren bereits in den dreißiger Jahren des 21. Jahrhunderts abgeschafft worden. Heute wurde das horizontale Gewerbe staatlich kontrolliert, und so sollte es gefälligst auch bleiben!

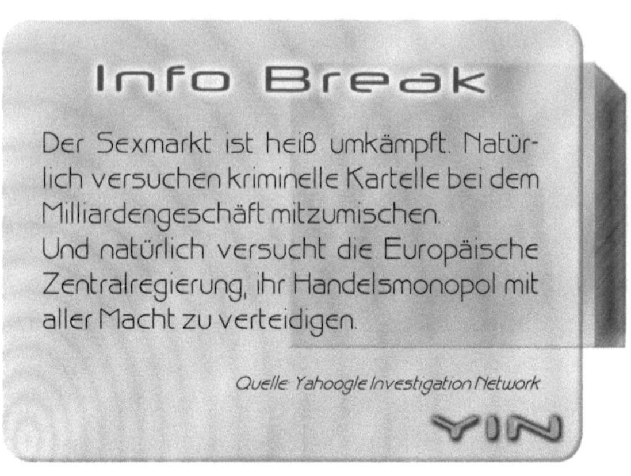

Louann war frustriert. Sie wollte Morde aufklären! Stattdessen saß sie da und musste sich das Gejammer einer Transe in den Wechseljahren anhören. **Das Leben ist so ungerecht!**

„Ich bin gerade mal vier Wochen weg, und du ... du hast nichts Besseres zu tun, als mir diese Göre ans Bein zu binden! Was soll die Scheiße, Sahil?" Elias tobte. In nur drei Schritten durchmaß er das Office seines Freundes und starrte ihn mit seinen kalten Augen an. Sahil, ein großer, schlaksiger Mann mit dunklen, melancholischen Augen, schaute weg. Auch nach Jahren der Freundschaft hatte er sich nie an diesen Blick gewöhnen können. Jetzt, da Elias aufgebracht war, kroch ihm ein unangenehmer Schauer über den Rücken. Kein Wunder, dass seine Erfolgsquote so hoch ist, dachte der Leiter der Sektion 3. Böse Buben neigten wahrscheinlich dazu, schnell zu gestehen, um sich *das da* zu ersparen. Elias, der sich seiner Furcht erregenden Wirkung durchaus bewusst war, baute sich noch dichter vor Sahil auf.

„Es tut mir leid, Kumpel", beeilte der sich zu sagen und flüchtete hinter seinen Schreibtisch. „Aber da ist nichts zu machen. Die Order kommt direkt von oben. Anscheinend hat Louann einen einflussreichen Gönner im Polizeireferat. Der will, dass sie mit dem Besten arbeitet, den wir haben. Und das bist nun mal du!"

„Das interessiert mich einen Dreck, *Kumpel!*" Elias war außer sich. Er war die letzten drei Jahre sehr gut ohne Partner ausgekommen. „Sieh zu, dass das rückgängig gemacht wird!"

„Vergiss es. Da ist nichts zu m...", begann Sahil, doch Elias war bereits aus dem Office gestürmt. Mit einem Seufzer lehnte sich Sahil in seinem Sessel zurück. Der beruhigt sich schon wieder, dachte er, ich übergebe ihm am besten die Leiche aus dem Sumpf, das wird ihn beschäftigen. Er gab über InterCom einen Befehl und lächelte selbstzufrieden. Für ihn war damit die Sache erledigt. Eigentlich war Sahil ein netter Kerl und dazu noch ein fähiger Kopf, doch er ging direkten Konflikten gern aus dem Weg, um, wie er sagte, niemandem auf die Füße zu treten. Zumindest niemand Wichtigem. Auf die Art machte man beim Morddezernat Karriere. Sahil lächelte in sich hinein. Ein weiterer Grund, warum es Elias nie weiter als bis zum Senior Detective schaffen würde.

Mit versteinerter Miene beobachtete Elias, wie Louann aus dem Vernehmungsraum trat. Was für ein winziges Ding, dachte er hämisch. Zuzugeben, die Figur war ganz ansehnlich, doch grundsätzlich misstraute er hübschen Fassaden. Zu oft verbargen sich dahinter selbstsüchtige Charaktere. Für ihn war die Sache klar: Ein ehrgeiziger Grünschnabel, der ihm und seinen Geschäften in die Quere kam, war das Letzte, was er jetzt gebrauchen konnte.

Ich muss sie irgendwie loswerden!

„Sahil?", rief er über InterCom und grinste freudlos. „Bist du da? ... Gut. Hör zu. Ich hab darüber nachgedacht, was du gesagt hast. Vielleicht hast du Recht, und die Kleine verdient eine Chance. Ich möchte mit ihr den Sprung ins kalte Wasser wagen. Mal sehen, wie sie sich macht ... Das glaube ich auch. Hör zu, teil uns doch einfach irgendeinen Case zu ... Ach? Das hast du schon? Schön ... In einer halben Stunde? Prima ... Nein, nein. Ich sag ihr Bescheid." Zum ersten Mal an diesem Tag spürte Elias so etwas wie Freude und lächelte. Das würde interessant werden.

2

Der Tatort befand sich in der verseuchten Zone jenseits des großen Damms. Traurig und wütend zugleich saß Louann in ihrem orange-weißen Schutzanzug zwei Meter von Elias entfernt und starrte auf ihre Füße. Seitdem sie ins MEC eingestiegen waren, hatten beide kein Wort miteinander gesprochen. Auch die zaghaften Versuche des Bordcomputers, eine Unterhaltung in Gang zu bringen, blieben erfolglos. So wurde es ein kurzer, frostiger Flug direkt ins Grauen hinein!

Der Anblick, der sich ihnen bot, als sie den Tatort betraten, brannte sich für alle Zeiten in Louanns Gehirn ein. Das Opfer hing kopfüber und blutig rot an einem schwarzen, verkrüppelten Ast. Es war nackt. Der Oberkörper war mit Bisswunden übersät, das Fleisch an Armen und Händen hing in Fetzen herunter. Die Finger fehlten ganz. Der Schädel war eine einzige blutige Masse aus Knochensplittern und klebrigem schwarzem Haar.

Louann drehte sich der Magen um: Das Opfer war enthäutet worden! Panisch versuchte sie die Galle, die ihr hochkam, herunter zu schlucken. *Jetzt bloß nicht übergeben!* Sie schloss die Augen und atmete tief durch. Sie durfte nicht schon beim ersten Mal zusammenbrechen.

Elias, der einige Meter neben ihr stand, verlor nur kurz die Fassung. „Mein Gott!", hauchte er entsetzt. „Welches kranke Arschloch macht so was?" Angeekelt starrte er auf die Leiche.

Gut, dass es nur eine rhetorische Frage war, denn Louann hätte nicht antworten können. Ihr Kopf war wie leergefegt. Die Kollegen der Tatortsicherung waren bereits vor Ort, und als einer von ihnen Elias vertraulich zur Seite nahm, wandte sie sich erleichtert ab. Sie gab vor, nach ihrem Equipment zu suchen. Ihre Hände zitterten.

Gerade als sie das flache, handflächengroße CS/X aufklappte, um ihre ersten Eindrücke verbal aufzuzeichnen, kam Elias herüber. Als Senior Detective hatte er im Team das Sagen.

„Hör zu, Marino. Das hier ist eine echte Sauerei! Danny und ich wollen uns das Opfer etwas genauer ansehen. Such du in der Zwischenzeit die Umgebung nach Hinweisen ab." Seine Worte waren freundlich gemeint, sein Ton allerdings bar jeder Wärme. Und dieser Blick ...

Froh, sich den blutigen Anblick der Leiche ersparen zu können, nickte Louann und suchte nach einer Antwort, doch Elias hatte sich bereits abgewandt.

Über den Nördlichen Distrikten hatte die Sonne geschienen, hier aber hing der Nebel wie ein giftgrüner Schleier über dem Sumpf und verschluckte jegliche Geräusche. Louanns Füße versanken regelrecht im Morast. Die Feuchtigkeit ignorierend, die durch die defekten Protektoren des Schutzanzuges drang, stapfte sie vorsichtig von der Leiche weg. Mit einem flauen Gefühl schaute sie sich um. Die bizarre Landschaft erinnerte an ein Höllengemälde von Hieronymus Bosch. Dornige Büsche sprenkelten den moosbewachsenen Boden; graue Bäume reckten ihre verdorrten Äste flehend gen Himmel. Der giftige Schlamm hatte alles Leben darin erstickt. Leuchtender Mittelpunkt war das blutig rote Pendel am Baum, das früher ein Mensch gewesen war.

Louann lief es eiskalt den Rücken runter. Sie war nicht besonders religiös. Auch wenn sie gern an die Götter geglaubt hätte, die Sache mit dem Himmel und der Hölle war für sie lediglich eine billige Story, ausgedacht von dummen, alten Männern.

Doch in diesem Moment spürte sie, vielleicht zum ersten Mal in ihrem Leben, die Anwesenheit des Bösen. Ihr Herz jagte. Es gelang ihr nicht, die irrationale Furcht zu vertreiben, mit der sie dieser Anblick erfüllte.

Info Break

Seit 2040 haben Vishnu, Jahwe, Allah und Co. in der Europäischen Föderation einen gleichberechtigten Status. Aus Gründen der Political Correctness wird in Schule und Universität nicht ein Gott gelehrt, sondern alle.
Nicht überall stößt diese Doktrin auf Verständnis, und so flammen besonders in der Südlichen Allianz immer wieder schwere Unruhen auf.

Quelle Yahoogle Investigation Network

Einige Minuten stand sie wie betäubt da, dann riss sie sich zusammen. „Du Idiotin!", schimpfte sie leise. „Das alles hier ist von menschlicher Hand inszeniert. Mit übernatürlichen Phänomenen hat das nichts zu tun." Sie würden den Typen, der das getan hatte, schon festnageln.

Wir kriegen das Schwein! Davon war sie überzeugt. Idiotin, die sie war!

Langsam, die Augen starr auf den Boden gerichtet, durchmaß sie den Tatort im Umkreis von 50 Metern. Sie fror, die Feuchtigkeit legte sich auf ihr Visier und nagte wie eine üble Krankheit an ihrem Schutzanzug. Den Infrarotscanner an ihrem CS/X hatte sie aktiviert, trotzdem blieb ihre Suche erfolglos. Der Boden war nass und matschig und hatte scheinbar alle Spuren aufgesogen. Nein! Das durfte nicht sein! Sie durfte nicht mit leeren Händen zurückkehren! Also ging sie die Gegend ein weiteres Mal ab und lenkte diesmal ihre Aufmerksamkeit auf den Bereich einen bis eineinhalb Meter über dem Boden. Louann tastete mit dem Infrarotscanner jeden

Ast und jeden Strauch einzeln ab. Und tatsächlich, nach kurzer Zeit wurde sie fündig!

3

„Jaaa … Oh ja, Schätzchen! So ist es gut. Mach weiter so. Aber schön langsam. Wir haben alle Zeit der Welt." Der dicke, nicht mehr ganz so junge Mann schloss die Augen und saugte genüsslich an den roten Nippeln, die ihm großzügig dargeboten wurden.

„Hey, immer sachte, Schlampe! Sei nett zu ihm. Er wird heute noch gebraucht." Der Mann lachte. Die schwarze, vollbusige Nutte, die ihm gerade einen blies, war vielleicht etwas übereifrig, aber ein Wahnsinnsgerät! Er konnte es kaum abwarten, sie zu vögeln. Nur die kleine Rothaarige, die ihm ihre spitzen Brüste ins Gesicht drückte, war für seinen Geschmack etwas dünn. Aber hey, einer geschenkten Stute schaute man schließlich nicht in die Schnute! Brutal kniff er ihre linke Brustwarze und kicherte, als sie leise aufschrie.

Geht doch nichts über geile Nippel, außer … noch mehr geile Nippel!

Das Syndikat ließ sich nicht lumpen. Sein Konto in Singapur quoll über; erst letzte Woche hatte er seinen zweiten Camino FL8 bestellt – einen ultraleichten Speedgleiter, der mit Zusatzboostern sogar unter Wasser Geschwindigkeiten von 350 km/h erreichte. Eigentlich hätte er sich zur Ruhe setzen können, aber da hätte er auf den Mösen-Bonus verzichten müssen, den ihm das Syndikat wöchentlich ins Haus schickte. Gefahr hin, Gefahr her. Dafür lohnt es sich zu leben, dachte der dicke Mann und ergoss sich mit einem tiefen Grunzen in den Rachen der schwarzen Hure.

Nachdem er die beiden Nutten nach Hause geschickt hatte, aktivierte der Mann per Stimmerkennung sein InterCom. Es wurde Zeit, sich für das kleine Vergnügen der letzten zwei Stunden zu revanchieren. Nach wenigen Sekunden stand die Kommunikation.

Obwohl der Mann allein im Loft war – der Eigentümer war verreist –, flüsterte er. „Freitag, 23 Uhr geht's los! In Altona, an der altbekannten Stelle … Genau … Das volle Programm, wie immer … Nee, darüber weiß ich nix … Alles klar, bis dann!" Das leichte Kribbeln im Nacken, das er immer spürte, wenn er Risiken einging, ließ ihn selig lächeln. Er fühlte sich glatt 20 Jahre jünger!

4

Auf einer Strecke von einigen hundert Metern entdeckte Louann in unregelmäßigen Abständen Blut, Haare sowie Hautfetzen an Sträuchern und tief hängenden Ästen. Die Spuren erzählten eine traurige Geschichte. Louann nahm an, dass das Opfer um sein Leben gerannt war. Nackt, denn es fanden sich nirgends Kleidungsfetzen. Ihr CS/X zeigte an, dass die Tatortsicherung bereits eine DNA-Probe der Leiche zur Identifizierung an die zentrale Datenbank geschickt hatte. Die gute Nachricht war, dass die DNA an Sträuchern und Bäumen mit der der Leiche übereinstimmte. Die schlechte Nachricht, dass die DNA nicht in der zentralen Datenbank erfasst war. Das konnte also nur eines bedeuten: Das Opfer war eine NIP, eine Non Identified Person, die illegal eingereist war.

Jedem neuen Föderationsmitglied wurde, ganz gleich, ob neugeboren oder eingewandert, eine DNA-Probe entnommen, die zentral gespeichert wurde. Mit Hilfe von hochauflösenden Molekular-Scannern konnte man so die Identität einer Person in Sekunden feststellen. Und das schon aus zehn Metern Entfernung.

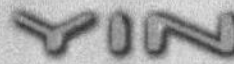

Während die Tatortsicherung die Leiche zum Abtransport verpackte, erstattete Louann Bericht und übergab Elias ihre Ausbeute.

„Gute Arbeit, Marino", lobte er. Sein metallischer Blick ließ sie frösteln. „Die Spuren liefern uns wichtige Anhaltspunkte zum Tathergang. So wie es aussieht, ist das Opfer eine Frau. Leider ist die Leiche in einem schlimmen Zustand. Nach der Autopsie wird man mehr sagen können. Aber so viel wissen wir: Der Frau wurde die Kehle durchgeschnitten. Wahrscheinlich hängte man sie dann auf und häutete sie." Dann fügte er mit einer wegwerfenden Handbewegung hinzu: „Den Rest hat die Meute erledigt."

Louann schaute Elias entgeistert an. „Die ... Meute? Ich dachte, die gäbe es nicht wirklich. Das sei nur eine Horrorgeschichte, um ... Kinder zu erschrecken", stammelte sie.

„Von wegen Horrorgeschichte!", schnaubte Elias. „Du brauchst dir doch nur Kopf und Arme des Opfers anzusehen. Da sind eindeutig Bissspuren, und zwar von riesigen Hunden. Die Große Flut überraschte nicht nur die Menschen im Schlaf! Auch die Tiere wurden vom Wasser mitgerissen. Nur die Stärksten überlebten und jetzt ist der Sumpf ihr Revier. Und glaub mir, sie haben definitiv nichts mit den süßen Schoßhündchen zu tun, die du von zu Hause her kennst!" Er schloss kurz die Augen – und sah fast menschlich aus. „Lass uns von hier verschwinden!", sprach er leise. „Wir haben genug Daten gesammelt, um im MEC unsere Ermittlungen fortzusetzen."

Das ließ sich Louann nicht zweimal sagen. Nachdem sie in die Hölle geblickt hatte, sehnte sie sich schmerzlich nach dem trockenen, klimatisierten Bumerang zurück, der ihr zweites Zuhause geworden war.

Beide eilten zum MEC und flogen zu *Planten un Blomen 4*, den schwebenden Gärten des ISEF-Tower, des Instituts zum Schutz der Europäischen Flora. Der spiralförmige Bau ragte 700 Meter in die Höhe, wo er in eine stilisierte Baumkrone mit langen Trägern mündete, die sich wie gigantische Äste in alle Himmelsrichtungen streckten. An den fächerförmigen Enden thronten exotische Gärten unter riesigen Glaskuppeln. Sie erinnerten Elias ein wenig an die bizarre Schneekugel, die er vor einigen Monaten in einem dieser stickigen Krämerläden im Hamburger Viertel ergattert hatte.

Fehlt nur noch der Eiffelturm!

Von jedem Träger gingen links und rechts schmale Landeplattformen ab. In diesen Höhen herrschten Windstärken von über 150 km/h, was einen Aufenthalt im Freien unmöglich machte, deshalb waren die Gärten und Plattformen durch Fußgängerröhren miteinander verbunden.

Das MEC steuerte auf einen der kleineren japanischen Gärten weiter unten zu und setzte zur Landung an. Solange es noch genügend Landeplätze für zahlende Besucher gab, durfte das MEC beliebig lang hier stehen bleiben. Stirnrunzelnd schaute Elias zu Louann hinüber, die das Ziel eingegeben hatte, sagte aber nichts. Sie betätigte einen schwarzen Schalter an einer der oberen Konsolen, woraufhin die dunkle Thermotrop-Haube des Gleiters zu einem hellen Blau erblasste und die Sicht frei gab. Nur einen Steinwurf vom MEC entfernt erstreckte sich eine hübsche Anlage, in der sich Bambus, Felsen und Wasser zu einem idyllischen Ganzen zusammenfügten. Den Mittelpunkt bildete ein kleiner See, an dessen Ufer ein bunt bemalter Pavillon stand.

Elias sprach als erster: „Also gut. Lass uns noch einmal schauen, was wir bisher haben. Das Opfer ist mit aller Wahrscheinlichkeit weiblich. Wir nehmen an, dass die Frau durch den Sumpf gehetzt wurde. Dann hat ihr ein Perverser die Kehle durchgeschnitten, sie aufgehängt und enthäutet. Warum tut jemand so etwas?"

„Aus Rache vielleicht?", murmelte Louann und strich sich eine Locke aus der Stirn.

„Kann schon sein ..." Für einen kurzen Moment trafen sich ihre Blicke im stummen Einverständnis. Louann schauderte. „Jedenfalls haben wir es mit einem Sadisten zu tun, der gern die Kontrolle behält", sprach Elias weiter. „Er hat alles perfekt inszeniert, ohne eine einzige Spur zu hinterlassen."

Louann heftete nachdenklich ihren Blick auf einen Graureiher, der vorsichtig durch das Wasser stakste, dann fiel ihr etwas ein: „Wer hat eigentlich die Leiche entdeckt?"

„Heute Morgen um acht bekamen wir einen anonymen Tipp über InterCom. Die Stimme ist weiblich. Warte ... MEC-549, bitte Call37832 abspielen!" Nur wenige Sekunden später erfüllte eine schluchzende Stimme die Kabine. Es war unheimlich.

„Sektion 3. Zentrale."

„Holà? Please .... Sie hören mich? It ... is etwas Schrecklisch pasiert. Terrible! Chica vielleischt dead. In Sumpf, cerca de old Rathaus."

„Bitte identifizieren Sie sich, sonst können wir Ihre Anzeige nicht aufnehmen."

„No, geht nischt. Socorro! Help, bitte ..."

Hier brach die Aufnahme abrupt ab.

„Das Kauderwelsch klingt eindeutig panamerikanisch. Was meinst du?" Louann sah Elias erwartungsvoll an. Seine silbernen Augen zeigten keinerlei Regung. Sie wusste nicht einmal, ob er sie gehört hatte und verschränkte ihre Hände ineinander, um ein leichtes Zittern zu unterdrücken. Schließlich antwortete er fast widerwillig. „Scheint mir auch so. Lassen wir die Aufnahme durch den Sprach-Analyzer laufen. MEC-549, Sprachanalyse!"

Die Bestätigung kam fast zeitgleich. „Stimme weiblich. Zwischen 15 und 17 Jahre alt. Panamerikanisches Oststaaten-Idiom. Region um Waterbury."

„Na, das ist doch ein Anfang!", brummte Elias zufrieden und wandte sich an Louann. „Check mal, ob junge Panamerikanerin-nen, die auf das Profil passen, in den letzten fünf Jahren in Hanseapolis registriert wurden", befahl er und lenkte seine Auf-merksamkeit wieder auf den Screen vor sich.

Louann schnaubte. Seine unfreundliche Art brachte sie auf die Palme. „Und wenn niemand auf das Profil passt?", zischte sie.

Der Typ ist echt unmöglich!

„Dann gehst du halt zehn Jahre zurück!", konterte er, ohne aufzublicken.

Aufgebracht biss sich Louann auf die Lippen. Elias, der ihre Wut spürte, drehte sich genervt um. „Was ist dein Problem, Marino?", fragte er kalt. „Die Zeugin ist im Moment unsere einzige Spur. Es ist wichtig, sie zu finden."

„Darum geht es nicht", entgegnete Louann und räusperte sich. Das Herz klopfte ihr bis zum Hals. Sie hasste es, zu streiten. „Du könntest etwas freundlicher sein!" Bei den Göttern! Sie klang so kümmerlich und verachtete sich dafür.

„Freundlicher?" Elias lachte hämisch. „Was glaubst du, ist das hier? Ein Sonntagskränzchen? Wir haben es mit einer wirklich üblen Scheiße zu tun! Ich will eine schnelle und saubere Aufklärung. Alles andere ist unwichtig. Ganz besonders deine persönlichen Gefühle!"

Louann tobte innerlich. Sie setzte zum Sprechen an, doch Elias drehte ihr bereits den Rücken zu. Wieder einmal.

Der erste Tag mit ihrem neuen Partner endete so deprimierend, wie er begonnen hatte. Die Stimmung im MEC blieb frostig und sie fanden nichts Neues heraus, weder über das Opfer noch über die anonyme Zeugin. Sie gaben alle Daten und Infos an den zuständigen Profiler weiter, der ihnen in den nächsten 48 Stunden ein detailliertes Täterprofil zukommen lassen wollte. Zuletzt schickten sie ihren Einsatz-Report, das so genannte DeBriefing, zur Zentrale. Dann setzte Louann Elias auf seinem Apartment-Tower südlich des Hamburger Viertels ab und flog nach Hause.

Die letzten Stunden waren für sie ein Albtraum gewesen, doch sie war zu erschöpft, um weiter wütend zu sein. Sie setzte das MEC im Hangar ab und fuhr mit dem Expresslift nach oben zur benachbarten Skybridge, die ihren Apartment-Tower mit den Nachbartowern verband. Dort gönnte sie sich bei ihrem Lieblingsresto eine doppelte Portion Fischragout mit Blaualgen und Reis. Wie ein Großteil der Hanseapolen hatte Louann keine Küche in ihrem Apartment. Wozu auch? Kochen war der pure Luxus.

Nicht-synthetische und noch dazu frische Lebensmittel waren ohnehin schwer zu bekommen, und nur einige wenige Privilegierte konnten sie sich leisten.

Louann, die sich nach Zerstreuung sehnte, rief später am Abend Raoul über InterCom. Seine zärtliche Zunge wäre heute Abend genau das Richtige, um die bluttriefenden Bilder und Elias' seelenlose Augen aus ihrem Kopf zu verbannen. Kurz nachdem sie in ihr Apartment eingezogen war, hatte sie Raoul bei *City Toys* entdeckt. Er hatte eine staatliche Lizenz, stellte keine Fragen und erfüllte ihr jeden Wunsch. Ihr gekaufter Liebhaber war ein Traum von einem Mann. Dunkel, mit tiefgründigen, braunen Augen und einem unglaublichen Körper. Louann vergötterte ihn, denn er gab ihr einmal pro Woche das Gefühl, unwiderstehlich zu sein. Außerdem war seine Liebe erschwinglich, übernahm die Sektion 3 doch einen Teil der Kosten! Der Polizeipräfekt von Hanseapolis vertrat nämlich die Ansicht, dass nur ein rundum ausgeglichener Officer gute Arbeit leistete. Deshalb erhielt jeder Cop einen monatlichen Vergnügungszuschlag von 500 Eurodollar. Zudem wollte man damit sexuellen Spannungen innerhalb der Teams vorbeugen.

Elias betrat sein luxuriöses Apartment, legte Ausrüstungsweste und Betäubungslaser ab und begab sich an die IceBar. Glen Scotia Whisky war genau das, was er jetzt brauchte. Er schenkte sich zwei Finger breit ein und fläzte sich auf sein antikes Sofa.

„GCS Screen aktivieren", murmelte er. Bunte Bilder aus fernen Welten flimmerten jäh durch den Raum, doch das interessierte Elias nicht. Die Global Communication Sphere, die allgegenwärtige Plattform für Kommunikation, Information, Business und Entertainment, diente ihm lediglich als Geräuschkulisse. Gedankenverloren schaute er durch das Panoramaglas auf das nächtlich funkelnde Hanseapolis. Er liebte diese Stadt. Ganz besonders nachts, wenn sie zur bunten Lichtgestalt wurde: ein Meer aus pixeligen Türmen, die mit ihren fluoreszierenden Lande-Plattformen wie überdimensionale Pilze aussahen. Jeder Lichtpixel ein menschliches Schicksal! Liebe, Leid, Gewalt und Tod dicht an dicht. Über allem erstreckte sich der schwarze Himmel, durchbrochen von gigantischen Sky Ads: Werbehologramme, die ihre flüchtigen Botschaften im Zehn-Sekunden-Takt wechselten. Elias wandte den Blick nach rechts, dort wo er die Elbe vermutete. Wann immer es ging, zog es ihn dorthin. Die bunten Floatinghomes am Südufer, die starre Ästhetik der großen Lastkräne, die schon vor langer Zeit ihren Betrieb eingestellt hatten ...

Er lächelte grimmig. So sehr er diese Stadt liebte, so sehr verabscheute er die Menschen darin. Sie tappen blind durch ihr armseliges Dasein, sind in ihrer eigenen Dummheit gefangen und glauben auch noch, die Welt zu kennen, dachte er verächtlich.

Ein arroganter Haufen von Idioten!

Einen Menschen hasste er dabei ganz besonders. Elias fixierte das herzförmige Holobild auf der IceBar. Er sah sich dort stehen, schwer und unbeholfen, mit diesen unsäglichen Augen. Neben ihm eine zarte Brünette mit grünen Augen. Cynthia. Seine Ex-Frau. Bis heute hatte er sich nicht von dem 3-D-Foto getrennt, denn es diente ihm als Warnung. „Hast du mich eigentlich je geliebt?", hatte er sie gefragt, als es mit ihnen zu Ende ging. Sie hatte mit den Schultern gezuckt. „Ich weiß es nicht“, hatte sie geantwortet, „für mich warst du so etwas wie ein Experiment“. Sie hatte gelacht. Er hätte sie am liebsten erwürgt. Es war schon fünf Jahre her, doch noch immer durchzuckte ihn der Hass, wenn er zurückblickte, was er leider viel zu oft tat. Er hatte ihre Beziehung ernst genommen, hatte sogar auf eine altmodische Heirat bestanden. Nicht bloß InterimPairing, wie es heute üblich war. Am Ende hatte sie alles, woran er geglaubt hatte, mit Füßen getreten.

Elias nahm einen großen Schluck Whisky und starrte ins Leere. Und jetzt auch noch die Neue! Im Panoramaglas erblickte er sein Spiegelbild. Draußen tobte das Leben, und er war davon ausgeschlossen. Hatte sich selbst davon ausgeschlossen. Er stand auf, um die Flasche zu holen.

5

Cedric Dunn war ehrgeizig. Mit knapp 20 hatte er seinen Bachelor gemacht, mit Mitte 20 hatte er einen Umweltskandal bei der Mond-Kolonisation aufgedeckt und dafür den Bob-Woodward-Preis gewonnen. Jetzt mit 30 war er Star-Reporter des weltweit agierenden Yahoogle Investigation Network, kurz YIN genannt. Eigentlich lebte er in New Delhi, doch derzeit war er einer heißen Story auf der Spur und hielt sich deshalb in seiner Heimatstadt Hanseapolis auf.

Seine Eltern hatten niemals verstehen können, warum er seine Berufung darin sah, in der Dreckwäsche anderer Leute zu wühlen. Am Anfang seiner Karriere hatte es daher zu Hause viel Geschrei gegeben. All die Anerkennung, die man Cedric in der Öffentlichkeit entgegenbrachte, blieb ihm in seiner eigenen Familie versagt. So hatte er den Tipp, der ihn am Morgen über InterCom erreichte, nur zu gern als Vorwand genommen, um das Mittagessen bei seinen Eltern abzusagen.

Jetzt stand er vor dem Badezimmerspiegel und zog sich mit seiner Colour Brush fuchsienrote Strähnen nach. Ihm gefiel, was er sah: ein 1,85 Meter großer, 120 Kilo schwerer Typ mittleren Alters in braunen, schmuddeligen Jeans und in eine lange abgewetzte Baumwolljacke gehüllt, die zum Himmel stank! Cedrics Gesicht war aufgedunsen, seine Haut rot und fleckig. Seine dunkelblauen Augen verschwanden hinter unappetitlichen Fettwülsten. Die Nanozellen in der polymeren Gummihaut, die er auf sein Gesicht aufgepinselt hatte, hatten unter dem Deformator ganze Arbeit geleistet, während die umprogrammierten Nanobots in seiner Kleidung ihn glatt 30 Kilo schwerer aussehen ließen. Die billigen roten

Haarsträhnen und eine Wollmütze, die er weit über die Ohren zog, machten das Bild perfekt.

Der schlanke, elegante junge Mann hatte sich in weniger als einer Stunde in eine dieser bedauernswerten Kreaturen verwandelt, die unterhalb von Zone 1 hausten. In 20 Minuten würde er sich mit einem Informanten in einem Laden mit dem blumigen Namen *Café Oriental* treffen und ging in Gedanken noch einmal durch, was er wusste. Es ging um Korruption und illegale Prostitution. Cedric lächelte sein Spiegelbild freudlos an. Eine explosive Kombination! Der Informant hatte angedeutet, dass die Affäre bis ganz nach oben reichte, was immer das zu bedeuten hatte. Sollte an der Story etwas dran sein, würde das Cedrics neuer großer Coup werden. Die Vorfreude jagte ihm einen wohligen Schauer über den Rücken. Er steckte sich sein InterCom ins Ohr, erteilte über GCS den Befehl „save", um das Treffen aufzunehmen, und verließ das Hotelzimmer.

Das *Café Oriental* befand sich im zehnten Level eines heruntergekommenen Office-Towers im Osten der Stadt. Auch wenn ihm sein verändertes Aussehen eine perfekte Tarnung verschaffte, hatte Cedric für den Notfall den Stunner, eine flache Laserwaffe, in seiner linken Jackentasche versteckt. Ziviler Waffenbesitz war zwar illegal, doch seine Sicherheit ging hier eindeutig vor.

Cedric ließ sich von einem Lufttaxi auf das Dach des Towers befördern und fuhr mit dem Expresslift hinunter. Als er das *Café Oriental* betrat, war der Laden leer. Gut ... so wird's einfach werden, den Kontakt herzustellen, dachte er. Andererseits würden sie auffallen wie bunte Hunde! Etwas nervös schaute er sich um. Das hier war die reinste Absteige. Trotz des schummrigen Lichtes machte er einige Stühle und Tische aus, die wahllos im Raum verteilt waren. Die flackernde Neonröhre über dem dreckigen Tresen ließ in unregelmäßigen Abständen Flecken unterschiedlicher Farben und Formen auf dem selbigen aufblitzen. Thermotrop-Technologie war hier unten Mangelware, daher waren die Fenster notdürftig mit Pappe verdunkelt.

Im Raum herrschte eine Höllenhitze und Cedric begann unter seiner zweiten Haut unangenehm zu schwitzen. Kaum hatte er sich hingesetzt, trat ein kleinwüchsiger Mann hinter dem Tresen hervor und kam langsam näher. Cedric rutschte das Herz in die Hose. Wo war der Typ hergekommen?

„Bist du Cedric?", fragte der Zwerg. Dabei schaute er leicht unverschämt.

Cedric runzelte die Stirn und ließ die Hand unauffällig in seine Jackentasche gleiten. *Verdammt, was wird hier gespielt?*

„Wer ...?"

„Das hier wurde für dich abgegeben", fiel ihm der Mann ins Wort und drückte ihm etwas in die Hand.

Cedric starrte auf den MiniCube und spürte, wie Ärger seine Furcht verdrängte. All die Mühe für nichts! Aus Erfahrung wusste er, wie gut man aus den Mimiken eines Menschen Zusatzinformationen ziehen konnte. Deshalb hatte er seinem Informanten direkt in die Augen sehen wollen.

„Wer hat dir das gegeben? Und wie sah er oder sie aus?", blaffte er den kleinen Mann frustriert an.

„Keine Ahnung. Das hat ein Expressbote vorbeigebracht", antwortete der ungerührt und zuckte mit den Schultern.

„Fuck!" Cedric ballte die Fäuste.

Der Mistkerl von Informant hält mich zum Narren!

Da besann sich der Kellner, oder wer auch immer der Typ war, auf seine eigentliche Aufgabe.

„Willst du trotzdem was trinken?", fragte er ihn mit einem leisen Lachen, doch Cedric war schon von seinem Stuhl aufgesprungen. Ohne den Kerl eines weiteren Blickes zu würdigen, flüchtete er aus dem Café.

Sein Augenlid zitterte leicht, als er knapp 15 Minuten später per Netzhaut-Scan die Tür seines Hotelzimmers öffnete. Er stürzte zur GCS-Konsole und steckte den MiniCube auf die dafür vorgesehene Vertiefung. Seine Finger huschten über die Sensoren und ein holografisches Gesicht baute sich hinter ihm auf; ein Cybergesicht, um genau zu sein, mit kantigem Kinn und glitzernden Augen. Unverkennbar männlich.

„Guten Tag, Mister Dunn. Ich möchte mich zunächst für diese kleine Charade entschuldigen, aber ich durfte kein Risiko eingehen. Das werden Sie sicher verstehen." Die Wortwahl klang distinguiert. Ein Mensch mit sprachlicher Bildung, wie es schien. Cedric war empört, hinters Licht geführt worden zu sein. Er war für seine Integrität bekannt und gab seine Quellen niemals preis. Punktum.

„Wie Sie wissen, geht es um illegale Prostitution", sprach die kalte Cyberstimme weiter. „Internationale Syndikate zahlen eine Menge Geld dafür, dass ein paar Leute im Europäischen Verwaltungsrat beide Augen zudrücken. Ein blindes, besonders gieriges Exemplar hält sich zurzeit hier in Hanseapolis auf. Ich werde Ihnen den Namen natürlich nicht nennen." Das Cybergesicht lächelte. „Schließlich sollen Sie Ihr hübsches Köpfchen anstrengen. Nur so viel: ein Nummernkonto in Singapur – IBA100258791-L. Viel Glück! Ach und übrigens, rote Strähnen stehen Ihnen gar nicht, mein Lieber."

Fassungslos starrte Cedric in die flirrende Leere, wo noch vor einer Sekunde das kantige Kinn gesprochen hatte. *Woher wusste er, dass ich meine Haare gefärbt habe?* Er trat unbewusst einen Schritt zurück, dann ließ er seinen Blick panisch durch das fremde Zimmer schnellen. Er stürzte sich auf den nächstbesten Gegenstand und untersuchte ihn von allen Seiten. Danach war die Lampe dran, dann das Bett! Ein sinnloses Unterfangen. Hightech-Technologie zur Personenüberwachung bewegte sich in mikroskopisch kleinen Dimensionen, das wusste Cedric. Ohne *Raupe*, ein semi-organisches Ortungsgerät von der Größe eines Mittelfingers, war eine Suche mit dem bloßen Auge schier hoffnungslos. Trotzdem stellte er in den nächsten zwei Stunden das gesamte Hotelzimmer auf den Kopf.

Am Ende ließ sich Cedric erschöpft auf das Bett fallen. Er rief über InterCom die Rezeption und bat um ein neues Zimmer. Dort, in vermeintlicher Sicherheit, spielte er den Cube noch einige Male ab und suchte nach verborgenen Anhaltspunkten. Doch Fehlanzeige! Er fluchte. Diese verdammten Cyber-Identities! Dummerweise blieb ihm nur bis zum Ende der Woche Zeit, um Licht ins Dunkel zu bringen.

Der Mann rieb sich die Hände. Es lief alles wie am Schnürchen. Der tote Läufer hatte die Bauern auf den Plan gebracht und heute hatte er seine weiße Dame positioniert. Er schloss die Augen und lächelte zufrieden. Es war nur eine Frage der Zeit, bis der schwarze Turm fiel!

6

Elias gab lediglich ein knurrendes „Morgen" von sich, als ihn Louann am nächsten Tag mit dem MEC abholte. Gemeinsam flogen sie zur Sektion 3, um Sahil Bericht zu erstatten, der angeekelt das Gesicht verzog, als er die brutalen Details vernahm. Energisch forderte er die beiden auf, alles Menschenmögliche zu tun, um den Fall schnell zu lösen. Elias reagierte gereizt.

„Glaubst du vielleicht, wir drehen den beschissenen Tag lang Däumchen?" Er fauchte. „Wir fliegen jetzt zu Danny in die Forensik und hören uns an, was die herausgefunden haben. Wenn wir was haben, bist du der erste, der es erfährt!"

Das forensische Institut befand sich in Hammerbrook, nördlich der HafenCity. Eine Ansammlung von flachen Gebäuden aus rotem Backstein, typisch für die Bauweise des beginnenden zwanzigsten Jahrhunderts, klobig und schmucklos mit Rundbogenfenstern. Nach Anbruch der Nacht war es in den breiten Straßen, die den hermetisch abgeriegelten Komplex durchzogen, so still wie auf einem Friedhof, lediglich in den oberen Levels wurde rund um die Uhr gearbeitet. Die Räumlichkeiten des Forensischen Instituts waren komplett modernisiert und isoliert worden und boten den zahllosen Leichen, die täglich ihren Weg hierher fanden, übergangsweise ein trockenes Zuhause. Für die NIPs allerdings endete die Reise im angegliederten Fragmentierer, der die namenlosen Körper in ihre kleinsten Teile atomisierte.

Das Institut litt unter chronischem Geldmangel und das Equipment war alt und überholt. Bei dem Gedanken, dass Leichen hier teilweise noch aufgeschnitten wurden, musste Louann schwer schlucken. Die Mittel reichten nicht einmal für ein Analyzing Tube System aus, kurz ATS genannt.

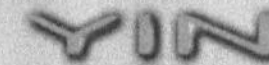

Als Elias und Louann die riesige Autopsiehalle betraten, deren Decke, Boden und Wände mit selbstreinigenden OSC-Platten verkleidet waren, herrschte dort rege Geschäftigkeit. Rund 100 Leichen wurden hier zeitgleich obduziert und der Krach war trotz hoher Trennwände ohrenbetäubend. Gott sei dank funktionierte das Luftreinigungssystem, wie Louann erleichtert feststellte. Elias blickte sich suchend um, als eine maskierte Gestalt die Hand hob und beide zu sich heranwinkte. Louann erkannte hinter dem Gesichtsschutz Danny vom Tatort wieder.

„Morgen. Ihr kommt genau richtig. Wir sind gerade dabei, eure Sumpf-Leiche wieder zuzuschweißen. Kein schöner Anblick, aber ein äußerst interessanter!"

Unwillkürlich warf Louann einen Blick auf den zerfetzten Körper, der auf dem Tisch lag. Ihr wurde fast schwarz vor Augen.

„Wir haben das Opfer die halbe Nacht untersucht. Hatten nichts Besseres vor." Danny lachte, dabei streifte er Handschuhe und Maske ab. „Darf ich euch meinen Assistenten Tom vorstellen?" Ein großer, sehr schlanker Mann mit auffallend blauen Augen nickte freundlich. „Tom, das hier sind die Detectives Marino und Kosloff. Sie sind für diesen Schlamassel hier zuständig."

„Hi!" Übertrieben galant verbeugte sich Tom vor Louann und gab ihr einen imaginären Handkuss. Dabei zwinkerte er schelmisch. „Ich freue mich sehr, Sie kennen zu lernen, Detective Marino! Ihre reizende Gegenwart bringt diese dunklen Hallen zum Strahlen."

Louann grinste entzückt.

Ein Leichenfledderer mit Hang zur Romantik!

Endlich mal ein Kollege mit Feingefühl und guten Umgangsformen. Sie linste unauffällig zu Elias hinüber, der aus seiner Ungeduld keinen Hehl machte.

„Rumturteln könnt ihr nach Dienstschluss, wir haben jetzt keine Zeit für so 'nen Mist! Erzählt uns lieber, was ihr herausgefunden habt. Wer ist das Opfer und was ist ihm zugestoßen?", fragte er barsch in die Runde.

Danny lächelte nur breit und begann zu berichten, während Louann innerlich den Kopf schüttelte. Außer ihr schien sich niemand an Elias' derbem Charme zu stören. Sie schaltete ihr CS/X ein; ab jetzt würde jedes Wort aufgenommen und direkt zum Zentralserver geschickt werden.

„Also, das Opfer ist weiblich, zwischen 20 und 30 Jahre alt. 1,80 groß; schlank, wog wahrscheinlich zwischen 57 und 62 Kilo. Schwer zu sagen, so wie sie zugerichtet ist. Sie ist seit ungefähr 40 Stunden tot. Todeszeitpunkt: Sonntagnachmittag zwischen 15.00 Uhr und 16.00 Uhr. Ohne ATS geht's leider nicht genauer. Ihrer Knochenstruktur nach zu urteilen ist sie nicht eurasisch, sondern afrikanisch. Sie weist eine tiefe Stichwunde am Hals auf. Soweit wir das feststellen konnten, von einer zirka 16 Zentimeter langen Klinge mit Teilsägezahnung. Ein antikes Jagdmesser vielleicht. Außerdem weist die Leiche ...“, Danny blickte auf seine Aufzeichnungen, „... 45 Bisswunden auf. Die meisten an den Armen und am Kopf. Und es fehlen acht ihrer Finger. Ebenfalls abgebissen. Als ob das nicht gereicht hätte, wurde ihr auch noch die Haut abgezogen. Zum Glück post mortem. Aber das wisst ihr ja schon!“ Er machte eine kurze Pause, möglicherweise um seinen Worten Nachdruck zu verleihen.

Louann atmete tief durch. Bei der Vorstellung, welchen Schmerz und welch tiefe Verzweiflung das Opfer gespürt haben musste, schwankte sie leicht und musste sich gegen die kalte Trennwand lehnen. Besorgt beugte sich Tom zu ihr herunter und fasste sie sanft am Arm. Elias warf ihr einen ungeduldigen Blick zu. „Alles klar?“, fragte er kalt. Verlegen winkte Louann ab und versuchte sich auf Dannys weiteren Bericht zu konzentrieren. Seine Stimme war monoton, seine Worte dafür umso abscheulicher.

„Die Stichwunde am Hals war tödlich, die Halsschlagader wurde durchtrennt. Danach wurde das Opfer kopfüber aufgehängt und ist verblutet. Soweit wir es beurteilen können, fand kein sexueller Übergriff statt oder aber sie hatte geschützten Verkehr. Die Abstriche in Rachen und Vaginalbereich waren jedenfalls negativ. Wir haben keine Blutergüsse, Risse oder dergleichen feststellen können. Die Bisswunden an Oberkörper, Armen und Beinen wurden ihr post mortem zugefügt. Wir haben die Bissspuren untersucht. Sie stammen von argentinischen Doggen, wir schätzen die Größe auf 1,20 Meter bis 1,40 Meter, das bestätigt uns auch die Tier-DNA, die wir an der Leiche gefunden haben.“

Elias nickte leicht. Also hatte er Recht gehabt, eine Meute wilder Hunde war über die Leiche hergefallen. *Aber ... wo war die Haut der Frau abgeblieben?* Dannys anschließende Worte rissen ihn aus seinen Gedanken. „Außerdem haben wir festgestellt, dass sie paralysiert worden ist.“

„Wie? Paralysiert?" riefen Elias und Louann unisono, was Danny ein amüsiertes Lächeln entlockte.

Es war Tom, der antwortete. „Wir haben hier im Muskel einen kleinen Einstich entdeckt, der sich bräunlich verfärbt hat. Wahrscheinlich eine allergische Reaktion", dabei zeigte er auf eine Stelle im linken Oberschenkel der Leiche. „Wir haben ihn untersucht und Rückstände von organischem Curare gefunden. Ein Gift, das das Opfer in Sekundenschnelle lähmt. Wir vermuten, dass die Frau durch den Sumpf gejagt wurde. Irgendwann wurde es dem Jäger langweilig und er hat sie mit einem Giftpfeil bewegungsunfähig gemacht."

„Was genau ist Curare?", fragte Louann mit wildem Blick. Sie brannte darauf, das sadistische Schwein zu fassen!

„Curare ist ein Pfeilgift, das in früheren Zeiten von den Indios aus dem südlichen Panamerika benutzt wurde, um Tiere zu jagen", antwortete Tom bereitwillig. „Es wurde aus eingedickten Extrakten von Rinden und Blättern verschiedener Lianenarten gewonnen. Ohne Gegengift führt Curare zur Lähmung der Atemmuskulatur und damit zwangsläufig zum Tod."

„Aber warum wurde ihr die Kehle durchgeschnitten, wenn sie sowieso an Atemstillstand gestorben wäre?" Louanns Frage hing im Raum, während sich die Blicke der drei Männer auf sie richteten.

Diesmal war es Elias, der antwortete. „Weil der Typ ein Psychopath ist, der das Töten genießt", sprach er mit tonloser Stimme. „Er will spüren, wie das Leben langsam aus dem Körper seines Opfers fließt und das warme Blut durch seine Hände pulsiert."

Es trat eine kurze Stille ein. Mit klopfendem Herzen schaute Louann auf Elias. Seine eisigen Augen schienen durch sie hindurch zu sehen.

Bei den Göttern, spricht er etwa aus eigener Erfahrung?!

Danny, der offenbar Louanns Betroffenheit spürte, räusperte sich und drehte sich zu ihr um. Bevor er etwas erwidern konnte, hob sie energisch die Hand. Ihr war ein Gedanke gekommen.

„Aber, wenn das wirklich so ist, dass der Täter ganz nah an die Frau ran ist, um ihren Todeskampf zu spüren...", stieß sie aufgeregt hervor, „hat er vielleicht seine DNA am Opfer hinterlassen. Hautgewebe, Haare, Speichelrückstände ..."

Tom schüttelte den Kopf. „Das haben wir schon gecheckt, Detective", sagte er mit leichtem Bedauern in der Stimme. „So gut es halt ging ohne ATS. Wir haben nichts gefunden. Deshalb haben wir einen Antrag gestellt, um das ATS aus der Zentrale zu bekommen. Aber der Fall ist kein Politikum. Es wird Wochen dauern, bis wir den Körper gründlich analysieren können."

„Wochen? Das ist ja Wahnsinn! Warum geht's nicht schneller? Das ATS könnte der Schlüssel sein."

„Tja, es gibt leider nur fünf davon in Hanseapolis, und die werden nur bei prominenten Opfern bewilligt", antwortete Elias mit einem bissigen Unterton. „Aber du mit deinen Connections bis ganz nach oben erreichst ja vielleicht was, Marino", fügte er hinzu. Dabei strich er fast zärtlich über die Onyx-Schlange auf seiner Hand.

„Was für Connections?! Wovon redest du?", herrschte ihn Louann an. Sein ständiges „Marino" nervte sie gewaltig!

Danny jedoch hatte den Köder geschluckt. „Sie können uns helfen, das ATS zu bekommen, Detective?", rief er begeistert. „Muss heute unser Glückstag sein!"

„Nein!", widersprach Louann verdutzt. „Ich weiß nicht, wie Detective Kosloff darauf kommt, ich könnte irgendjemanden kennen, der uns helfen kann." Sie ignorierte Dannys enttäuschtes Gesicht und starrte ihren Partner fragend an.

Was soll das, du Mistkerl? Wovon redest du?

Doch der ignorierte sie und wandte sich an Tom.

„Sonst noch was?"

Tom beeilte sich, ihm zu antworten: „Klar. Das Beste kommt ja noch." Kurze Pause. „Wir haben ein illegales Implantat gefunden."

Elias lehnte sich interessiert vor. „Tatsächlich? Welches Modell?"

„Ein TS200", meldete sich Danny zu Wort. „Die Qualität ist miserabel und greift die Nerven an. Die Träger eines solchen Implantats leiden unter unkontrollierten Zuckungen und werden nicht selten von Infektionen befallen", erklärte er. „Aber das Schlimmste ist: Dieser TS200 wurde mit einem Nanosprengsatz versehen."

„Wie stark?", fragte Elias.

„Die Sprengkraft ist nicht unbedingt tödlich, aber sie reicht aus, um den betroffenen Körperteil außer Gefecht zu setzen", antwortete Danny. „Im richtigen Moment zur Explosion gebracht, kann das durchaus lebensgefährlich sein."

Aufgebracht begann Elias hin und her zu laufen. „Dieser Dreck hat bei Menschenhändlern Hochkonjunktur." Seine heiseren Worte jagten Louann einen eiskalten Schauer über den Rücken. „Solche Implantate werden NIPs eingepflanzt. Ohne Narkose versteht sich. Sie sind effektiver als jede Fessel. Die Betroffenen können jederzeit geortet werden, sind kontrollierbar und wenn sie Schwierigkeiten machen, kann man sich ihrer ganz einfach entledigen." Elias kochte. „Eine echte Menschenfalle!"

Zum ersten Mal erblickte Louann einen Anflug von Emotionen in Elias' Augen, die regelrecht zu glühen schienen. Sie erkannte eine tiefe Wut in ihnen, die zwar beängstigend war, sie aber auch mit Hoffnung erfüllte. Mit seiner Wut und ihrer Hartnäckigkeit würden sie diesen Fall lösen. Sie mussten einfach!

Dann fragte Elias nach dem Seil, an dem das Opfer gehangen hatte.

„Ja, das ist interessant", murmelte Tom. „Das Seil an sich ist unspektakulär. Ein ganz normales Hanfseil, wie es Tausende gibt. Interessanter sind die Knoten. Das Seil war mit einem Stopperstek am Ast befestigt."

Als Louann fragend die Augenbrauen hob, gab Danny bereitwillig Auskunft. „Der Stopperstek ist ein Klemmknoten, der früher in der Seefahrt verwendet wurde. Ursprünglich wurde mit ihm eine

Leine an einem dickeren Seil befestigt." Er demonstrierte mit den Händen, wie ein solcher Knoten gebunden wurde. „Unter Belastung zieht sich der Stopperstek zu und lockert sich bei Entlastung wieder. Im Gegensatz zum Würgeknoten, der sich so fest zuziehen kann, dass er nicht mehr zu lösen ist. Mit einem solchen Würgeknoten wurden übrigens die Füße des Opfers zusammengebunden. Auch wenn die Frau noch gelebt hätte, als sie Kopf über aufgehängt wurde, sie hätte nicht die geringste Chance gehabt."

Was für ein deprimierender Gedanke, dachte Louann. Welche grausigen Details würden sie von den beiden noch zu hören bekommen? Doch wie sich herausstellte, waren die Forensiker mit ihren Horrorgeschichten am Ende.

„Hör mal, Elias. Die Sache mit den Connections ...", begann Louann, kaum dass sich die Tür des MEC geschlossen hatte, „ich weiß nicht, wie du ..."

„Nicht jetzt, Marino. Ich muss nachdenken", unterbrach Elias sie, dann gab er einen Befehl. „MEC-549, 180 Minuten Rundkurs über der City." Genervt schaute Louann auf seinen weißen Hinterkopf und beschloss, das Thema erst einmal fallen zu lassen. Die nächsten Stunden verbrachte sie damit, in den E-Files nach Afrikanerinnen zu suchen, die auf das dürftige Profil des Opfers passten, doch sie hatte wenig Hoffnung, fündig zu werden. Sollte das Opfer illegal eingereist sein, wäre es durch die Maschen des föderativen Sicherheitssystems geschlüpft. Deshalb ließ Louann parallel eine Suche über DELFI laufen, das Delinquent File, die Verbrecherdatei der Europäischen Föderation. Vielleicht war das Opfer schon einmal auffällig geworden. Das TS200-Implantat war die eindeutig heißere Spur. Um die kümmerte sich Elias.

Zunächst empfand Louann die Stille im MEC als bedrückend, doch nach kurzer Zeit war sie so in ihre Recherchen vertieft, dass sie Elias' Gegenwart schlichtweg vergaß. Als er plötzlich in sein InterCom schrie, schreckte sie heftig zusammen.

„Was sagst du? ... Wirklich? ... Das ist ja ein Ding! ... Danke für den Tipp, Mann. Ich schulde dir was. Bis dann!"

„Gute Nachrichten?", fragte Louann und strich sich eine schwarze Locke aus dem Gesicht.

Elias' Blick folgte ihrer Hand, gleichzeitig erlosch sein Lächeln. „Mo, ein Kumpel aus dem Sittenministerium, hatte kürzlich mit einem TS200 zu tun", erwiderte er mit unbewegtem Gesicht. „Und zwar in Zusammenhang mit einem weltweit operierenden Menschenhändlerring. Sie schleusen Kinder und junge Frauen aus Schwellenländern, wie Großpersien oder Panamerika, in die Europäische Föderation ein und zwingen sie zur illegalen Prostitution. Ihnen wird das Implantat operativ eingesetzt. Unter schlimmsten hygienischen Verhältnissen. Nicht selten sind Infektionen, Nervenkrankheiten und sogar Tod die Folge. Aber was macht das schon? Nachschub gibt's ja genug." Elias' Blick wurde bei diesen Worten noch kälter, falls das überhaupt möglich war. „Mo schickt uns gleich das Profil eines Typen rüber, der als Schleuser tätig war und jetzt als Informant für das Ministerium arbeitet. Ein ziemlich übler Kerl! Verprügelt gern Frauen. Sein Name ist Grigore Calinescu. Sobald wir die Adresse haben, fliegen wir hin und nehmen uns die Ratte mal vor."

Grigore hatte es im Leben nicht leicht gehabt und wurde auch nicht müde, es immer wieder zu betonen. Sein Vater, ein trinkfester Psycho, hatte ihn, schon als er klein war, gern als Punching Ball benutzt. Seine Mutter, eine Hure – darin waren sich Vater und Sohn ausnahmsweise einig – war abgehauen, als Grigore fünf Jahre alt war. Der Junge war zwar nicht ganz helle im Kopf, wahrscheinlich hatte ihn sein Vater ein paar Mal zu oft verprügelt, doch er besaß einen ausgeprägten Überlebensinstinkt. Irgendwann, mit acht oder neun Jahren, stellte er fest, dass es noch Schwächere gab als ihn. Sie zu treten und zu quälen verschaffte ihm tiefe Befriedigung. Je mehr er prügelte, desto erträglicher wurde sein Leben. Er verschaffte sich Respekt und wurde selbst in Ruhe gelassen. Vor allem Mädchen waren in seinen Augen die perfekten Opfer. Sexuell interessierten sie ihn nicht, doch er erkannte schnell ihren Marktwert und mit der Zeit brachte er es damit sogar zu einem bescheidenen Wohlstand. Alles lief glatt, bis eines Tages dieser Sittenwächter in seiner Tür stand und ihn in die Mangel nahm. Grigore der Überlebenskünstler wusste auch diesmal, was zu tun war. Seit dieser Zeit warf er dem Ministerium gelegentlich Informationshäppchen zu und führte sein lukratives Geschäft in aller Ruhe weiter.

An diesem trüben Nachmittag lag Grigore auf einer verdreckten Pritsche in seinem „Büro" und beglückwünschte sich wieder einmal, dass die Cops nichts von seinen Deals wussten. Genüsslich leckte er sich die Lippen, sein kleiner Spitzbauch wölbte sich unter einem fadenscheinigen fleckigen Shirt mit der Aufschrift „Swiss Free Zone", seine dünnen Beine waren angewinkelt. Rings um ihn herum lagen leere Vodkaflaschen und eingetrocknete Essensreste. Mit zusammengekniffenen Augen beobachtete Grigore eine Schabe, die an der Wand entlang krabbelte, und überlegte, ob er sie mit seinem linken Schuh oder dem bloßen Daumen zerquetschen sollte, ...

... als plötzlich die Metalltür seines schäbigen Büros mit einem lauten Krach aus den Angeln gerissen wurde. Ein riesiger, weißhaariger Kerl mit schrecklichen Augen stürmte herein. In der Hand hielt er einen durchschlagkräftigen Plasma-Werfer kurzer Reichweite, mit dem die Cops gerne mal „Türen öffneten". Panisch beugte sich Grigore zur Seite und tastete zwischen den umgekippten Flaschen nach seiner Waffe, doch bevor er sie zu fassen bekam, trat ein schwerer Stiefel mit voller Wucht auf seine Hand und zerquetschte ihm gleich drei Finger auf einmal. Grigore schrie heulend auf. Mit tränenverschleierten Augen schaute er sich nach einem Fluchtweg um und erblickte in der Tür eine dunkelgelockte Frau, die vorsichtig zu ihm herüberlinste. Ganz Fachmann, der er war, schätzte Grigore trotz seiner Qualen die Tussi in Sekundenschnelle ab. Sie war hübsch, hatte große Augen und Rundungen an den richtigen Stellen. Neben dem Riesenkerl wirkte sie unschuldig und schutzbedürftig. *Gute Ware … wenn auch etwas alt.* Grigore leckte sich die Lippen und ignorierte die Gefahr, die groß und weiß über ihm schwebte.

„Hey Kumpel", stöhnte er unter Schmerzen und schaute zu dem Augenmonster hoch. Seine Hand schien am Boden festgenagelt zu sein und brannte wie die Hölle. Der Typ bewegte seinen Fuß keinen Millimeter, vielleicht konnte er trotzdem mit ihm ins Geschäft kommen.

„Ich weiß zwar nicht, was du von mir willst, aber ich sag dir was", begann Grigore mit zittriger Stimme. „Ich kenne da ein paar Leute, die auf kleine Frauen mit dicken Tüten stehen, Mann. Ich mach dir einen guten Preis für die Schlampe!" Dabei stieß er ein klägliches Lachen aus. Wie schon gesagt, er war nicht sehr helle.

Die Bruchbude stank nach Müllkippe, menschlichen Ausdünstungen und verbotenen Substanzen. Elias sah vor sich einen schmierigen Typen, der etwas von dicken Tüten und Schlampe brabbelte. Zwar hörte er die gelispelten Worte klar und deutlich, doch er brauchte einige Sekunden, um zu begreifen, dass der Dreckskerl damit seine Partnerin meinte. Als vor seinem inneren Auge Bilder von verstümmelten Kindern mit Sprengsatz-Implantaten erschienen, gab das den Ausschlag. In Elias' Kopf explodierte die Wut und seine Faust krachte mit voller Wucht in Grigores Wieselgesicht. Dabei knirschte es laut. Der Typ jaulte. Elias hatte ihm mit einem Schlag das Nasenbein gebrochen und die „Swiss Free Zone" auf dem billigen Shirt saugte sich mit Blut voll. Grigore gurgelte und wand sich auf dem Boden.

Daraufhin versetzte ihm Elias einen harten Tritt in den Magen und holte noch einmal aus. Wieder und wieder krachte die mächtige Faust auf Grigore nieder, bis dieser das Bewusstsein verlor und sein Kopf nur noch hilflos hin und her wackelte.

Louann war wie erstarrt.

Um Himmels Willen, der rastet ja völlig aus!

Alles war so schnell gegangen. „Elias!" Sie musste schreien. „Elias, du bringst ihn ja um! Der Kerl ist es nicht wert. Bitte, lass ihn los!"

Aber Elias hörte sie nicht und schlug wie von Sinnen weiter auf den Typen ein. Louann fiel ihm in den Arm, doch er schüttelte sie ab, als wäre sie eine Puppe. Tränen schossen ihr in die Augen. War er verrückt geworden? Louann schrie noch lauter. „Elias, hör auf! Wir brauchen Informationen von ihm. Denk an das Opfer, denk an das arme Mädchen im Sumpf!" Keine Reaktion. „Bitte, Elias." Louanns Schreie gingen in ein Schluchzen über.

So plötzlich, wie Elias den Kerl gepackt hatte, ließ er von ihm ab. Schwer atmend wankte er kurz, dann ließ er sich auf die Pritsche fallen, den Oberkörper nach vorne gebeugt. Zögernd trat Louann näher und drehte ihn sanft zu sich um. Sie schauderte. Sein Gesicht war schweißgebadet, seine Augen dunkel vor Schmerz. Die schwarze Onyx-Schlange war blutüberströmt. Um ihn zu beruhigen, legte Louann ihre Hand vorsichtig auf seinen Arm, doch er riss sich los und herrschte sie an.

„Hilf mir, ihn aufs Bett zu legen! Hol ein nasses Tuch und etwas zu trinken. Wir müssen ihn herrichten, damit er mit uns reden kann."

„Aber ... du hast ihm die Nase gebrochen!"

„Wen juckt's? Er soll reden, nicht schnüffeln. Hol die Sachen. Mach hin!"

Grigore Calinescu sah erbarmungswürdig aus. Sein Gesicht war eine blutige Masse, seine Nase auf die doppelte Größe angeschwollen und die rote Brühe lief ihm die Schläfe hinunter. Seitdem er erfahren hatte, dass Elias und Louann Cops waren, sprühte der blanke Hass aus seinen Augen. Beschämt vermied es Louann, ihn anzuschauen. Elias hingegen nagelte den Kerl mit seinen metallischen Augen regelrecht fest.

„Ok, da wir uns jetzt bekannt gemacht haben, kann's ja losgehen!", begann er mit einem humorlosen Lachen. „Wir haben ein TS200-Implantat bei einer toten Frau gefunden. Sie wurde übel zugerichtet. Die Frau ist Schwarzafrikanerin, zwischen 20 und 30 Jahre alt." Pause. „Sagt dir das irgendwas?"

„Keine Ahnung. Ich handle nicht mit Briketts. Und TS was? Noch nie davon gehört", nuschelte Grigore und spuckte einen blutigen Klumpen direkt vor Louanns Füßen aus. Wütend bäumte sich Elias auf und ballte die Faust. Grigore fuhr wie unter einem Hieb zusammen, hob abwehrend die Arme. Seine Hände zitterten. „Ok, ok. Ich glaub, mir fällt wieder ein, was ein TS200 ist", stammelte er. Sein linkes Auge zuckte nervös. „Die meisten NIPs bekommen so 'n Ding verpasst. Allein hier in Altona gibt's Hunderte von denen. Was weiß ich, welche Schlampe ihr meint."

„Geht das nicht ein bisschen genauer? Wer verpasst den NIPs die Implantate und wo finden wir sie?", hakte Elias gereizt nach.

„Na ja ... also, es gibt da 'ne Praxis im Nördlichen Distrikt, direkt am Damm, ein ehemaliges Tierversuchslabor, dort wird die Ware hingekarrt und präpariert", erklärte Grigore widerwillig und wimmerte. „Die Adresse kann ich euch aber nicht geben, die machen mich sonst kalt."

„Falsch! Wenn du's nicht tust, dann mach *ich* dich kalt!", knurrte Elias. „Übrigens, wo warst du am Sonntag zwischen 15 und 16 Uhr?", wollte er wissen und senkte seinen schweren Stiefel auf Grigores zerquetschte Finger.

Gepeinigt brüllte Grigore auf. „Ihr könnt mich mal! Ich sag nix mehr!" Blutiger Rotz lief ihm aus der Nase. „Ich werde euch wegen Polizei-Brutalität anzeigen!"

Elias lachte, kalt und gemein. „Versuch's doch, du Arschgesicht! Wem, meinst du, wird man mehr glauben? Dir oder uns? Du hast meine Partnerin angegriffen, und ich habe sie verteidigt. So einfach ist das. Das werden wir beide bezeugen." Elias drehte sich zu Louann um. „Nicht wahr, Marino?"

Louann sah in sein hartes Gesicht und kapitulierte. Wir sind Partner, entschied sie. Das hier ist meine Chance, sein Vertrauen zu gewinnen.

„Ja. Genau so war's. Der Typ wollte mich zu Brei schlagen, du hast dich lediglich dazwischen gestellt", antwortete sie matt.

Diese Aktion kann uns den Kopf kosten!

Elias nickte langsam, dann wandte er sich wieder Grigore zu. „So, und jetzt sagst du mir, was du Sonntag gemacht hast und wo die NIPs anschaffen gehen. Diesmal will ich einen echten Knaller, sonst breche ich dir mehr als nur deine Nase ...“

„MEC-549, Erste-Hilfe-Robot aktivieren!“, befahl Louann energisch, kaum dass sie und Elias das MEC betreten hatten.

„Übertreib's nicht", fuhr Elias sie an, doch Louann ließ sich nicht beirren.

„Wir müssen checken, ob du dir irgendwas gebrochen hast", sprach sie mit fester Stimme und machte sich gleich ans Werk.

Ein kurzer Scan brachte die beruhigende Gewissheit, dass mit Elias' Hand alles ok war. Louann legte diese vorsichtig in ihre linke Hand und behandelte sie mit einem antiseptischen Spray. Sie achtete peinlich darauf, die schwarzen Onyx-Platten nicht zu berühren. Elias stand vor ihr, so nah, dass sie ihn riechen konnte. Seine Hand fühlte sich rau an, die Abschürfungen verliehen ihr eine eigenartige Verletzlichkeit. Konzentriert wie sie war, schreckte sie hoch, als Elias unerwartet den Kopf senkte.

„Es tut mir leid", flüsterte er. Sein Atem strich leicht über ihre Haare, und in ihrem Bauch kribbelte es verdächtig. Hastig machte Louann einen Schritt zurück und schaute zu ihm hoch.

„Was?“, frage sie etwas atemlos.

„Dass ich die Beherrschung verloren habe", antwortete Elias sanft, „das hätte nicht passieren dürfen.“

„Wir sind doch alle nur Menschen, oder? Außerdem ist dieser Calinescu echter Abschaum", antwortete Louann mit einem unsicheren Lächeln. Ein leichtes Glitzern, das sich in Elias' silbernen Augen widerspiegelte. Verwirrt schaute Louann ihn an.

Was brütet der Mistkerl aus? Die Lachfältchen um seine Augen vertieften sich.

„Du kannst jetzt meine Hand loslassen, Marino", sprach er und grinste. Als hätte sie sich verbrannt, kam Louann eilig seiner Bitte nach.

„Und was machen wir jetzt?" fragte sie so ungezwungen wie möglich und trat zur Sicherheit einen weiteren Schritt zurück.

„Wir fliegen erstmal aus dieser Drecksgegend raus. Dann checken wir das Alibi dieser rumänischen Ratte."

„Und was ist mit *Kids Paradise*?"

Dort, in den Hinterzimmern des größten Spielzeugherstellers von Hanseapolis, gingen die NIPs mit den TS200-Implantaten anschaffen, überwiegend Frauen, Mädchen und Jungen.

Ein Spielzeughersteller! Wie abscheulich!

„Ich schau mich heute Nacht dort mal um", antwortete Elias eher beiläufig.

„Wirklich? Und was ist mit mir?"

„Du bleibst hier", sagte Elias bestimmt. „Als Unschuld vom Lande würdest du dort nur unnötig auffallen!", fügte er herablassend hinzu, wieder ganz der alte. Louann schäumte innerlich. Er machte es ihr wirklich nicht leicht, sich für ihn zu erwärmen!

Am Abend beschloss Louann, eine kleine Shoppingtour zu machen. Zum einen brauchte sie neue Boots, zum anderen wollte sie sich von Elias' nächtlichem Ausflug ablenken. Nachdem dieser ihr versprochen hatte, sie über InterCom auf dem Laufenden zu halten, setzte sie ihn in der Zentrale ab und flog zur Großen Europapassage im Hamburger Viertel.

Unter einer gigantischen blauen Kuppel erstreckte sich auf 30 Levels ein riesiges Labyrinth aus verwinkelten und verschachtelten Gängen, durch die Louann eine Woche hätte schlendern können, ohne zweimal den gleichen Weg gehen zu müssen. Das hier war ihre liebste Shoppingmall in Hanseapolis. Eine riesige bunte Schatztruhe, in der es immer wieder etwas Neues und Aufregendes zu entdecken gab. Erst letzte Woche hatte sie sich ein EP-Kundenaccount auf ihrem S3-Implantat installieren lassen.

Im 15. Level trat Louann in ein Schuhgeschäft und setzte ihren Virtuellen Kommunikator auf, eine Art schmale Brille mit ausfahrbaren, interaktiven Sichtgläsern aus transparentem Polymer. Prompt erschien ihr persönlicher Shopping Guide auf der Bildfläche. Ein eleganter Herr mittleren Alters mit vollem blondem Haar, wie es so vollkommen nur noch in der virtuellen Welt existierte.

„Einen wunderschönen guten Tag, Miss. Sie sehen heute wieder bezaubernd aus", säuselte er in ihren InterCom. „Was genau suchen Sie? Lacey's hat erst heute Morgen neue Slings von Ivanov hereinbekommen. Genau in Ihrer Größe. Braun mit dunkelgrünen Streifen. Sie würden zu Ihren Augen wunderbar aussehen!" Der Shopping Guide zwinkerte ihr zu. „Was meinen Sie?"

„Nein, Ludwig, kein Bedarf", antwortete Louann der virtuellen Figur vor ihr, die nur sie sehen konnte. „Ich suche leichte Multifunktionsboots. Winddicht, wasserdicht, atmungsaktiv mit Air-Active-Sensoren, rutschfesten Laufsohlen und Nano-Carbon-Einlagen."

Ludwig blinzelte leicht irritiert, doch er hatte sich schnell wieder gefangen, wie Louann amüsiert feststellte.

„Ja, natürlich! Folgen Sie mir. Hier hinten steht ein Paar in Ihrer Größe." Geduldig stand Ludwig neben ihr, als sie die Boots anprobierte. Dank der Nanobots im Gewebe passten sie wie angegossen, und sollten ihre Füße nach einem langen Tag anschwellen, würden die Boots einfach mitwachsen. Louann war zufrieden.

„Danke, Ludwig, sie sind perfekt."

„An Ihnen sehen sie aber auch wirklich zauberhaft aus, Miss", schmeichelte Ludwig, ganz der Kavalier, den sich Louann gewünscht und nach ihren Vorstellungen konfiguriert hatte. Sie sah auf ihre klobigen Füße und musste grinsen. Diese Boots waren zweckdienlich und alles andere als zauberhaft. Sie beschloss, sie gleich anzubehalten und warf ihre alten in eine Recyclingröhre, dann trat sie wieder hinaus. Dabei wurden die Boots an ihren Füßen gescannt und der Betrag automatisch von ihrem Konto abgebucht.

Im Namen von Lacey's bedankte sich Ludwig für den Einkauf und versuchte ihr vom Laden gegenüber eine Tasche aus Perikolarit schmackhaft zu machen; ein edles Teil, das bei Kontakt mit einem Kleidungsstück die gleiche Farbe annahm. Doch Louann stand nicht mehr der Sinn nach Shopping. Die Bilder der vergangenen Tage gingen ihr einfach nicht aus dem Kopf und sie machte sich Sorgen. Die Zusammenarbeit mit Elias stand unter keinem guten Stern. Dass sie für ihn nur ein Klotz am Bein war, hatte er mehr als deutlich gemacht! Und was sie selbst betraf: Auch wenn sie es zu verbergen versuchte, er machte ihr eine Scheißangst mit seinen Metallaugen und seiner schwarzen Onyx-Schlange!

Mit den Augen suchte Louann das Menü auf den Sichtgläsern ab und deaktivierte über den Sprachmodus das laufende Programm. „Shopping Guide Ende." Dann setzte sie den Virtuellen Kommunikator ab.

„Sorry, Ludwig", flüsterte sie und sah sich um. In den Gängen wimmelte es von Menschen und Robotern. Telemetrisch gesteuerte Nanny Robots mit kleinen Kindern, Gruppen von übermütigen Centenarians, Hundertjährige, die ihren Ruhestand lautstark genossen, weiß gekleidete Mechatroniker, die vor der Nachtschicht noch schnell Besorgungen machten. Eine Schulklasse in der blauen Uniform der Ecole Fédérative de l'Ordre Européen bewunderte lebende Zierfische in einem gigantischen künstlichen Korallenriff, das sich über mehrere Levels bis zur Kuppel erhob.

Louann überquerte die Galerie, um einen Blick hinunter auf das glasüberdachte Atrium der Europapassage zu werfen, das von den Hanseapolen liebevoll als *Alsterauge* bezeichnet wurde. Wie eine überdimensionale Iris mit einer sprudelnden Pupille in der Mitte – die veraltete Fontäne war erst vor kurzem restauriert worden – leuchtete die ehemalige Binnenalster veilchenblau. Xenon machte es möglich! Das Becken wurde, wie auch der Alstersee und die wenigen Kanäle im Hamburger Viertel, mit Meerwasser gespeist. Die Uferpromenade war gut besucht und lockte mit Attraktionen wie Segeln oder Perlentauchen, doch für Louann kamen solche kostspieligen Vergnügungen nicht in Frage.

Auf dem Weg zur Landeplattform blieb sie vor einem OptiMedical Center stehen, wo ein Werbe-Hologramm die Vorteile eines Neurokommunikators aus dem Hause *KygTech* anpries: „Naturgetreues 3-D-Umfeld! Einfach über die Gehirnströme zu steuern. Die perfekte Illusion. Gerüche inbegriffen!" Als sich Louann neugierig näherte, wartete das Hologramm mit zusätzlichen Informationen auf. So erfuhr sie, dass der Neurokommunikator direkt in die Hornhaut eingepflanzt wurde, die Operation nicht länger als eine halbe Stunde dauerte und von *KygTech* gesponsert wurde, dem größten Technologiekonzern der Welt. Wenn Louann wünschte, könnte sie sich den Neurokommunikator gleich an Ort und Stelle implantieren lassen. Für nur 10.000 Eurodollar ein echtes Schnäppchen! Doch Louann schauderte bei dem Gedanken, dass in ihren Augen herumgepfuscht wurde und entfernte sich schnell. Sie zog ihren guten alten Virtuellen Kommunikator vor und wollte sich, solange es noch ging, die Freiheit gönnen, ihn jederzeit absetzen zu können ...

Stunden später lag sie in ihrem Apartment und war mit sich und der Welt im Einklang. Über die GCS wurde aus Guangxi ein Live-Konzert des Ausnahmepianisten Oz Majur übertragen und Leo Ornsteins Klaviersonaten erfüllten den kleinen Raum mit melancholischen Kadenzen. Hätte Louann ihren Virtuellen Kommunikator aufgesetzt, hätte sie direkt in den Konzertsaal eintauchen und Majur auf die wirbelnden Finger schauen können. Doch sie war in einen historischen Roman vertieft. *Schachmatt* handelte von Verschwörung und Verrat im ausgehenden 15. Jahrhundert, der perfekte Stoff für einen regnerischen Februarabend.

Louann mochte den Duft von Papierbüchern. Sie besaß eine kleine Sammlung von ungefähr 500 Stück, auf die sie sehr stolz war, die sie aber weitgehend unter Verschluss hielt. Die Begeisterung für echte Bücher war nicht sehr zeitgemäß und Sammler galten gemeinhin als Sonderlinge.

Gerade als der königstreue Chevalier Philippe de Trojan seinen englischen Widersacher in einen tödlichen Kampf verwickelte, knarrte es in ihrem InterCom. Für den Bruchteil einer Sekunde setzte ihr Herzschlag aus. Die Gegenwart hatte sie wieder.

„Marino?" Es war Elias. „Marino, hörst du mich?" Er klang gehetzt.

„Ja, ich hör dich klar und deutlich. Ist alles in Ordnung? Du hast mich zu Tode erschreckt!"

„Zieh dich an und komm zur Plattform D1.27. So schnell wie möglich!"

Mist! „Äh ... Ok, ich bin in 20 Minuten da“, murmelte Louann, alles andere als begeistert. Doch ihr InterCom war bereits tot. Sie seufzte und legte ihr Buch weg.

Adieu Majur, adieu Chevalier. Es hätte so schön sein können!

Sie zog eine warme Thermojacke über, steckte ihren Laser in das dafür vorgesehene Holster und eilte hinaus.

Wenn sich Cedric an einer Sache festgebissen hatte, konnte nichts und niemand ihn aufhalten. Die Geschichte mit dem Verwaltungsbeamten nagte an ihm und so aktivierte er die GCS in seinem Hotelzimmer. Gebannt schaute er auf den leuchtenden Splitscreen. Während am unteren Rand die Namen aller Mitglieder des Europäischen Verwaltungsrats aufgelistet wurden, zeigte ein 3D-Diagramm im oberen Teil deren Bewegungsmuster der letzten vier Wochen. Dabei handelte es sich allerdings um offiziell genehmigte Behördeninformationen, die alles andere als zuverlässig waren. Gleichzeitig kontaktierte Cedric einen Banker in Südostasien, Freddy Kampong, mit dem er vor Jahren befreundet gewesen war.

Als das attraktive Gesicht des Deutsch-Malaysiers in der Mitte des riesigen Screens aufpoppte, schlug Cedrics verräterisches Herz einen Purzelbaum, worüber er sich maßlos ärgerte. Vor allem, da er wusste, dass Freddy gerade das InterimPairing mit Kim, einer Hongkong-Chinesin, um weitere fünf Jahre verlängert hatte. Dennoch schien dieser ehrlich erfreut, ihn zu sehen.

„Honey, was für eine reizende Überraschung! Wie geht's dir? Bei Allah, ich hatte fast vergessen, wie schön du bist." Er grinste schief. „Warum haben wir uns beide nochmal getrennt?" Freddy war bisweilen ein echter Spaßvogel.

„Kim?", half ihm Cedric auf die Sprünge, ein dünnes Lächeln auf den Lippen.

Freddy lachte, hatte aber den Anstand, dabei verlegen auszusehen. „Stimmt, entschuldige bitte", sagte er und sah ihn fragend an. „Was kann ich für dich tun, Sweetheart?"

„Ich hab hier die Nummer eines Kontos in Singapur", begann Cedric ohne Umschweife. „Sie lautet IBA100258791-L. Ich muss wissen, wer der Inhaber ist und ich will Einsicht in alle Kontobewegungen der letzten sechs Monate …"

„Halt, halt!", unterbrach ihn Freddy scharf. „Du hast sie doch nicht mehr alle! Weißt du eigentlich, was du von mir verlangst? Vielleicht ist es dir entgangen, aber hier bei uns in Singapur herrscht immer noch das Bankgeheimnis!" Er kniff die wohlgeformten Lippen missbilligend zusammen. „Wir bieten unseren Kunden hundertprozentige Diskretion und Immunität. Eine solche Information könnte mich meinen Kopf kosten!"

Als Cedric erkannte, wie empört Freddy war, beschloss er, ihn bei seiner Eitelkeit zu packen. „Hör zu, Großer. Ich weiß, du bist ein Genie und der einzige, den ich kenne, der das schaffen kann", schmeichelte er mit samtener Stimme. „Ich dachte, du liebst Herausforderungen. Außerdem …" Cedric legte eine kleine Kunstpause ein. „… schuldest du mir was. Schließlich hast *du* mich damals hängen lassen."

Verdammt! Warum muss er mich gerade jetzt daran erinnern?

Freddy seufzte bei dem Gedanken und nagte an seiner Unterlippe. Er hatte sich damals ohne ein Wort verpisst und erst viel später den Mut aufgebracht, Cedric von Kim zu schreiben. Nicht gerade eine seiner glorreichsten Leistungen! Wieder seufzte er. Es klang etwas niedergedrückt. Cedric, der ihn mit Argusaugen beobachtete, jubilierte innerlich. Und tatsächlich, nach wenigen Sekunden gab sich Freddy geschlagen. „Ok, ich kann dir aber nichts versprechen. Wie lautet noch mal die Nummer?"

8

„Grigore, der Drecksack, hat uns belogen!", rief Elias seiner Partnerin schon von weitem zu. Sein kalter Blick wetteiferte mit dem eisigen Wind, der über die Landeplattform peitschte. Louann zog instinktiv die Schultern hoch, als Elias im Laufschritt die Rampe des MEC hocheilte. Frostige Böen begleiteten ihn ins Innere, und sie spürte, wie die Thermopads in ihrer Jacke begannen, auf Hochtouren zu arbeiten.

„Sein Alibi für die Tatzeit stimmt zwar, doch im *Kids Paradise* ist nichts, rein gar nichts. Der Laden ist sauber. Aber ...", Elias' Stimme triumphierte, „... ich habe mich umgehört. Da gibt's einen Souvenirshop, nur ein paar Meter vom Museum Herbertstraße entfernt. *Dree Buddels* heißt der. Die verkaufen dort Schiffsmodelle, Kompasse und so was. Besitzer ist ein zwielichtiger Typ namens Flip Jelle. Er hat zweimal wegen Körperverletzung gesessen." Er grinste böse. „Ich hab ihm einen Besuch abgestattet. Hab mich als lettischen Sextouristen ausgegeben. Er war sehr kooperativ."

Das also erklärte Elias' ungewöhnliche Aufmachung, dachte Louann und nahm ihn genau in Augenschein. Eine cremefarbene Hose aus Para-Aramid, ein violett glänzendes Perlonhemd und eine weiße Thermoweste mochten noch gehen. Die schmalen Darkglasses, die seine unheimlichen Augen verbargen, auch. Das winzige lila Käppi auf seinem Kopf allerdings war die sprichwörtliche Krönung! Louann biss sich auf die Lippen, bekämpfte den albernen Drang zu kichern, hielt den Atem an, bis sie keine Luft mehr bekam ... und verlor! Schallend lachte sie Elias ins Gesicht. Die Reaktion kam postwendend.

„Ist irgendwas?", knallte es ihr wie ein Peitschenhieb entgegen.

Louann versuchte vergeblich, ihre Fassung wiederzugewinnen. „Nein, nein …“ Sie atmete tief ein. „Es ist nur … dieses Käppi ist so … so …“

„So was?“, hakte Elias knurrend nach.

„So … piepsig“, antwortete Louann vorsichtig und grinste.

Elias schaute sie leicht verärgert an, doch erstaunlicherweise behielt er seinen Kommentar für sich. Dann nahm er das Käppi ab, fuhr sich durch die Haare und seufzte. „Ok, ich bin müde. Können wir das Käppi vergessen und weitermachen?“

Louann, die sich nicht über den Weg traute, nickte nur. Sie spürte genau, wie der Übermut irgendwo zwischen Bauch und Zwerchfell auf eine Chance lauerte …

„Lass uns woanders hinfliegen! Ich hab die letzte Stunde so viel Dreck gesehen, ich muss hier weg. Ich kenne einen netten Laden im 50. Level des Mühlenkamp-Gebäudes, die *Bar du Nord*. Dort können wir in Ruhe was trinken und reden.“ Nach diesen Worten schlurfte Elias schweren Schrittes in Richtung Sleeping Box. Er schien plötzlich um Jahre gealtert zu sein.

Louann sah ihm voller Genugtuung nach.

Also bist du doch nicht der knallharte Cop, der du gern vorgibst zu sein.

„Warum hast du mich hierher kommen lassen? Wir hätten uns doch direkt in der *Bar du Nord* treffen können“, sagte sie laut. Dass die Bar nur eine Flugminute von ihrem Apartment entfernt war, brauchte sie nicht extra zu erwähnen.

„Ich wollte das Lufttaxi sparen“, klang es schnodderig aus den Tiefen des Sargs zu ihr herüber. Louann rollte mit den Augen, sagte aber nichts.

„Außerdem ist mir das mit der *Bar du Nord* erst vorhin eingefallen“, meinte Elias eine Viertelstunde später, als beide den Club betraten. Dabei warf er Louann einen leicht amüsierten Blick zu. Auf dem kurzen Flug hierher hatte er ein Nickerchen gemacht und war, wie es aussah, wieder voll da.

Die *Bar du Nord* war in Hanseapolis schwer angesagt, doch an diesem Mittwochabend war nicht viel los. Das elegante Ambiente war in Blau gehalten. Die wenigen Gäste saßen auf erhöhten Plattformen, die per Sensor gesteuert wurden. Fluoreszierendes Wasser rann die zerklüfteten Wände aus türkisfarbenem Mondgestein hinunter und eine holografische Sängerin im weinroten Paillettenkleid schlug leise, jazzige Töne an. Louann wusste, hier verkehrte in erster Linie die Intelligenzija von Hanseapolis und wunderte sich, dass Elias gerade diesen Laden ausgewählt hatte. Doch sie verbiss sich eine Bemerkung.

Beide steuerten eine einsame Plattform an und setzten sich auf die azurblauen Airtouch-Sessel, die sich sofort ihren Körperformen anpassten. Ein Fingertipp, und sie fuhren sanft nach oben. Drei Meter über dem Boden lagen sie mehr als dass sie saßen, ein wenig wie auf Wolken. Über Touchscreen bestellten sie ihre Getränke – Hot Beer und Vin Bleu. Nur wenige Minuten später glitten ihre gefüllten Gläser durch die Kristallsäule hinauf, die die Plattform stützte.

„Ich liebe diesen Laden, obwohl er eigentlich nicht mein Stil ist", begann Elias. ***Kann er Gedanken lesen?*** „Die Leute hier sind entspannt. Jeder interessiert sich nur für sich selbst. Die Musik ist ok, die Preise auch." Beide schwiegen und nippten an ihren Getränken. Elias' Schweigen fühlte sich kalt an. Offenbar scheute er sich davor, zur Sache zu kommen. Also ließ ihm Louann die Zeit, die er brauchte, und schaute sich erneut interessiert um.

Elias seinerseits schaute Louann an. Zugegeben, bisher war sie eine angenehme Überraschung gewesen. Sie war engagiert, hatte am Tatort Nerven und bei Calinescu Loyalität bewiesen. Armes Ding! Noch steckte sie voller Idealismus. Der würde ihr in Hanseapolis schneller abhanden kommen, als sie diesen Fall lösen würden! Doch Elias war auf der Hut. Schließlich kannte er sie erst wenige Tage, und manche Menschen offenbarten erst nach Jahren ihr hässliches Gesicht.

Wie sollte er Louann schonend erklären, was er im U-Bahnhof Altona gesehen hatte? Traumatisierte Geschöpfe, zum Teil noch Kinder, die geprügelt, geschändet und gedemütigt wurden. Umringt von geifernden Männern mit glühenden Augen und zu enger Hose. Er hatte Folterbänke, Brandlaser und abgerichtete Hunde gesehen, die junge unschuldige Seelen brachen. Elias nahm einen tiefen Schluck aus seinem Glas und bestellte gleich wieder ein Hot Beer. Das Schlimmste aber waren die Augen der geschändeten Kinder gewesen. Wie versiegte Brunnen, aus denen nie wieder Leben entspringen würde ...

Das meiste stand auf dem Index, war schon vor Jahrzehnten verboten worden. Nach einer globalen Mobilmachung war es sogar gelungen, diesen Dreck gänzlich aus der GCS zu verbannen. Elias starrte ins Leere. Vielleicht wäre jetzt die Gelegenheit, Marino endgültig loszuwerden. Obwohl ... *Vielleicht spornt sie das erst recht an!* In diesem Moment traf er eine Entscheidung: Er würde am nächsten Abend den ganzen Laden hochgehen lassen! Dann holte er tief Luft und begann zu berichten.

Drei Hot Beer und zwei Vin Bleu später schaute ihn Louann aus roten Augen an. Ihre Unterlippe war zerbissen und eine einsame Träne kullerte ihre Wange hinab, die sie ärgerlich wegwischte. Elias hatte seine Worte sorgfältig gewählt und so viele grausige Details wie möglich ausgelassen. Doch Louann hatte zwischen den Zeilen lesen können.

„Und jetzt", fragte sie mit leicht zitternder Stimme. „Was hast du vor?"

„Morgen Nacht werde ich den Schweinen einen kleinen Besuch abstatten, und ich bring ein paar Freunde mit! Ich rede gleich morgen früh mit Sahil. Wir müssen mit einem X-Team da rein."

Elias strich sich gedankenverloren über seine vernarbte Augenbraue. „Von mir aus kannst du mitkommen, aber halt dich im Hintergrund. Ich habe dein Profil eingesehen. Du hast keine Häuserkampf-Erfahrung und hast deine Fälle meist durch Grips und ...", er schnaubte leise, „... weibliche Intuition gelöst. Die wird dir dort nicht viel nutzen, fürchte ich."

Louann winkte ab. Sie war zu aufgewühlt, um zu streiten. „Ist das nicht eigentlich Sache der Sittenwächter, so was durchzuführen? Wird es da keine Kompetenzstreitigkeiten mit dem Ministerium geben?", gab sie zu bedenken.

„Das ist mir scheißegal!", antworte Elias gepresst. „Mos Tippgeber war sowieso der totale Reinfall."

„Bis auf das Tierversuchslabor im Nördlichen Distrikt", warf Louann ein.

Aber Elias war unnachgiebig. „Das hätten wir auch so rausgekriegt." Er schaute sie lange an. Ein dünnes Lächeln umspielte seine Lippen. „Heute werde ich ruhig schlafen, denn morgen wird ein guter Tag!"

9

Zur gleichen Zeit loggte sich Freddy Kampong am anderen Ende der Welt mit Hilfe seines Neurokommunikators in die Financial Interaction Zone ein, kurz FIAZ. Kims schläfrige Stimme klang aus dem Schlafzimmer zu ihm herüber.

„Was tust du da, Ti-Rak? Warum bist du schon so früh auf?" Ti-Rak war ein Kosename, den Kim nur dann benutzte, wenn sie besorgt war.

Als er antwortete, bemühte sich Freddy um einen heiteren Ton. „Es ist alles in Ordnung, Süße. Ich muss nur was recherchieren, fürs Audit heute Nachmittag. Schlaf weiter."

Inzwischen hatte sich auf seiner Hornhaut eine Suchmaske aufgebaut. Anhand des Nummernkontos IBA100258791-L wusste Freddy: IBA stand für International Bank of Asia, 100 für Privatkonto, die ungerade Ziffer signalisierte, der Kunde lebte in Übersee. Das L war es, das Freddy zu schaffen machte. L stand für *locked*, damit unterstand das Konto strengsten Sicherheitsbestimmungen. Es würde schwierig werden, sich reinzuhacken. Und tatsächlich, als Freddy durch neuronale Impulse seinen Erkennungscode und die Nummer eingab, wurde ihm der Zugang verweigert. Während seine Finger ungeduldig auf der Sessellehne klopften, dachte er angestrengt nach. Es musste eine andere Möglichkeit geben, da rein zu kommen! Dann lachte er leise auf. Ihm fiel ein Weg ein, wie er die Sicherheitssperren umgehen konnte. Unkonventionell, aber genial!

Freddys Gehirn lief auf Hochtouren. Ein Befehl jagte den anderen, seine Hornhaut flimmerte, Räume tauchten auf und verschwanden wieder, Türen wurden geöffnet und wieder geschlossen. Kleine Schweißperlen bildeten sich auf seiner Stirn, während er sich immer tiefer ins elektronische Herz der FIAZ vorarbeitete.

Dann, nach einer kleinen Ewigkeit, befand er sich endlich im Wartungsroboterraum der International Bank of Asia. Wartungsroboter hatten direkten Zugang zum Bankserver und damit zu allen Konten. Freddy grinste zufrieden. *Das wird ein Kinderspiel!* Er konnte den Geruch des Geldes, das dort deponiert war, fast riechen, zumindest im übertragenen Sinne.

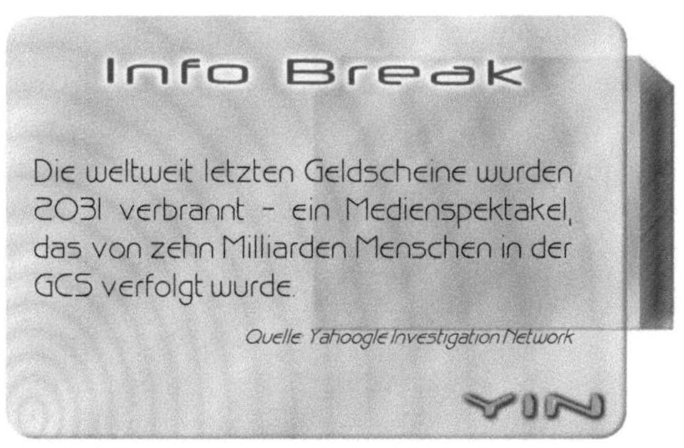

Kurze Zeit später ging auf einem GCS Screen in Europa der stumme Alarm los. Pete White aktivierte sein InterCom und gab per Sprachmodus einen Code ein.

„Hallo, Sir? Entschuldigen Sie bitte die Störung mitten in der Nacht. Aber das hier könnte Sie interessieren. Gerade eben versucht jemand, auf das Singapurer Konto zuzugreifen ... Nein, Sir, das weiß ich nicht ... Natürlich werde ich das überprüfen ... Ich melde mich bei Ihnen, sofern ich mehr weiß. Ja, Sir ... Gute Nacht, Sir.“

„Gute Nacht, Pete. Und danke.“ Der dicke Mann spürte, wie er zu schwitzen begann. Das hier war gar nicht gut. Es war schon ein Uhr nachts, aber an Schlaf war jetzt nicht mehr zu denken. Fluchend stieg er aus dem Bett. Das Licht ging automatisch an und er schlurfte barfuß, nur mit einer roten Satin-Hose bekleidet, zur

Toilette. Müde stützte er sich über dem Pissoir ab und blickte in den Spiegel, der direkt darüber hing. Sein schütteres Haar stand in alle Richtungen ab, seine Augen waren blutunterlaufen. Als sich seine Blase leerte, schloss er die Augen und genoss das Gefühl der Erleichterung. Eines Tages musste ja so etwas passieren. Es war einfach schon zu lange gut gegangen. Er gähnte. Für einen solchen Fall hatte er vorgesorgt. Natürlich war er froh gewesen, dass er bisher diese Option nicht in Anspruch hatte nehmen müssen.

Aber es geht hier, verdammt noch mal, um meinen Arsch!

Er richtete sich auf, nahm seinen schwarzen Bademantel vom Haken, zog ihn an und ging die Stufen zum riesigen Wohnraum hinunter. Gemächlich schlenderte er zur IceBar und genehmigte sich einen Scotch, dann stemmte er sich auf einen der fünf Hocker. Geschlagene zehn Minuten saß er da, wog das Für und Wider ab, bevor er sein InterCom aktivierte. Es dauerte nicht einmal eine Minute, bis sich sein gewünschter Ansprechpartner meldete.

„Bonsoir, André. Ich habe ein Problem, und ich hoffe, dass Sie mir helfen können, es aus der Welt zu schaffen ... Natürlich ... Ihr Honorar ist mir bekannt ... Schön! ... Genaue Details bekommen Sie morgen ... Ich zähle natürlich auf Ihre Diskretion ... Gut. Danke. Also, bis morgen. Bonne nuit.“

Der Mann starrte ins Leere. Die Würfel waren gefallen! Er hatte einen Weg eingeschlagen, aus dem es kein Zurück mehr gab. Vor einer Ewigkeit, damals in Stanford, als er Politische Sittenlehre studiert hatte, hatten seine Kommilitonen und er den Kopf voller Flausen gehabt. Nichts Geringeres als die Welt hatten sie verbessern wollen, doch im Laufe der Jahre hatte sich alles gewandelt – schleichend und unaufhaltsam, wie das Älterwerden auch. Der Mann mit dem dünnen Haar hatte auf zu großem Fuß gelebt und zwei Ehen in den Sand gesetzt; in seiner Position kam Interim-Pairing nicht in Frage. Die Alimente für seine drei Kinder und zwei Ex-Frauen brachten ihn fast an den Rand des Ruins, falsche Investitionen und ausschweifende Vergnügungen taten ihr Übriges. Er verdiente gut, hatte Macht, Beziehungen in den höchsten Kreisen, trotzdem reichte das Geld vorne und hinten nicht. Bis eines Tages ein internationales Verbrechersyndikat auf ihn aufmerksam wurde.

Der Mann lehnte sich zurück und runzelte die Stirn. Er verachtete diese Leute. Sie waren brutal und skrupellos und besaßen keinerlei Werte. Von Stil ganz zu schweigen. Eines allerdings musste man ihnen lassen, sie ließen sich nicht lumpen! Dafür verlangten sie absolute Loyalität. Er selbst sah das Ganze lediglich als ein gutes Geschäft an. Nicht mehr und nicht weniger.

Schließlich muss man sehen, wo man bleibt.

Der dicke Mann hatte ein reines Gewissen. Nicht ahnend, dass er gerade eine Lawine ausgelöst hatte, die Tausende von unschuldigen Menschen das Leben kosten würde, legte er sich wieder ins Bett und war schon nach wenigen Minuten eingeschlafen.

10

Der Profiler der Sektion 3, Dr. Jan Schuck, sah kaum von seinen Aufzeichnungen auf, als er am nächsten Tag per GCS sein Täterprofil durchgab. Elias und Louann saßen im MEC und musterten gebannt den hageren Mann auf dem Hauptscreen.

„Auch wenn keine Spuren sexuellen Missbrauchs nachzuweisen sind, gehe ich von einem sadistischen Sexualmörder aus." Dr. Schuck schaute kurz in die ComCam, dann senkte er wieder den Kopf. „Männlich, zwischen 35 und 50 Jahre alt. Mit einem überdurchschnittlichen IQ. Unser Täter übt eine qualifizierte Tätigkeit aus, ist sozial integriert und lebt wahrscheinlich mit jemandem zusammen. Gut möglich, dass Probleme in der Beziehung oder extremer Stress im Job die Tat ausgelöst haben. Er war während und nach der Tat sehr kontrolliert, besitzt nichtsdestotrotz eine ausgeprägte Fantasie. Die Inszenierung des Tatorts ist ein Zeichen dafür. Er ist ein etablierter Teil der Gesellschaft, deshalb konnte er sich wahrscheinlich seinem Opfer unter einem plausiblen Vorwand problemlos nähern."

„Doc", warf Elias ein. „Wir gehen inzwischen davon aus, dass das Opfer eine illegale Prostituierte war."

Dr. Schuck nickte. „Das passt ins Profil. Vielleicht war der Täter ein Freier, der versagt hat, als es darauf ankam." Kurze Pause. „Ihm ging es in erster Linie um totale Beherrschung. Das beweist seine Hetze auf das Opfer. Er hat seine sexuelle Erregung aus der Ohnmacht und Selbstaufgabe der Frau gezogen. Als sie dann tot war, wurde sie für ihn uninteressant."

„Aber warum hat er sie enthäutet?", fragte Louann. Dieser Aspekt ging ihr einfach nicht aus dem Kopf.

„Das Aufhängen an den Füßen und die Entfernung der Haut spiegeln seine Obsessionen von Macht und Gewalt wider", antwortete Dr. Schuck. „Das alles fand post mortem statt, also nicht zur Lustgewinnung. Wahrscheinlich hat er die Haut als Trophäe mitgenommen ..." Er stockte. „Ich kann dazu nur spekulieren", fügte er etwas verlegen hinzu und zuckte mit den Schultern. „Das ist erst einmal alles, was ich dazu sagen kann." Dann schloss er mit den Worten ab: „Haltet die Augen auf. Euer Täter ist ein Kontrollfreak, er wird versuchen, eure Handlungen genau zu verfolgen. Vielleicht mischt er sich sogar in die Ermittlungen ein."

„Danke Doc", rief Elias, als der Profiler vom Screen verschwand, und wandte sich an Louann. „Gib das Täterprofil bei DELFI ein! Vielleicht haben wir ja Glück und landen ein paar Treffer", bat er sie. „Ach, und übrigens, wir schauen gleich bei einem befreundeten Antiquitätenhändler vorbei, Osamu Kimura heißt er. Ich hoffe, dass er uns bezüglich der Tatwaffe weiterhelfen kann." Damit stand er auf, holte zwei Energii-Q aus der Coolbox und gab den knappen Befehl „MEC-549, Plattform C/B 33". Er reichte Louann wortlos ein Energii-Q, den sie mit hastigen Schlucken leer trank, und setzte sich wieder an seinen Platz.

Louann murmelte ein Dankeschön, während DELFI die Namen von über 300 mehr oder weniger angenehmen Zeitgenossen auf ihrem Screen ausspuckte, die halbwegs auf das Täterprofil passten. Gebannt suchte sie die Namen nach Hinweisen ab. Ein Teil befand sich bereits in geschlossener Sicherheitsverwahrung, der andere Teil war mit einem TraceChip markiert worden und stand damit unter 24-Stunden-Beobachtung. Louann checkte am Screen alle Bewegungsmuster der letzten Tage, doch Fehlanzeige! Zu der ermittelten Tatzeit waren alle Verdächtigen meilenweit vom Tatort entfernt gewesen.

Es ist zum Verzweifeln, dachte sie niedergeschlagen, wir kommen mit unseren Ermittlungen einfach nicht weiter. Sie erhoffte sich sehr viel von dem Zugriff am Abend. Elias hatte mit Sahil gesprochen, der vor einer Stunde den Einsatz eines X-Teams genehmigt hatte. Die Spezialeinsatzkräfte, SEK, wie sie offiziell bezeichnet wurden, waren ein Zusammenschluss von militärischen und polizeilichen Sondereinheiten. Je nach Einsatzanforderung konnten sich die Mitglieder sowohl aus dem militärischen als auch polizeilichen Waffenarsenal bedienen. Eine durchaus sinnvolle Ergänzung, wenn man bedachte, dass die Verbrecher bei Raubüberfällen mitunter gepanzerte Fluggeräte und verbotene Hochenergiewaffen einsetzten.

Endlich mal eine sinnvolle und durchschlagkräftige Truppe!

Die Aktion sollte in der Nacht um 3.30 Uhr starten. Diese unchristliche Zeit wurde vom Einsatzkommando nach der Standard Operation Procedure, SOP, bewusst gewählt, weil dann der Biorhythmus des durchschnittlichen Europäers – und damit des Gegners – seinen Tiefpunkt hatte.

Louann würde lediglich als Beobachterin dabei sein, worüber sie eigentlich ganz froh war. Sie war zwar eine passable Schützin, doch rohe Gewalt und Handgreiflichkeiten stießen sie grundsätzlich ab.

In diesem Fall stand sie gerne hinter dem X-Team zurück, schließlich war es für so etwas bestens ausgebildet und hart trainiert worden.

Der Laden von Osamu Kimura war eine echte Kuriosität! Er beanspruchte winzige 30 Quadratmeter auf einer der östlichen Skybridges und besaß weder Detektoren noch Scanner, sondern eine altmodische mechanische Tür mit einer darüber angebrachten Glocke. Louann hatte schon darüber gelesen, aber mit eigenen Augen noch nie eine gesehen. Als Elias und sie durch die Tür traten, bimmelte es melodisch. Drinnen wimmelte es von skurrilen Gegenständen: antike Leuchter, Holzkraniche, goldumrahmte Spiegel im Art Déco Stil, eine Federboa, ein Käfig mit mechanischen Singvögeln, eine Sammlung antiker Degen ...

Neugierig setzte Louann ihren Virtuellen Kommunikator auf und gab den entsprechenden Befehl. Ludwig schaute sich mit leerem Blick um und wippte auf den Fußballen. Das wiederholte er noch zweimal, bis Louann klar wurde, dass der Laden nicht an die GCS angeschlossen war. Wie war so etwas möglich? Zumal in der Europäischen Föderation 90 Prozent des privaten und öffentlichen Lebens in der Global Communication Sphere vernetzt war!

Als sich aus dem Hinterzimmer schleppende Schritte näherten, setzte Louann hastig den Kommunikator ab. Ein weißhaariger, alter Asiat, der ihr gerade einmal bis zum Kinn reichte, erschien. Er hatte eine helle, weit geschnittene Leinenhose an, dazu ein passendes Hemd. Kurzsichtig blinzelte er sie an, bevor er sich ihrem Partner zuwandte. Louann mochte ihn auf Anhieb.

„Elias, mein lieber Junge. Konnichi wa! Was für eine Freude, dich zu sehen. Es ist lange her." Seine schmalen Augen blitzten verschmitzt. „Was kann ein alter Mann wie ich für dich tun?"

Nachdem Elias ihn mit Louann bekannt gemacht hatte, kam er auf sein Anliegen zu sprechen. Zur Veranschaulichung klappte er sein CS/X auf und im schummrigen Licht des kleinen Ladens fügte sich ein lebensechtes Hologramm des Opfers zusammen. Die roten Zacken am Hals leuchteten wie ein böses Omen.

Osamu kniff die Augen zusammen und beugte sich weit nach vorne. Er begutachtete die Wunde von allen Seiten, wobei seine Nase mit dem blutigen Hals des Opfers zu verschmelzen schien. Abwesend kratzte er sich am Ohr und gab außer „hmmm" keinen Laut von sich. Fasziniert betrachteten Elias und Louann den alten Mann. So vergingen einige lange Minuten. Louann trat von einem Fuß auf den anderen.

Erkennt er überhaupt irgendwas? Osamu sah aus wie ein knittriger Maulwurf, der sich in der Großstadt verirrt hatte.

Da räusperte sich der Japaner plötzlich und legte los. „Die Wunde stammt von einem 100 Jahre alten Jagdmesser, ein so genannter White Hunter", erklärte er. „Eine besonders effektive Waffe, hergestellt, um große Tiere zu erlegen. Die Klinge ist fünf Millimeter stark und sechzehn Zentimeter lang. Sie hat eine Teilsägezahnung von drei Zentimetern. Das Messer ist fast 30 Zentimeter lang und mit 240 Gramm relativ leicht." Er räusperte sich kurz. „Es gibt nicht mehr viele davon. Es müsste für euch einfach sein, den Besitzer zu ermitteln. Vor allem, weil eine solche Waffe registriert werden muss."

„Der Mörder müsste ja dumm sein, eine registrierte Waffe zu benutzen", knurrte Elias auf seine gewohnt schroffe Art.

Louann nickte, gab aber zu bedenken, dass die Waffe vielleicht gestohlen sei.

„Schon möglich", entgegnete Elias eine Spur freundlicher und verbeugte sich vor Osamu. „Danke, alter Freund. Ich schulde dir was."

Als er Anstalten machte aufzubrechen, hielt ihn Osamu zurück. „Wo willst du hin? Lass uns Tee trinken und von den alten Zeiten sprechen."

Mit einem kurzen Blick in Louanns Richtung protestierte Elias. „Ich glaube nicht, dass wir Zeit für so etwas ...", begann er.

„Unsinn!“, unterbrach ihn Osamu sanft. „Laotse lehrt: Gönne dir einen Augenblick der Ruhe und du begreifst, wie närrisch du herumgehastet bist.“

Elias rollte mit den Augen, doch Osamu hatte sich schon Louann zugewandt.

„Kommen Sie, meine Liebe, lassen Sie uns nach hinten gehen. Der Tölpel kann ja hier bleiben, wenn er will.“

Louann nickte eifrig und verkniff sich ein Lachen. Osamu wurde ihr immer sympathischer. Sie ging mit dem alten Mann ins Hinterzimmer, und Elias blieb nichts anderes übrig, als ihnen murrend zu folgen.

„Wie gefällt es Ihnen bei der Sektion 3?“, fragte Osamu Louann und goss ihr grünen Tee in eine feine Porzellantasse ein.

„Nun ja, ich bin noch nicht lange dabei. Es ist für mich alles so neu, aber bisher gefällt es mir ganz gut.“

Osamu lächelte weise. „Es ist bestimmt nicht ganz einfach, mit diesem Verrückten zu arbeiten, oder?“ Er zeigte mit dem Kopf auf Elias, der daraufhin das Gesicht verzog, aber nichts sagte.

„Äh ...“ Was sollte sie darauf antworten? „Es ist natürlich nicht einfach mit einem neuen Partner. Man muss sich erst beschnuppern, sehen, ob man zusammenpasst. Außerdem ist der Fall, an dem wir arbeiten, sehr kompliziert ...“

Louann stockte. *Hilfe! Wie komme ich da bloß wieder raus?* Zu ihrer Überraschung war es Elias, der sie rettete.

„Sag mal, Osamu, wie geht es eigentlich deinen Töchtern in Kinshasa?“

Im Laufe der nächsten Stunde entdeckte Louann eine ganz neue Seite an Elias, der von Minute zu Minute gelassener wurde und viel mit dem alten Mann scherzte. Einige Male bemerkte sie, wie er Osamu mit liebevollen, fürsorglichen Blicken umfing. Die Zeit in dem kleinen Laden schien still zu stehen; Elend, Tod und Grausamkeit verschwanden für einen kostbaren Moment aus ihrem Leben.

Als beide gehen wollten, hielt Osamu sie noch einmal zurück. „Elias, warte. Ich möchte Detective Marino noch etwas zeigen." Er nahm sie zur Seite und deutete wahllos auf einen Gegenstand.

„Seien Sie nachsichtig mit ihm", flüsterte er ihr zu. „Der Mensch bringt jeden Morgen sein Haar in Ordnung, nicht aber sein Herz."

Überrascht schaute Louann den alten Mann an, dann flüsterte sie zurück. „Ist das auch von Laotse?"

Doch Osamu lächelte nur und schob sie sanft hinaus. Als Elias sie fragte, was los gewesen sei, versuchte sie so ungezwungen wie möglich zu antworten.

„Ach, er wollte mir nur so eine alberne Federboa andrehen. Dachte wohl, es wär was für mich." Sie lachte etwas gezwungen. Elias schaute sie schief an, beließ es aber dabei. *Der Mensch bringt jeden Morgen sein Haar in Ordnung, nicht aber sein Herz.* Was hatte das zu bedeuten? War Elias verletzt worden? Gab er sich deshalb so mürrisch? Louann zuckte innerlich mit den Schultern. Kommt Zeit, kommt Rat. Dann lachte sie noch einmal. Jetzt fing sie auch schon an mit den klugen Sprüchen.

Zurück im MEC setzte sich Louann an die Konsole und suchte den Zentralserver nach möglichen Tatwaffen ab. Nach kurzer Zeit wurde sie fündig.

„Elias, ich hab hier etwas", rief sie mit atemloser Stimme. „Ein Paul van Laak hat vor zwei Wochen sein White Hunter als gestohlen gemeldet. Der Wert: ungefähr 50.000 Eurodollar! Schicke Adresse, stinkt nach Geld. Er wohnt nicht weit von hier, direkt am Alsterkanal. Sollen wir hinfliegen und ihn befragen?"

„Nein, lieber nicht", antwortete Elias, ohne von seiner Konsole aufzusehen. „Diese feinen Pinkel mögen es nicht, wenn man unangemeldet erscheint. Nachher machen sie dicht und reichen vielleicht sogar eine Beschwerde ein. Mach lieber ein Date aus."

Louann nickte und kontaktierte per GCS van Laaks Personal Assistent: ein aalglattes Jüngelchen, dessen perfektes Gesicht nur am Reißbrett entstanden sein konnte.

„Officer", erwiderte er auf ihre Anfrage herablassend. „Herr van Laak hat diese Woche einen vollen Terminkalender. Tut mir leid. Aber vielleicht kann er nächste Woche eine halbe Stunde für Sie erübrigen. Ich schau mal nach."

Louann wurde sauer. „Hören Sie, Sie Komiker. Es ist nicht unser Käsemesser, das gestohlen wurde, sondern das Ihres Bosses! Er will was von uns, und nicht andersrum!" Und eine Spur lauter: „Sehen Sie zu, dass wir morgen früh ein Date bekommen, sonst sieht er sein bestes Stück womöglich nie wieder", schloss sie böse und spuckte den Screen dabei regelrecht an.

Der Personal Assistent schaute etwas pikiert, dann seufzte er demonstrativ. „Einen Moment bitte", raunte er ihr zu. Der Screen wurde für wenige Sekunden schwarz, dann erschien ein Spot für plastische Beintransplantationen.

Klasse, wieder so 'ne beschissene Warteschleife!

Louann lehnte sich zurück, als sie von der anderen Seite des MEC ein leises Lachen hörte.

„Bravo, Marino!" Elias sah immer noch nicht von seiner Konsole auf. „So ist's richtig. Mach dem Großmaul ordentlich Feuer unterm Hintern!"

Um ein Haar wäre Louann vor Freude errötet. Nach einer Ewigkeit, die sie nutzte, um gründlich über die Vor- und Nachteile der Beinmarke *PAIR-FKT, Modell Nadja Auermann, Größe 3 1/2* nachzudenken, erschien das Gesicht des Personal Assistent wieder auf dem Monitor. Falls überhaupt möglich, so war sein Tonfall noch anmaßender als vorher. „Herr van Laak erklärt sich bereit, Sie morgen um elf Uhr zu empfangen. Seien Sie aber pünktlich. Seine Zeit ist sehr eng bemessen."

Bevor sich Louann bedanken konnte, wurde die Verbindung unterbrochen. *Arschgesicht!*

11

Elias saß an seiner Konsole und begann, die Einsatzdatenbank zu füttern. Für 20 Uhr war eine Besprechung mit der Leiterin des X-Teams angesetzt, und bis dahin wollte er alle relevanten Informationen für den Zugriff zusammentragen. Ziel der Aktion war der U-Bahnhof Altona, nur ein paar hundert Meter vom Damm entfernt. Früher einmal führte die U6 von der HafenCity über Altona bis in die äußeren westlichen Bezirke vom Hamburger Viertel. Nach der Großen Flut war die Hälfte der Strecke still gelegt worden und wurde die Heimat von NIPs, Kleinkriminellen und Systemgegnern ... So entstand im Laufe der Zeit unter der Glitzerwelt von Hanseapolis eine eigenständige Subkultur; von der Öffentlichkeit ignoriert, von den Behörden weitgehend geduldet.

Der U-Bahnhof Altona hatte zwei Zugänge im Osten und Süden. Beide waren durch Kraftfelder versiegelt, doch die Broker standen hier rund um die Uhr bereit, um zahlungswillige Kunden in ihr sündiges Reich einzulassen. Für das Team würde es hier kein unauffälliges Durchkommen geben. Sie mussten über die stillgelegte U-Bahnstation Holstenstraße oder über irgendeinen anderen Zugang ins Tunnelsystem eindringen. Wo genau sich die Wachen und Alarmsysteme befanden, hatte Elias bei seinem kurzen Besuch nicht checken können.

Wahrscheinlich sind diese Wichser im ganzen Bereich verteilt! Sie mussten es einfach drauf ankommen lassen ...

Auf dem dreidimensionalen Map Board vermerkte er ein paar aus seiner Sicht neuralgische Punkte: Ausgänge, mögliche Fluchtwege, Sichtbereiche für die Aufklärung, Wirkungsbereiche für die Scharfschützen. Elias ging die Vorschrift für die Einsatzvorbereitung nacheinander im Kopf durch. Punkte, die er jetzt bereits aufnehmen konnte, würden die Planungen und vor allem die Absprachen mit der Teamleiterin beschleunigen. Das Problem bestand darin, dass der U-Bahnhof weit verzweigt war. Ein wahres Labyrinth! Es gab zahlreiche Nischen und Räumlichkeiten, wie geschaffen für Hinterhalte. Wahrscheinlich würde das Team auf Nummer sicher gehen und sogenannte Stun- bzw. Blendgranaten einsetzen, um alle möglichen Ziele außer Gefecht zu setzen. Egal ob Freier, Broker oder Ware: Später in der Zentrale war immer noch Zeit, die Spreu vom Weizen zu trennen.

Elias streckte sich. Die Nacht würde lang werden. Wahrscheinlich würde Blut fließen, vielleicht würden sogar Menschen sterben. Aber er war zuversichtlich.

Wir sind die Guten, deshalb wird es funktionieren!

Zumindest die Einsatzbesprechung funktionierte. Oberst Kilius, so der offizielle Dienstgrad und Name der X-Team Leiterin, war mit ihrem MEC auf einer abgeschirmten Außenbasis der Sektion 3 gelandet. Elias und Louann gingen die Rampe des Gleiters hoch, während Kilius im Inneren vor den Screens stand und bereits einige Detailaufnahmen der Luftaufklärung aus dem Einsatzareal studierte. Elias entdeckte sie über die Rampe blickend als erster und hielt für einen Sekundenbruchteil inne. Selbst für ihn hatte die Erscheinung etwas Bedrohliches. Ein kurzer Blick zur Seite verriet ihm, dass er mit seiner Meinung nicht alleine stand. Louann gaffte die hochgewachsene Frau an, ähnlich wie sie ihn, Elias, bei ihrer ersten Begegnung angestarrt hatte.

Kilius rührte sich nicht. Wie zu erwarten war, hatte sie bereits den schützenden Körperpanzer, den TacSuit, angelegt. Es sah aus, als wäre ihr gesamter Körper mit schwarzen, seilartigen Schnüren überzogen – wie Muskelfasern, die das Licht zu verschlucken schienen. An den Gelenken und der Wirbelsäule waren mattschwarze Protektoren zu erkennen, die den Schutz zusätzlich verstärkten. Einige kleinere Platten schirmten am Rücken Herz- und Lungenbereich ab.

Elias, der diesen neuartigen Körperpanzer zum ersten Mal aus der Nähe sah, nahm an, dass die Vorderseite ähnlich armiert aussah. Der Helm, der den Anzug vervollständigte, deckte den kompletten Kopf ab. Kilius drehte sich um und man konnte deutlich sehen, wie die schwarzen Faserstränge jede Bewegung mitmachten und sie scheinbar noch unterstützten. Unerklärlicherweise fühlte sich Elias beobachtet.

„Detectives", unterbrach Kilius die Sekundenstille. „Willkommen an Bord!" Ihre Stimme klang durch das Kommunikationssystem des TacSuit etwas metallisch. Ihr Anzug schien lebendig zu sein.

Elias, der sich etwas schneller gefasst hatte, stellte Louann und sich vor: „Detective Marino", dabei nickte er mit dem Kopf in ihre Richtung. „Und ich bin Detective Kosloff! Freut uns sehr, dass Sie heute Abend Zeit für uns haben", witzelte er, um die Stimmung etwas aufzulockern.

„Ich bitte Sie, Detective, Hanseapolis ist eine schöne Stadt. Wir helfen doch gern bei der Müllentsorgung, wenn wir können!", stieg Kilius mit amüsiertem Unterton in das Gespräch ein. „Wir haben bereits Luftaufklärung vor Ort, das gesamte Gebiet steht seit achtzehnhundert unter ständiger Beobachtung", informierte Kilius die beiden nun in professionell kühler Tonlage.

Aha! Spaß vorbei, dachte Elias.

Umso besser! Wir haben keine Zeit zu verlieren.

„Wie kommt's, dass ihr schon seit 18 Uhr dran seid?", fragte er.

„Sobald wir eine Einsatzfreigabe bekommen, legen wir los mit Informationsgewinnung", antwortete Kilius, als hätte sie die Frage erwartet. „Ich schlage vor, wir gehen den Plan noch einmal durch, Detectives". Sie beugte sich über die breite Lagekonsole in der Mitte des Cockpits, wo ein Grundriss der alten U-Bahn-Anlage eingeblendet war. „Die Einsatzgruppe ist zugeschaltet und sieht und hört alles mit", sprach sie und schaute kurz hoch.

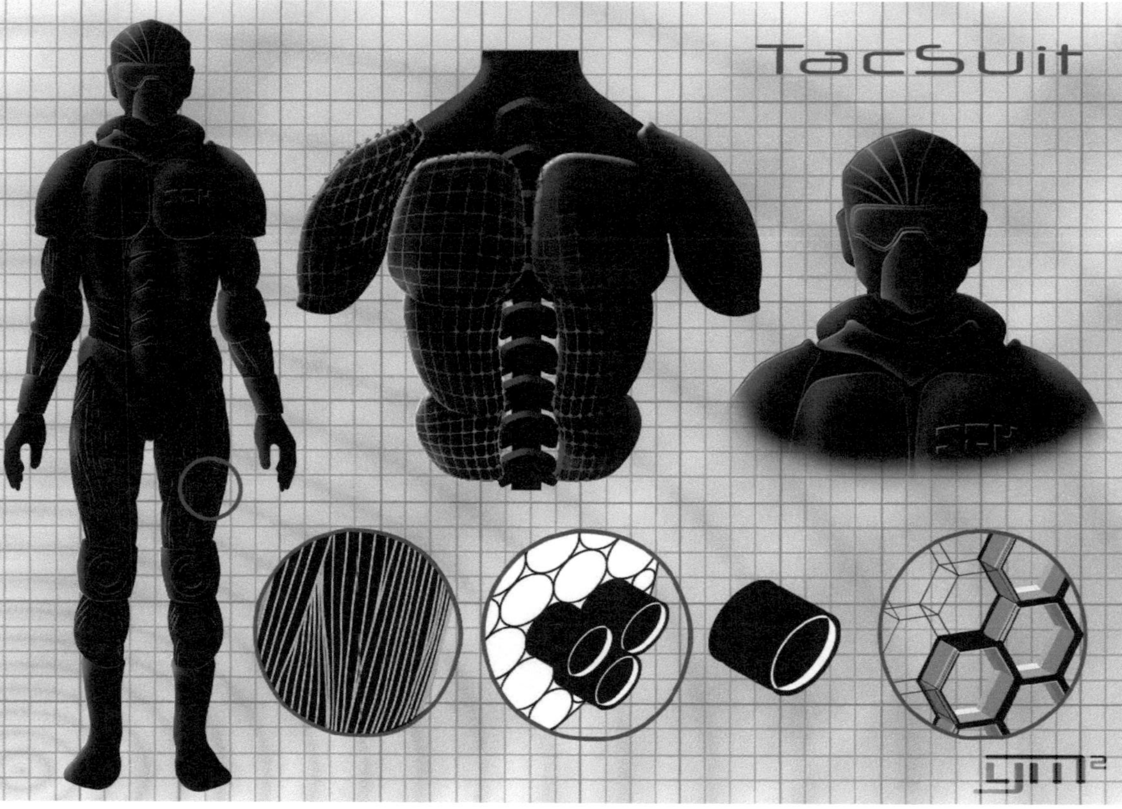
TacSuit

Elias und Louann wussten nicht, wen von beiden sie im Moment anblickte; das dunkle, entspiegelte Visier verhinderte jeden Augenkontakt. „Major Hilder wird während des Einsatzes – allerdings in Ihrem MEC – bei Ihnen bleiben und die InterCom-Verbindung zu uns offen halten", sprach Kilius weiter und deutete auf etwas hinter Elias und Louann.

Louann riss den Kopf herum und starrte in die Ecke des Gleiters. Aus dem Schatten trat eine weitere Gestalt in einem TacSuit heraus. Sie musste die ganze Zeit da gewesen sein, und nicht einmal Elias hatte sie bemerkt! Dieser verdammte Hightech-Anzug war eine Horrorvorstellung für Louann.

Nicht auszudenken, wenn das Ding in falsche Hände gerät!

Elias ließ den Kopf sinken, er schaute bewusst nicht hinter sich. Ihm war klar, dass da ein weiterer Anzug stand und sich diebisch freute, die beiden Detectives erschreckt zu haben. Showtime! „Oberst Kilius? Missionsbriefing?" fragte er in bewusst militärischem Ton.

„Missionsbriefing wie folgt. Lage – Feindlage!", startete Kilius ihren Vortrag. „Wir haben es mit multiplen Zielen im Inneren der Tunnelsysteme zu tun. Wir gehen von ungefähr 70 bis 100 unbewaffneten Personen und von mindestens zehn bis zwanzig bewaffneten Kräften aus. Teile von ihnen dürften mit dem Einsatz von Waffen und Sprengmitteln vertraut sein, wir rechnen also mit heftigster Gegenwehr!", fasste sie die bisherigen Aufklärungsergebnisse zusammen.

Louann bemerkte, wie Kilius den Kopf leicht zu ihrem Stellvertreter wandte, der nun neben sie an die Lagekonsole trat.

„Ultraschall und Wärmebild bestätigen in den oberen Sektoren derzeit 83 Signaturen!", ergänzte Major Hilder und fügte hinzu, „Mikrowellenradar bestätigt mindestens 14 Handfeuerwaffen der Klasse zwei und drei, sowie vier Waffen der Klasse eins!" Hilder ließ eine Sekunde verstreichen und ergänzte kurz: „Derzeit kein detailliertes Lagebild für die unteren Ebenen."

„Die vier da sind die größte Bedrohung", bemerkte Kilius und deutete auf die blinkenden Punkte auf dem Lageplan.

„Vermutlich Plasmawerfer oder Hyper-Railguns!", rief Major Hilder wie auf Stichwort.

„Genauer wissen wir es noch nicht. Da sich aber die Position bisher nicht geändert hat, tippen wir auf fest installierte Railguns vom Typ BR 19!"

Elias betrachtete die vier gelben Punkte. Wahrscheinlich handelte es sich um Anlagen mit Selbstschussfunktion und Mikrowellenradar für die Zielauffassung. „Die sind parallel zu den beiden Tunnels hier ausgerichtet", sprach Elias und zeigte auf den Lageplan, „das werden automatische Waffen sein, sensorgesteuert!"

„Sehen wir genauso, Detective!", stimmte Kilius zu. „Wir werden die Stellungen mit den Drohnen ausschalten müssen", bemerkte sie mehr für ihr Team als für die körperlich anwesende Runde.

Während Elias und Kilius weitersprachen und zwischendurch von Hilder ergänzt wurden, riskierte Louann einen verstohlenen Blick zu ihrem linken Nebenmann. Sie konnte erkennen, wie sich der Anzug selbst beim Atmen bewegte. Einzelne Faserbündel strafften und lockerten sich je nach Bewegung, dabei waren sie völlig lautlos. Selbst aus der Nähe war es für sie sehr schwierig, genauere Einzelheiten wahrzunehmen. Das Tarnsystem funktionierte beeindruckend gut, die Wissenschaft hatte ganze Arbeit geleistet. Sie seufzte.

Ausnahmsweise haben die Guten mal das bessere Spielzeug!
Und hörte Kilius wieder bei ihrem Lagevortrag zu.

„... mit möglichen Wirkungsbereichen schwerer Waffen hier, hier und hier!", schloss diese gerade ihre Erläuterungen ab.

„Verstanden, Oberst! Aber wo gehen Sie nun rein?", fragte Elias neugierig. „Ich meine, die Zugänge sind von den unteren Bereichen viel zu weit weg", fügte er hinzu und lauerte auf Kilius' Antwort.

Die kam prompt, allerdings von Major Hilder. „Hier, Detective Kosloff!", stieß Hilder hervor. Zeitgleich schnellte seine Hand nach vorne und zeigte auf einen Bereich fast außerhalb der mehrdimensionalen Karte. Dabei verschob sich der Ausschnitt und eine dicke Doppellinie erschien, die sich über den halben Screen entlangzog und am Rand weiterzugehen schien.

„Der Damm?", murmelte Elias irritiert.

„Sehr richtig! Der Damm!", versicherte Hilder seinen beiden verblüfften Zuhörern und genoss den Moment der Überlegenheit.

„Wir haben keine andere Möglichkeit, Detective Kosloff", fügte Kilius hinzu. „Wenn wir auch nur annähernd unser Ziel schnell und sicher erreichen wollen, müssen wir am Damm beginnen."

„Durch den Damm? Habe ich Sie da richtig verstanden?"

„Nicht ganz, Detective!" Hilder war wieder an der Reihe. „Als der Damm angelegt wurde, gab es eine ganze Reihe von Hub- und Versorgungsschächten ..."

„... die alle nach dem Bau aus Sicherheitsgründen zugeschüttet wurden!", unterbrach ihn Elias.

„Das trifft nur auf die jenseitigen Schächte zu, Detective!", würgte Hilder heraus. Ihm gefiel Elias' triumphierender Unterton nicht. „Bei den diesseitigen Schächten hat man nur die großen zugeschüttet, die kleineren aber nicht! Somit haben wir hier einen zirka 60 Zentimeter hohen und 80 Zentimeter breiten Minitunnel in Feindrichtung."

„Ok! Wirklich gut! Aber wenn ich das richtig sehe", deutete Elias auf den leuchtenden Plan vor ihnen, „dann läuft dieser Minitunnel zwar knapp an dieser Röhre vorbei – aber eben nur knapp!"

„Ist das nicht die ehemalige U6?", warf Louann ein.

„Die Nachbarröhre ist tatsächlich die U6", griff Kilius in die etwas gereizte Atmosphäre ein.

Hier ist offenbar ein bisschen zu viel Testosteron in der Luft!

„Und, Detective Kosloff, uns reicht diese Nähe vollkommen aus", ergänzte sie vielsagend. Elias glaubte sogar, durch ihre Maske ein verschwörerisches Lächeln zu erkennen.

„Dann bin ich mal auf Ihre Show gespannt, Oberst!"

„Sie werden es genießen, Detectives!", schloss sich auch Hilder den Friedenstönen an.

„Team? Irgendwelche Fragen?", unterbrach Kilius das leichte Geplänkel. Es vergingen einige Sekunden, bis sie wieder reagierte. Offenbar gab es einen InterCom-Gesprächsverlauf, den Elias und Louann nicht mitbekamen. „Detectives? Fürs Protokoll: Wie sind die Regeln für den Waffeneinsatz gegenüber Zivilisten bei diesem Einsatz?", fragte Kilius.

Diesmal war es Louann, die antwortete. „Wir haben da unten dreimal so viele unschuldige Menschen wie Kriminelle und wir brauchen ein Maximum an Informationen! Tot spricht es sich schlecht."

Kilius nickte ihr zu. „Und wer übernimmt die Aufräumarbeiten?"

„Das machen wir", kam Elias Louann zuvor, „ich habe dazu den Bereitschaftszug auf Abruf."

Bevor Kilius antworten konnte, fügte Louann schnell hinzu: „Die Bereitschaft geht von einer Demoabsicherung von Umweltaktivisten an den Entsalzungsanlagen aus. Unsere Aktion ist also nach wie vor geheim."

Louann hätte nur zu gern die Reaktion auf ihre Wir-haben-unsere-Hausaufgaben-gemacht-Antwort im Gesicht von Oberst Thea Kilius gesehen. Doch das Visier blieb geschlossen. Stattdessen nickte Kilius. Es gab keine weiteren Fragen seitens des X-Teams.

„Ich denke, wir sind hiermit durch. Wenn Sie keine weiteren Ergänzungen haben, machen wir uns weiter an die Arbeit. Geplanter Zugriffsstart: nulldreihundertdreißig", verkündete sie und endete mit „Viel Glück!"

„Kommen Sie gesund zurück!", wünschte Elias und schaute ihr ins Visier.

„Gute Jagd!", ergänzte Louann. Kilius nickte.

Keine Rollenverteilung. Wie erfrischend!

„Detectives, wir müssen jetzt das MEC wechseln!", ordnete Hilder an und wies mit der Hand auf die Rampe nach draußen, wo zwei weitere Gestalten aus dem X-Team in voller Montur standen. Als Hilder, Elias und Louann die Rampe verließen, schloss sich diese mit einem hochtonigen Surren. Der Reaktor lief auf Hochtouren und der Einsatzgleiter des X-Teams schwebte davon.

„Major Hilder, ich werde jetzt den Einsatzzug der Bereitschaft informieren und in Stellung bringen!", schrie Elias gegen das sich entfernende Triebwerksgeräusch an.

„Warum schon jetzt? Es sind ja noch über zwei Stunden bis zum Go!"

„Keine Angst, Major! Wenn ich mit den Herrschaften spreche, befinden wir uns ebenfalls in der Luft", erklärte Elias, „da gibt's keine Gelegenheit mehr, mit jemand Außenstehendem Kontakt aufzunehmen!"

Hilder nickte anerkennend.

Louann blieb noch mit Hilder am oberen Deck der Landeplattform stehen, während sich Elias zur Bereitschaft begab. Sie schaute ihrem Partner hinterher, als Hilder sie ansprach. „Wie lange sind Sie schon dabei?", fragte er sie.

„Hier? Oder insgesamt?"

„Hier!"

„Noch nicht lange genug! Und Sie?"

„Zu lange!"

Es trat eine kurze Stille ein, selbst der Wind schien sich für einige Sekunden ausgeschaltet zu haben. Dann war ein leises Fauchen zu hören, das sich zu einem starken Brausen entwickelte, als das MEC-549 an das Deck heranschwebte und die Rampe herunterließ. Hilder und Louann gingen schweigend hoch, die beiden anderen X-Team-Mitglieder gingen hinter ihnen her und die Rampe schloss sich wieder.

„Wir machen mal ein paar Touren über der Stadt. Schließlich soll der Flugverkehr von hier aus normal laufen", informierte Louann ihre Begleiter.

„Gute Idee! SOP, zwei Punkt sieben!", bestätigte Major Hilder fast automatisch.

„Wir wollen ja unsere Party nicht vorzeitig platzen lassen!"

„Wie Recht Sie haben, Detective."

Als sich der Gleiter in Bewegung setzte, wurde Louann wie immer etwas in den Sitz gedrückt, bei Hilder und seinen beiden
Helfern verhinderte der Spezialanzug die Wirkung der Fliehkraft.

Da fiel Louann etwas auf. Der Gleiter flog doch schon ...

**Warum reagiert der Bordcomputer nicht auf die Sicherheits-
lücke durch die drei Personen?**

Schon längst hätte die nervtötende Stimme auf drei zusätzliche
Signaturen aufmerksam machen müssen! Sie schaute von der Bild-
konsole auf und musterte die drei Anzüge mit gerunzelten Augenbrauen.

„Die Sensoren."

„Was?", erschrak Louann, als einer der beiden Anzüge sie plötzlich ansprach.

„Es sind die Sensoren, Detective! Unsere Anzüge. Sie stören die
Sensoren", erklärte er ihr. „Das Sicherheitssystem an Bord erkennt
uns nicht. Für das sind wir einfache Beladung. Gewichtszunahme.
Keine Menschen."

„In unseren Anzügen sind allerlei Spielereien enthalten!", begann Hilder stolz zu referieren. „Funktionen, die zum Teil nicht einmal der Oberste Kanzler der Zentralregierung kennt! Wir schaffen es, aus dem Stand mehrere Meter hoch oder weit zu springen, ohne die geringste Anstrengung! Der ganze Suit ist ein einziger Riesensensor!", ereiferte sich Hilder weiter. „Optische und akustische Sensoren sorgen dafür, dass ich zum Beispiel auf meinem Head-Up-Display hier drin sehen kann, was hinter mir oder auch hinter jedem anderen Team-Mitglied abgeht!"

Louann war sichtlich beeindruckt. Die Show war ja besser als erwartet.

Fehlt nur noch das Popcorn und ich kann mich entspannt zurücklehnen!

Sie versuchte ein Grinsen zu unterdrücken, während sich Major Hilder in Fahrt redete. „Ich muss auch nicht den Kopf drehen, wenn ich mit der Waffe irgendwo hinziele! Ich sehe das Fadenkreuz und das Ziel meiner Waffenhand in einem kleinen Ausschnitt in meinem Display, als wäre es direkt vor mir!"

„Schönes Männerspielzeug, was?", unterbrach Louann den Werbevortrag.

„Nicht nur das, Detective!", warf einer der beiden anonymen Anzüge in die Runde und eine junge Frauenstimme wurde deutlich hörbar. „Glauben Sie mir! Das Ding hier macht *jedem* Spaß!"

„Na dann!" Louann zuckte unbewusst mit der Augenbraue, wie es Elias ab und zu gern tat, und drehte sich wieder zur Konsole. Der Gleiter machte eine sanfte Drehung. Rechts von ihnen lag der *Tower of Lust* und strahlte wie ein überdimensionaler glühender Phallus im schwachen Mondlicht.

„Marino? Seid ihr über der Stadt?", quakte es aus ihrem Inter-Com und Elias erschien auf dem Screen vor ihr.

„Nein, Elias. Wir machen gerade 'ne kleine Spritztour nach Venedig, sind aber in einer Stunde wieder hier!", witzelte sie.

„Ich bin hier mit der Bereitschaft durch. Sie wissen Bescheid, in knapp zwei Stunden geht's los! Wir stellen jetzt den Timer“, erwiderte Elias humorlos.

„X-Team? Hier X-Team Lead!“ Plötzlich war Kilius auf allen internen Kanälen zu hören und zu sehen.

„Timecheck! Nulleinsfünfundreißig! In fünf, vier, drei, zwo, eins! Check!“

Von allen Seiten kamen Bestätigungen. Jetzt waren alle Beteiligten auf Missionszeit: 1.35 Uhr.

„Team Blau? Einsatzfreigabe für Delta Eins! Weapons hold!“

„Die Tunnelratten legen los“, erklärte Hilder Louann das deutsch-englische Kauderwelsch. „Die müssen da unten jetzt schon rein, sonst schaffen sie die zwei Kilometer Tunnel in der Zeit nicht.“

„Aha! Und schießen dürfen die auch nicht, oder?“

Hilder-Überraschung: Kurze Pause. „Richtig. Das war das *Weapons hold*. Sehr richtig! Schießen dürfen sie jetzt nur, wenn ihr eigenes Leben bedroht ist.“

„Dann kriechen Ihre Leute jetzt zwei Kilometer auf dem Bauch durch diesen Minitunnel?“

„Exakt!“

„Ich glaube, das wär nicht so mein Ding ... Elias?“

„Was gibt's, Marino?“

„Ich hoffe, deine Kiez-Bullen haben genug Fangnetze dabei. Ich denke, wir werden 'ne Menge stinkender Fische nach oben treiben“, sagte Louann mit einer leichten, vorfreudigen Wut im Bauch.

„Ich hoffe auf ein paar große. Bis später, Marino!“

„Ja, bis später!“

Louann gab die Entsalzungsanlagen an der Ostseeküste als nächstes Ziel an und der Gleiter wechselte seinen Kurs. Schließlich sollte niemand am Boden Verdacht schöpfen. Offiziell waren sie mit der Demo der Umweltaktivisten beschäftigt.

Drei Uhr! Wie schnell die Zeit doch vergangen war! Auf das elektronische Map Board in der Mitte des Gleiters war der Einsatzlageplan projiziert. Voller Genugtuung starrte Louann auf das große blaue Dreieck des Einsatzteams, das auf der dicken, hellgrauen Linie langsam aber stetig in Richtung Altona glitt.

Bad Boys, wir kommen!

„Team Delta Zwei? Hier Team Lead! Countdown für Absetzpunkt in 31 Minuten!", meldete sich Kilius aus dem Off. Diese Information galt vor allem Elias und dem Bereitschaftszug. Sie sollten auf keinen Fall vor dem ersten Eindringen des X-Teams ins Tunnelsystem an der Oberfläche erscheinen. Erst nach Kontaktmeldung durch Delta Eins durften sie den Bereich um den Einsatzraum absichern und dicht machen. Das lange Warten begann. Louann konnte nur erahnen, wie langsam sich nun die Zeit in Elias' Transportgleiter bewegen musste.

„Wie kommen denn Ihre Leute vom kleinen Tunnel in den Hauptschacht der U6?", fragte sie neugierig in die Anzug-Runde, die sie um gut einen halben Meter überragte.

„Detective! Bitte fragen Sie nicht, dann muss ich Sie auch nicht anlügen!"

Aha, dachte Louann und schaute auf den Timer. Der Bordcomputer hatte bereits den Rückflug Richtung Altona angetreten. Auf dem Map Board waren mittlerweile auf allen Ebenen dutzende rote und gelbe Punkte zu sehen. Manche bewegten sich, andere nicht. Die Aufklärung funktionierte offenbar tadellos.

„Hier und hier stehen ein paar Störsender!", zeigte Hilder auf der 3D-Karte. „Aber die können unseren *Bigbird* nicht verarschen!"

„Bigbird?" Louann verspürte plötzlich den Drang, sich wieder mit normalen Menschen in normaler Sprache zu unterhalten.

„Unsere Luftaufklärung! Wir haben in der Stratosphäre über der Stadt einen Satelliten", erklärte er ihr. „Damit schauen wir den Mistsäcken bis in ihre Unterhosen!"

DAS will ich mir lieber nicht vorstellen!

„Die Daten werden in Echtzeit ausgewertet und mit einer Verzögerung von zirka zwei Sekunden auf Ihrem Map Board hier eingespeist und dargestellt."

„Ist das nicht ein bisschen gefährlich, diese Verzögerung? Auch wenn sie noch so minimal ist?"

„Das betrifft ja nur *Ihr* Map Board, Detective", klärte Hilder sie auf. „In unserem MEC läuft's natürlich in Echtzeit."

Natürlich! Wie dumm von ihr!

„Support an alle! Standby für Dropdown in zehn." Louann verstand zwar nur die Hälfte, aber irgendwie klang Hilders emotionslose Stimme beruhigend.

Captain Deveth war der erste in der Line. Wie an einer Schnur glitten die zwölf Männer und Frauen des Teams Delta den schmalen Tunnel entlang. Jeder für sich zog einen dunklen Einsatzrucksack mit Ausrüstung an einem Spiderweb hinter sich her. Die ultrastarke Nano-Faser kam aus einer kleinen Winde am Rücken des Anzugs und sorgte dafür, dass das Bündel immer knapp hinter den Füßen lag und weder dem Träger noch dem Hintermann in die Quere kam. Staub und Dreck störte das Team nicht im Geringsten, denn die Partikel blieben weder an ihrem Visier noch an ihren Anzügen hängen. Und dank der Servo-Gelenke in ihren Anzügen verspürten sie kaum Erschöpfungserscheinungen, wie Oberst Kilius auf den Bio-Monitoren im Einsatz führenden MEC erkennen konnte. Puls- und Blutdrucklage waren absolut normal. Noch wenige Augenblicke, dann würde sich das explosionsartig ändern!

„Diese Scheißkälte hier unten geht mir echt auf den Sack!", raunzte die dicke Gestalt in die gekachelte Weite des U6-Tunnels hinein. Sie trat auf der Stelle, denn trotz der Thermopads in ihrer Jacke kroch die unterirdische Kälte langsam aber sicher durch jede Lücke in ihrer Kleidung.

„Nimm doch das nächste Mal einfach ein paar Handwärmer mehr mit oder lass dir von Lena mal ein paar schöne Wollsocken stricken, du Weichei! Oder kann deine Alte das auch nicht?", antwortete Yari mit gedehnter Stimme.

„Außer Ficken braucht sie nix zu können!"

Die beiden Männer schauten sich kurz ins Gesicht und brachen dann in schallendes Gelächter aus. Beide hatten nicht viel übrig für tiefsinniges Miteinander, aber deshalb waren sie auch nicht eingestellt worden! Eher wegen ihrer subtil brutalen Art, Frauen und andere Ware davon zu überzeugen, hier unten tief in den Schächten ihren Job zu verrichten.

Yari und Will waren Aufpasser und Waffenjunkies. Sie hatten sich nicht gesucht, aber irgendwie von selbst gefunden. Zunächst bei ihrer gemeinsamen Militärzeit im Östlichen Bund, als sie Wasserdiebe aus dem Ural am nächsten Baum aufknüpften, jetzt in der Föderation, wo sie ihr Potenzial voll ausschöpfen konnten. Neben ihrer Bezahlung bekamen sie für ein halbes Jahr ein menschliches Sexspielzeug zugeteilt. Gegen eine geringe Verbrauchsgebühr auch länger.

Yari dachte an Beau, ein für ausgefallene Sexpraktiken eigens gezüchteter Hermaphrodit, und an die gemeinsamen Freuden der letzten Nacht. Dabei zog er ein letztes Mal genüsslich an seinem Tabacco-Stick und wollte gerade das alte Austrete-Ritual vollziehen, als ihm eine Ratte über den massiven Stiefel rannte.

„Scheiße!", entfuhr es ihm. Schon hatte Will die Waffe in der Hand und suchte den Boden nach einem imaginären Gegner ab.

„Was is?"

„So 'ne Scheißratte! Da war so 'ne dreckscheißverdammte Ratte!"

„Ja und? Willst du mich verarschen? Hätte dich fast weggeblasen!"

„Du mich wegblasen?" Yari gackerte. „Du triffst doch nicht mal einen ausgewachsenen Yak, wenn er dir auf den Eiern steht!"

„Ja! Aber du bist fetter und stinkst mehr! Deswegen würde ich dich ja auch blind treffen."

Wieder grinsten sich die beiden dämlich an.

„Keine Ahnung, wo das Mistviech herkam", sprach Yari und sah sich um. Da erhaschte er auf der gegenüberliegenden Seite eine

Bewegung. Im schummrigen Licht der Notstrahler huschten kleine fließende Schatten mit hohen Fiep-Geräuschen über die verdreckten, Müll übersäten Kacheln der Station und verschwanden in der dunklen Röhre.

„Hey! Da sind Ratten, jede Menge Ratten!", rief Yari. „Wo rennen die hin?"

„Fuck!", bemerkte Will trocken und richtete seinen Xenon-Handstrahler auf die wimmelnde Rattenautobahn. Einige der Tiere blieben einen kurzen Moment stehen und rannten dann weiter, andere wichen dem Leuchtkegel aus.

„Schlaue Mistviecher, was?", brummte Yari und zog seinen Laser-Blaster. „Mal sehen, ob sie auch dem hier ausweichen können!"

Er entsicherte die Waffe. Innerhalb von Bruchteilen von Sekunden war die erste Energieladung schussbereit.

„Feindwaffe! Team Delta? Feindwaffe in Ihrem Bereich!", meldete das MEC an Captain Deveth. Die Aufklärungssensoren hatten Yaris Energiesignatur sofort registriert und an die Zentrale hoch im Himmel über Altona weitergeleitet. In Deveths Visier poppte ein kleiner Ausschnitt aus der Umgebungskarte auf. Ein rotes Waffensymbol erschien. Sofort hielten alle inne. Keiner rührte sich. Auch im MEC nicht.

„Wurden wir entdeckt?", fragte Kilius irritiert ihren Lageoffizier.

„Kein Sichtkontakt, Oberst! Denke nicht. Warten Sie ...Team Delta? Lagebericht! Haben Sie Kontakt?", fragte er über InterCom. Alle im MEC lauschten angestrengt.

„Negativ! Kein Kontakt! Keine Erfassung! Status grün!", berichtete Deveth. „Team Lead? Weiteres Vorgehen?"

Nur noch acht Meter trennte das Einsatzteam vom geplanten Zielpunkt an der U6-Röhre.

Kilius schaute in die Runde und zu ihrem Lageoffizier. Sein kurzes Nicken bestätigte ihre nicht gestellte Frage.

„Team Lead an alle! Weapons free! Zugriff!"

„Jetzt geb' ich euch kleinen Seuchenvögeln mal was anderes zu fressen!", grunzte Yari und zielte in die Mitte des kleinen grauen Rinnsals. Will drehte den Kopf etwas zur Seite, denn der Aufschlag der Entladung aus dem Blaster würde innerhalb des Tunnels einen wesentlich lauteren Knall verursachen als im Freien. Plötzlich wechselten die Ratten ihre Richtung und rannten auf Yari und Will zu. Verstört schauten sich die beiden Männer an. Will hörte ein kurzes summendes Geräusch. *Dieses Summen kenn ich doch …*

„Zündung!", befahl Captain Deveth.

Auf die Sekunde genau detonierten zwölf Exo-Thermit-Packs.

Info Break

Exo-Thermit ist ein sogenannter Tertiär-Sprengstoff. Zunächst setzt eine kleine Kapsel ein hochexplosives Aerosol frei, das in eine bestimmte Richtung ausgestoßen wird und so fein ist, dass es in die Poren von Mauerwerk dringt. Dann zündet ein zweiter Stoff dieses Aerosol, wodurch das Mauerwerk porös wird. Im dritten Schritt wird die Hauptladung gezündet, die zusammen mit dem restlichen Aerosol explodiert. Der ganze Vorgang ist nanoprozessorgesteuert und dauert je nach Einstellung 0,1 bis 5 Sekunden.

Quelle Yahoogle Investigation Network

Captain Deveth hatte sie auf den niedrigsten Wert eingestellt. Innerhalb einer Zehntelsekunde explodierte die gekachelte Wand der Station und flog mit mehreren hundert Stundenkilometern als Schutt und Asche durch das gesamte Areal. Will konnte nicht einmal mehr seinen Gedanken zu Ende bringen, als ihm eine der 1000 herumfliegenden, schmutzig gelben Kacheln das Gesicht spaltete. Yari, der näher zur Explosion stand, wurde von der Druckwelle an Will vorbei geschleudert. Sein unterer Teil blieb im Flug an einer alten Sitzbank hängen und wurde abgerissen, während sein gesamter Oberkörper mit einem hässlichen Geräusch an die Wand klatschte.

Yari war schon tot, als sein Kopf an der Wand zerplatzte. So bekam nur eine Handvoll Ratten mit, wie zwölf schwarze Gestalten förmlich aus der Wand heraus explodierten und in katzenartiger Manier auf den Beinen landeten. Zwei aus dem Team griffen in ihre Rucksäcke und befreiten einen faustgroßen, grauen Ball. Sie warfen ihn in die Luft. Sofort lösten sich daraus kleine Schubdüsen und die beiden Bälle zischten nach vorne in die Dunkelheit. Das Delta-Team zögerte nicht und rannte den Spähern hinterher.

Im MEC über ihnen herrschte rege Geschäftigkeit. Das Personal an den Bio-Monitoren regelte den Zufluss an Bio-Chemikalien wie den Glücksstoff Serotonin oder den Action-Stoff Adrenalin über die Anzüge. Jedes Team-Mitglied war in der Lage, die eigene Zugabe an Stoffen zu steuern, aber die Controller an Bord hatten das letzte Wort. Schließlich besaßen sie eine medizinische Ausbildung und sorgten dafür, dass das Einsatzteam sich gut fühlte und sicher reagierte.

Natürlich war der Auftritt des Delta-Teams nicht verborgen geblieben. „Was war das?", stieß der Aufpasser in der Vid-Zentrale hervor, als das Licht flackerte und ein dumpfer Knall ertönte.

„Keine Ahnung! Fahr die Kanonen hoch und ich ruf Berini an!", war die knappe Antwort seines Kumpels im unterirdischen Kontrollraum der Organisation, wo alle Sensoren und Überwachungssysteme zusammenliefen.

„Berini? Hier Markus, es gibt ein Problem!"

„Deckung!", befahl Deveth über InterCom. Das Aufklärungsbild einer der beiden „Bälle" hatte hinter der Biegung eine Hochenergie-Signatur angezeigt, die der Computer als *MechiCon Hyper-Railgun, Typ BR-19-A1* in schussbereitem Modus klassifizierte. Deveth wusste, wenn er oder sein Team um die Kurve kommen würden, wären sie innerhalb von Sekundenbruchteilen tot.

„Delta Zwei? Ziel voraus! BR-19! Ziel markieren! Delta Drei? Einsatz der Kampf-Drohnen vorbereiten!" Das angesprochene Team-Mitglied handelte sofort und ohne Hast. Er zog aus seinem Rucksack ein kleines graues Kästchen heraus. Auf Knopfdruck sprangen aus den beiden Seiten kleine dreieckige Flügel und Mini-Düsen heraus. Nicht mehr als faustgroß sah das Ganze wie ein kleines Flugzeug aus dem 20. Jahrhundert aus. Ein weiterer Griff in den Rucksack und nach wenigen Sekunden war auch die zweite Drohne fertig.

Deveth wandte sich an die Einsatzleitung. „Team Lead? Hier Delta! Benötige Freigabe für Einsatz von Bloodhound Eins und Zwei!" Hoch oben über ihnen schaute der Lageoffizier zu Kilius. Kurzes Nicken.

Ein unangenehmes Fauchen erweckte die beiden kleinen Kampfdrohnen zum Leben. Sie stiegen hoch und zischten ihrem Ziel entgegen. Die rechte der beiden Drohnen beschleunigte plötzlich aufs äußerste, worauf die feindliche Railgun sofort reagierte und sich auf den herannahenden Gegner richtete. Ein tausendfaches Knackgeräusch erschallte, als die Railgun ihre unzähligen Projektile auf die erste Drohne abfeuerte, doch das Ziel war sehr klein und so traf die erste Ladung nur die Tunnelwände. Dann zündete die Railgun ihre zweite Ladung und hatte etwas mehr Glück – der Waffen-Prozessor hatte die Flugbahn des Feindes besser berechnet. Zwar flogen über 90 Prozent der Projektile an der ersten Drohne vorbei, doch einige trafen ihr Ziel mit unvorstellbarer Wucht. Die Drohne explodierte in einem Feuerball.

„Ha! Volltreffer!", jubelten Markus und sein Kumpel, die die Aktion auf dem Screen verfolgt hatten. Währenddessen zielte die Kanone nervös hin und her, ohne einen weiteren Schuss abzugeben. „Hey, was ist mit dem Ding los?"

„Keine Ahnung! Das müssen die Scheißsplitter sein, die das Radar stören!" In diesem Moment wussten beide nicht, dass ihr teures Spielzeug in wenigen Sekunden Recycling-Schrott sein würde. Die zweite Drohne nutzte die Splitterwolke als Schutz, um sich blitzschnell von oben auf die Railgun zu stürzen. Als sie mit knapper Schallgrenze durch die metallische Splitterwolke ihres Vorgängers brach, wurde sie zwar vom Radarsystem der Railgun erfasst, doch es war zu spät. Ein zischendes, blaues Blitzgewitter umschwirrte die Konturen der Railgun und tauchte die dunkle Atmosphäre des Tunnels in ein zuckendes, elektrisches, blaues Spinnennetz. Es dauerte nur wenige weitere Sekunden, bis das Delta-Team an der Railgun vorbei war.

Währenddessen waren Markus und sein Gehilfe damit beschäftigt, ihre eigene Bewaffnung in Gang zu bringen. In ihrem kleinen Kontrollraum mit Fensterblick auf die alten Schienen richteten sie ihre Blaster trotzig nach draußen – als eine weitere Drohne um die Ecke lugte.

„Tango erfasst! Zündung!" Der kleine Verkaufskiosk aus dem vorigen Jahrhundert verdampfte in einem orangeroten Feuerball und Markus und sein Gehilfe gleich mit.

Am anderen Ende des Tunnels wurde Berini nervös. Wenn er jetzt das Signal gäbe und sich da unten alle aus dem Staub machten, durfte sich hinterher nicht herausstellen, dass alles nur das Werk eines zugedröhnten Finanzjunkies war.

Nachher ist die Ware futsch und ich darf das aus eigener Tasche löhnen!

Er zögerte nicht und gab das Signal.

Der Feueralarm heulte los und in den halbdunklen, weit verzweigten Schächten kam es zu Tumulten. Die Türen der *Séparées* flogen auf und dutzende Gestalten, ganz oder teilweise bekleidet, strömten nach oben zu den Ausgängen. Panische Industriemagnaten, die durch die farbliche Faser-Programmierung ihrer Designeranzüge versuchten, ihr Erscheinungsbild zu verändern. Bullige Wächter, die vor den Türen gestanden hatten und jetzt ausgemergelte Geschöpfe mit weit aufgerissenen Augen hinter sich her zerrten.

Nur ein paar dämmrige Figuren schwammen gegen diesen skurrilen, menschlichen Strom. Der Höllenlärm der Sirene in den Tunneln war ohrenbetäubend, doch das schien sie nicht weiter zu stören. Sie strotzten vor Kraft und Selbstbewusstsein. Xrystal Veth machte es möglich. Schließlich sollten sie bis zum bitteren Ende Widerstand leisten, um den anderen genügend Zeit zur Flucht zu verschaffen. So marschierten die tapferen acht breitbeinig und siegesgewiss der feindlichen Gruppe von Schattenkriegern entgegen, die sich aus südlicher Richtung näherte.

„Weitere Ziele im Sektor! Waffensignaturen erfasst!", meldete der Lageoffizier in der schwarzen Sichel des MEC hoch über der Stadt.

„Wie viele und welche Waffen?"

„Sechs Ziele, langsame Bewegung in Ihre Richtung! Signaturen deuten auf Blasterwaffen der Klasse 3 hin!"

„Verstanden! Gehen in Stellung und schalten die Tangos aus!", bestätigte Deveth per InterCom und betrachtete die virtuelle Karte in seinem Display. Nach der geschätzten Ankunftszeit sollte das halbe dreckige Dutzend in zweieinhalb Minuten bei ihnen sein.

Zeit für ein kleines Empfangskomitee!

Zwei Anzüge platzierten sich im zerstörten Kiosk und zündeten eine Nebelkapsel. Innerhalb von Sekundenbruchteilen war sowohl der kleine Raum als auch der gesamte Tunnelbereich von dichtem, schwerem Nebel erfüllt. Der brennende Müll warf surreale Licht- und Schattenspiele auf die Nebelschwaden, die wie eine weiche, graue Daunenmasse alles einschlossen. Der Rest des Teams verteilte sich an der zerstörten Railgun und weiter hinten im Dunkel. Lautlos warteten sie, die Waffe im Anschlag.

„Wie viele werden's sein? Was meinste?"

„Mir egal, ich mach das auch alleine, wenn du Schiss hast!"

„Ach, fick dich doch! Mit den paar Figuren werd ich auch ohne dich fertig. Ich wette, dass ich doppelt so viele umlege wie du!"

„Als du!"

„Hä?"

„Vergiss es, du Idiot! Und halt jetzt das Maul! Kein Bock, dass sie uns schon hier bemerken!"

Entschlossen trotteten die acht Fleischberge ihrem Kampf entgegen, wie Gladiatoren auf dem Weg in die Arena. Mittlerweile kamen ihnen auch nur noch vereinzelte Flüchtlinge entgegen.

Plötzlich hechtete ein dünner Junge halbnackt aus einem Raum heraus. Die acht eröffneten sofort das Feuer. Der Junge wurde an Hüfte und Bein getroffen und prallte mit voller Wucht gegen die Kachelwand. Er sackte zu Boden und blieb reglos liegen.

„Hört auf! Halt! Schluss jetzt!", befahl der Anführer und der Rest gehorchte nur widerwillig. Als sich die Splitter- und Rauchwolke etwas legte, betrachteten sie ihr Werk wie neugierige Kinder. Tür und Türrahmen des Raums waren völlig zerstört, ein großes unförmiges Loch bildete den Eingang. Der Kleine hatte Glück gehabt, was man von seinem Kunden im *Séparée* nicht behaupten konnte.

„Is' das ekelhaft! Ich räum das nich weg!"

„Brauchst du auch nicht! Ist nicht dein Job heute."

„Wer feuert da unten?", wollte Kilius wissen.

„Keiner von unseren. Das ist die Gruppe Tango Zwei, die auf Delta zugeht!", deutete der Lageoffizier auf den Kartenausschnitt am Map Board. „Auf irgendwas haben die gefeuert!"

„Das habe ich auch gesehen, Leutnant! Ich würde gern wissen, was das Ziel der Aggression war!"

„Vielleicht irgendein Flüchtender, der zu spät weggekommen ist?"

„Möglich! Warten wir's ab."

Langsam schritten die acht um eine Tunnelbiegung. „Was riecht denn hier so verqualmt?"

„Fresse! Das sind Nebelkapseln! Die Wichser sind hier irgendwo, schaltet eure Wärmebildgeräte an!" Die acht aktivierten ihre schmalen Schutzbrillen und versuchten, durch die Rauchwand etwas zu erkennen. Doch der Qualm war zu dicht.

„Ich seh' nix!"

Zustimmendes Gemurmel.

Dann machen wir's halt auf die harte Tour!

Der Anführer richtete aus der Hüfte seinen Blaster auf die Nebelwand und feuerte mehrere Schüsse ab. Die anderen taten es ihm gleich, dabei gingen sie Stück für Stück weiter. Bald waren sie vom Nebel umschlossen, während sie immer noch nach vorne ins Unsichtbare feuerten.

„Ziele voraus! Ich zähle acht! Wiederhole: es sind *acht* Tangos, nicht sechs!", meldete einer der beiden Deltas aus dem Kiosk.

„Verstanden! Warten Sie!"

Deveth wartete selbst einige Sekunden. Jetzt würde es gleich losgehen. Um sein Team herum schlugen die Salven der Blaster ein, ohne die geringste Chance auf Treffer.

„Team Delta! Fertigmachen zum Feuern, Zielzuweisung: automatisch!", wies er seine Leute an. Dann begann er den Countdown. „Ich zähle: Drei, zwo, eins ... Feuer!"

Das Delta-Team ließ den acht nicht die Spur einer Chance. Innerhalb weniger Augenblicke starben sieben von ihnen an ihren schweren Verletzungen. Einer jedoch hatte sich nach hinten abgesetzt und rannte jetzt um sein Leben. Das Xrystal Veth hatte eine starke Wirkung, doch in Verbindung mit Stress löste es eine Art innere Ur-Angst aus, die ihn jetzt vorantrieb. Seinen schweren

Blaster spürte er nicht, als er bereits die letzten der Flüchtenden erreichte. Er drückte sich schweißgebadet und mit aufgerissenen Augen an ihnen vorbei. Wie ein Pflug bahnte er sich seinen Weg nach oben. Er brach sich das rechte Sprunggelenk, als er über ein Rohr der alten Luftfilteranlage sprang. Die nackte Panik trieb ihn weiter und weiter. Da war Licht! Licht am Ende der Treppe! Er rannte ein halbes Dutzend Menschen nieder, bevor er den Ausgang erreichte. Die Rettung! Hier war er vor dem Ungeheuer sicher, das unten in den Katakomben seine Kumpels zerfleischt hatte. Verwirrt blinzelte er, als er bemerkte, dass er keine Schutzbrille mehr trug. Er erkannte mehrere gespenstische Gestalten ringsum. Sein Blut rauschte in seinen Ohren und seinem Kopf. Die Leute um ihn herum brüllten, aber er verstand kein Wort.

„Achtung! Er hat eine Waffe!", rief der Zugführer der Bereitschaft seinen Leuten zu. „Nehmt ihn fest!"

„Halt! Waffe weg und Hände hoch!" Die Cops gaben den Befehl, aber der Mann reagierte nicht. „Werfen Sie die Waffe weg und treten Sie zurück! Das ist unsere letzte Warnung!"

Doch der letzte der acht konnte die letzte Warnung nicht hören, geschweige denn verstehen. Zu sehr war sein Körper damit beschäftigt, die Drogen in den Griff zu bekommen. Sein Puls raste weiterhin mit 240 Schlägen und drohte, sein Herz zum Platzen zu bringen. Mit der Linken versuchte er, sich vor den brutalen Lichtstrahlern abzuschirmen, die ihn frontal blendeten, aber dummerweise hielt er den Blaster noch in der Hand. In diesem Moment wurde er von drei Seiten gleichzeitig getroffen. Von 240 auf Null in einer Nanosekunde!

„Detective Marino? Sie sind wieder am Zug!", informierte Hilder und deutete damit das Ende der Mission für das X-Team an.

„Alles klar, danke", seufzte Louann. Sie hatte die letzte Stunde live mitverfolgt und war vollkommen erschöpft, als wäre sie selbst vor Ort gewesen. Aber sie freute sich auch. Bald, sehr bald, würden sie hoffentlich erfahren, was mit der Frau im Sumpf passiert war und warum.

Und wenn ich jeden einzelnen von diesen Drecksäcken Elias zum Fraß vorwerfen muss!

„Wir fangen dann mal mit dem Aufräumen an!", sagte sie und versuchte ihren Partner zu erreichen. „Elias? Hier ist Louann! Wo bist du gerade?"

Keine Antwort. Auch nach mehrmaligem Nachfragen nicht. Nervös kontaktierte sie den Bereitschaftszug. „Elbe drei-null! Hier Detective Marino! Ist Detective Kosloff bei Ihnen?"

„Nein! Detective Kosloff ist seit 30 Minuten nicht mehr hier. Er hat uns verlassen, bevor die Show losging", informierte die Stimme.

Shit! Wo treibt der sich rum? Beunruhigt wandte sich Louann an Major Hilder. „Könnten Sie mal bei Ihren Leuten nachfragen, ob Detective Kosloff vielleicht dort unten ist und wir deshalb keine Verbindung über InterCom hinkriegen?"

„Kein Problem! Einen Augenblick!", gab Hilder entspannt zurück. Der Einsatz war gelaufen und man hatte alle Einsatzziele ohne eigene Verluste erreicht. „Team Lead, hier Support! Die Lokalen vermissen einen ihrer Leute! Detective Kosloff! Haben wir eine Info?"

„Wen?", fragte Kilius. Sie hatte den Namen akustisch nicht verstanden.

„Detective Kosloff", wiederholte Hilder.

Gerade als Kilius antworten wollte, erwachte das Map Board zu neuem Leben.

„Oberst! Mehrere Ziele im nördlichen Bereich! Mehrere Waffensignaturen!", rief einer der Operatoren laut.

„Was? Wie?"

„Alle auf ihre Stationen! Lagebericht!", befahl Kilius reflexartig.

„*Bigbird* registriert mehrere Waffensignaturen in diesen Bereichen, hier und hier!“, konstatierte der Operator und zeigte auf die Punkte in der Karte.

„Dabei ist auch eine Laserwaffe, Typ HK-X245.“

„Ich dachte, wir hätten da unten alles gesichert?“

„Ja, Oberst! Aber wir haben anscheinend ein Areal übersehen, weil es als versiegelt und unzugänglich gekennzeichnet war.“

„Meinen Sie so etwas wie eine beschissene Geheimkammer?“ Kilius wurde ausfallend. Sie konnte es nicht leiden, wenn ihr die Situation aus der Hand glitt.

„Ja, äh, so ähnlich! Offenbar gibt’s da einen uns nicht bekannten Zugang und *Bigbird* kommt mit den Sensoren ran. Jetzt, auf einmal!“

„Ok! Ok! Alles halt! Schicken Sie den Bereitschaftszug wieder raus! Sofort!“, befahl Kilius ihrem Adjutanten. „Ich will nicht, dass die da unten rumpfuschen, während die Lage nicht eindeutig geklärt ist.“ Dann: „Informieren sie das Delta-Team. Standby bis auf weiteres. Befehle folgen in Kürze!“

„So eine verdammte ...!“, murmelte sie zu sich selbst. „Info an Hilder, spiegeln Sie das Map Board in den Gleiter, wir haben keine Zeit für Erklärungen!“ Der Operator führte die Befehle aus und in Louanns MEC erschien der Grundriss mit den Signaturen.

„Major Hilder? Was ist das denn jetzt?“, stieß Louann irritiert hervor, als der Plan wie aus dem Nichts vor ihren Augen erschien.

„Nun ja, Detective“, begann Hilder, „wir haben da ein Problem! Genauer gesagt, mehrere“, er stellte sich ans Map Board und zeigte auf die roten Punkte und Dreiecke. „Das da sind Waffensignaturen und das da sind Personensignaturen! Die dürften gar nicht da sein und schon gar nicht in diesem Bereich hier, denn der ist ja angeblich geflutet!“

Louann starrte verständnislos auf das Board.

„Und sehen Sie dieses gelbe Dreieck hier?“ Louann nickte. „Das ist die Signatur einer HK-X245! Das sind doch Ihre Waffentypen, der Waffentyp Ihres Partners, oder?“ Wieder nickte sie, dabei deutete sie auf die Gruppe roter Punkte, die in einiger Entfernung vom gelben Dreieck leuchteten. „Und was sind das für rote Punkte, Major?“ Sie schaute ihn fragend an.

„Tja, das sind die anderen Probleme, die ich meinte! Unbekannte Personen, die Hochenergie-Waffen bei sich tragen!“

„Meldung von *Bigbird*!“, unterbrach sie ein Operator, „Waffensignaturen erfasst! Die Waffen sind geladen und schussbereit!“

Ruckartig riss Louann ihren Kopf zur Seite und blickte verstört auf die holografische Darstellung vor ihr: Die roten Punkte bewegten sich von drei Richtungen direkt auf das gelbe Dreieck zu.

Zweite Episode

Das Attentat

1

Vid-Report von Senior Detective Elias Kosloff, ID K-41115/E-31.499, 25. Februar 2066, 6.30 Uhr:

„Wie kam es dazu, dass Sie, Detective Kosloff, während eines laufenden Zugriffs das Sperrgebiet 1 der Operation betraten, ohne die Leitung zu informieren?", fragte die Senatorin geschäftsmäßig kühl. Dabei sprach sie jede Silbe betont richtig aus, als handele es sich um eine virtuelle Sprachübung.

„Einige Minuten vor dem angesetzten Zeitpunkt des Zugriffs fiel mir plötzlich eine Durchsuchungsaktion von vor drei Jahren ein", begann Elias mit seiner Schilderung der Ereignisse. „Die Kollegen von der Hanseapolis Customs Authority hatten damals mit unserer Unterstützung ein illegales Drogen- und Medikamentenlager in diesem Bereich ausgehoben."

„Der Zeuge bezieht sich auf den abgeschlossenen Fall HCO-2063-88075", unterbrach ihn der Richter nüchtern und ergänzte: „Für Sie beide, werte Beisitzer, zur Nachlese im zentralen Justizverzeichnis online für 24 Stunden bereitgestellt. Fahren Sie fort, Detective!"

„Ich meinte mich zu erinnern, dass ich vor Jahren einmal in alten Plänen des U-Bahn-Systems einen Raum gesehen hatte, der nicht in den aktuellen Einsatzplänen stand. Ich war mir nicht mehr ganz sicher, wo genau er sich befand. Vermutete aber, dass er da irgendwo war."

„Warum haben Sie nicht die Einsatzleitung über Ihre Erkenntnis informiert? So wie es die Dienstvorschrift vorsieht", fragte die Senatorin investigativ, wurde aber vom Richter unterbrochen.

„Frau Senatorin, Detective Kosloff ist als Zeuge vorgeladen. Bitte verzichten Sie auf Fragen, die indirekt oder direkt ein Dienstvergehen beinhalten. Wir sind schließlich hier, um neutral Anhaltspunkte für eine weiterführende Untersuchung des Falles zu finden. Detective Kosloff, weiter bitte.“

„Weil es zu diesem Zeitpunkt keine *Erkenntnis* war!“, beantwortete Elias die Frage offensiv. „Wie ich bereits sagte: Ich *vermutete* es. Ich wollte nicht kurz vorher unnötig die Pferde scheu machen und damit die ganze Aktion gefährden. Also habe ich beschlossen, selbst nachzuschauen! Ich hätte natürlich sofort Oberst Kilius informiert, wenn ich mir sicher gewesen wäre. Nach meiner Einschätzung sind aber *Vermutungen* bei solchen Aktionen für das Einsatzteam alles andere als hilfreich.“

Diesmal war es der Polizeireferent, der Dritte im Tribunal, der das Wort ergriff. „Der Zeuge bezieht sich auf die SOP, wonach neue Aufklärungsdaten zunächst bewertet und klassifiziert werden müssen und sich dieser Prozess unmittelbar auf anhängige Operationen auswirkt.“

Der Richter fragte nach: „Wenn ich das richtig verstehe, hätte das in diesem Fall zur Verschiebung der Operation geführt?“

„Richtig, Euer Ehren. Die Operation wäre vermutlich abgebrochen worden“, schloss der Polizeireferent und forderte Elias zum Fortfahren auf.

„Als dann der Feueralarm losging, habe ich das Chaos genutzt, um ungesehen über den östlichen Zugang reinzugehen. Es stand nur ein einzelner Broker herum, die anderen wurden nach dem Alarm ins Innere abgezogen. Ich habe ihn kampfunfähig gemacht, fixiert und bin rein! Mein Head Up hat mir den Weg nach unten gewiesen. Nur schlecht beleuchtete Gänge, tropfende Wände und ein paar Ratten! Eine auf zwei Beinen war auch dabei!“

„Detective! Bitte!“, ermahnte ihn der Richter.

„Sorry, Euer Ehren. Ansonsten wirkte alles wie ausgestorben. Es sah nicht so aus, als wären die in diesem Teil besonders aktiv gewesen, trotzdem wollte ich sicher gehen. Deshalb bin ich weitergegangen. Ich habe ungefähr 20 Minuten gesucht, bis ich mir tatsächlich sicher war, die Kammer gefunden zu haben. Sie war nicht groß, gerade mal drei mal zwei Meter. Ich hab mich gründlich umgesehen. Außer ein paar alten Kisten mit vermoderten Medikamenten war da nichts. Ich wollte gerade kehrt machen und befand mich schon draußen auf dem Gang, als mein Display drei feindliche Signaturen anzeigte, die direkt auf mich zukamen! Für einen schnellen Rückzug war es zu spät. Ich saß also fest.“

„Das werden uns die Überwachungsprotokolle des Head-Up-Systems sicher bestätigen können, nicht wahr?“, warf die Senatorin ein.

Die Überwachungsprotokolle!

Verdammt, daran habe ich nicht gedacht!

Elias war davon ausgegangen, dass die Protokolle unter Verschluss blieben, sobald ein X-Team beteiligt war. Der Polizeireferent schien seine Gedanken zu lesen.

„Verzeihung, Euer Ehren, dieser Teil der Protokolle kann ohne direkte Anordnung des Polizeipräfekten nicht eingesehen werden, da es sich hierbei um klassifiziertes Material der obersten Polizeibehörde handelt. Wegen des Einsatzes des SEK.“

„Als Senatorin habe ich das Recht und die Pflicht, mir jedes Detail zum Fall anzusehen! Und wenn ich es für angebracht halte, muss ich mir auch die Überwachungsprotokolle ansehen können“, echauffierte sich die Senatorin sichtlich, wurde aber vom Richter erneut ausgebremst.

„Ich befürchte, ehrenwerte Senatorin, dass Sie sich mit Ihrem Wunsch gedulden müssen. Die Rechtslage ist hier eindeutig und klar und unterstützt die Ansicht des Herrn Referenten. Sie müssen bei einem Föderationsgericht einen Antrag auf Freigabe von Geheimmaterial stellen und dann einen weiteren auf Einsichtnahme“, erklärte der Richter in müdem Beamtenton.

„Wie überaus praktisch!“, warf die Senatorin gekränkt ein und trat nach. „Herr Referent, Sie können sicher sein, dass ich alle Mittel zur Rechtspflege nutzen werde, wenn es sein muss!“

Und bis dahin bist du so tatterig, dass du ohne Hilfe den Weg zum Klo nicht findest! Zum ersten Mal freute sich Elias über die langsamen Mühlen der Bürokratie. „Darf ich fortfahren?"

„Bitte."

„Ich bin also schnell zur Kammer zurück. Die Zielpersonen machten Lärm wie 'ne Horde besoffener Berserker!"

„Wie bitte, Detective?"

„Ähm, sie waren laut. Sehr laut. Zum Glück, denn sie haben mich nicht gehört! Ich glaube, sie haben ein Versteck gesucht. Ich zog meinen Laser, stellte ihn auf die niedrigste Energiestufe und drückte mich links von der Türöffnung gegen die Wand. Meine Waffe lud die Ausstoßzelle auf. Man hat generell auf dieser Energiestufe nur einen Schuss, danach dauert die Ladezeit wieder mehrere Sekunden. Als die erste Zielperson in den Raum lief, war der Laser noch nicht feuerbereit, also schlug ich sie mit meiner Waffe nieder. Den Typen dahinter setzte ich zwar mit einem direkten Treffer außer Gefecht, konnte aber wegen der Ladezeit den Dritten nicht mehr unter Beschuss nehmen. Und der war natürlich vorgewarnt. Er verschanzte sich draußen auf dem Gang."

„Hatten Sie sich als Detective ausgewiesen?"

„Was? Wie bitte?"

„Hatten Sie sich als Polizeiangehöriger im Dienst zu erkennen gegeben, Detective Kosloff?", wollte die Senatorin wissen.

Elias war zunächst sprachlos.

Auf welchem Planeten lebt die eigentlich? „Es war scheißdunkel da unten und ich konnte seinen hektischen Atem hören! Glauben Sie vielleicht, wenn ich ihm meine Marke gezeigt hätte, wäre er einfach auf den Arsch gefallen? Und ihm wären von selbst die Arm- und Beinfixierungen gewachsen?"

„Detective!", rügte ihn der Polizeireferent.

„Beantworten Sie bitte die Frage der ehrenwerten Senatorin!", wies ihn der Richter an.

„Nein, *ehrenwerte Senatorin*! Ich habe die Holo-Marke nicht aktiviert. Ich hatte leider alle Hände voll zu tun, um nicht gegrillt zu werden!"

„Detective! Ich muss doch um etwas mehr Professionalität bitten", tadelte ihn der Polizeireferent erneut.

Elias nahm es mit versteinerter Miene zur Kenntnis.

„Ich stelle fest, dass Detective Kosloff von seiner Schusswaffe Gebrauch gemacht hat, ohne den Waffeneinsatz vorher anzukündigen und ohne sich als Angehöriger der Sicherheitskräfte zu erkennen zu geben", fasste die Senatorin die Situation zusammen. Der jubelnde Unterton in ihrer Stimme war nicht zu überhören. „Im Hinblick auf seine Vergangenheit halte ich dieses Verhalten für schlichtweg kriminell!"

„Frau Senatorin, ich muss schon bitten!", fuhr ihr der Polizeireferent in die Parade.

„Ehrenwerte Senatorin. Detective Kosloffs Vergangenheit steht hier nicht zur Diskussion", pflichtete ihm der Richter bei.

„Natürlich nicht ...", schnaubte die Senatorin. „Wie ging es also weiter, Detective?", forderte sie Elias barsch auf. Das Wort *Detective* spuckte sie geradezu aus.

Elias atmete tief durch und rutschte unruhig auf seinem Stuhl im Anhörungsraum der Sektion 3 herum, Abteilung Interne Angelegenheiten. „Ich hob meine Waffe, gab einen einzelnen Schuss in Richtung Decke ab und rief, dass er sich ergeben soll, da die Sicherheitskräfte alles umstellt hätten."

„Was genau haben Sie gesagt, Detective?", bohrte die Senatorin nach. Sie hatte die Fährte aufgenommen und glaubte offenbar, noch mehr herausholen zu können.

„Wie meinen?"

„Nun, Detective, ich wüsste gern, was Sie dem Delinquenten zugerufen haben."

„Ähm ..."

„Nur fürs Protokoll, Detective. Bitte!"

„Ja, das war ungefähr ..."

„Nein, nicht ungefähr! Was haben Sie in dieser Situation gesagt?"

„Also, soweit ich mich erinnere, war das so was wie: Gib auf und komm mit erhobenen Händen hervor!" *Oder so ähnlich …*

„Detective, ich bitte Sie! Das erscheint mir ein wenig unpassend zu Ihren sonstigen Schilderungen, die, wie soll ich sagen, etwas *blumiger* sind."

„Na schön!", platzte es aus Elias heraus. „Ich sagte, er solle seinen beschissenen Kadaver langsam in Bewegung setzen und sich ergeben, da ihn sonst das Einsatzkommando zu Organabfall zerschießen würde!"

Mit einem zufriedenen Lächeln lehnte sich die Senatorin zurück. Offensichtlich war sie wieder dabei, einmal mehr die ganze Wahrheit über die wuchernde Polizeiwillkür ans Licht zu bringen.

„Und was war das Ergebnis Ihrer zugegebenerweise etwas ungewöhnlichen Warnung?", sprang ihm der Polizeireferent mit säuerlicher Miene bei.

„Die Zielperson ballerte wie von Sinnen auf die Türöffnung in meine Richtung! Blindlings! Dass seine Kumpels bewusstlos am Boden lagen, war dem scheißegal! Ich habe mich instinktiv zur Seite geworfen, dann habe ich hinter den Kisten Deckung gesucht! Irgendwann hat er aufgehört zu feuern. Danach bot die Tür ein Bild der Verwüstung. Überall Staub und Schutt. Die Laserspuren glühten immer noch dunkelrot in den Wänden neben mir. Der Kerl draußen meinte es verdammt ernst! Ich habe meinen Laser auf die höchste Stufe gestellt und ihn noch mal zur Aufgabe aufgefordert!"

„Was haben Sie gesagt?" Wieder die Senatorin.

Der Richter schritt ein. „Ich denke, wir haben das sprachliche Verhalten von Detective Kosloff ausreichend beleuchtet. Wie ging es weiter?"

„Plötzlich zerriss eine grelle Explosion das Keuchen draußen auf dem Gang. Ich hörte nur noch ein lautes Heulen und Fluchen, dann trampelnde Füße. Irgendwelche Befehle wurden gerufen! Grellweiße Energieblitze haben mich geblendet, jemand hatte Flash-Bangs, also Blendgranaten, geworfen. Ich war orientierungslos und hab schon das Schlimmste befürchtet, als ich vor mir eine Stimme hörte. Es war jemand aus dem X-Team. Sie haben den Typen ausgeschaltet und die Situation unter Kontrolle gebracht.“

„Was hat die Operationsleitung zum Vorfall zu Protokoll gegeben?“, fragte die Senatorin den Polizeireferenten. Es schien, als habe der Referent auf dieses Stichwort gewartet.

„Ich darf kurz aus dem freigegebenen Material zitieren: „Durch den intuitiven Einsatz des Detective K. konnte ein möglicher Hinterhalt seitens der gewaltbereiten Delinquenten verhindert werden. Der Einsatz des Detective K. hat dazu geführt, dass gegnerische Kräfte in diesem nicht aufgeklärten Bereich gebunden wurden und der Operationsplan beibehalten werden konnte. Detective K. trug somit zum erfolgreichen Ausgang der Operation bei“, schloss er das Zitat.

„Ein sehr *hilfreicher* Ausschnitt, nicht wahr, Herr Referent?“, ätzte die Senatorin.

„Ich verstehe Sie nicht ganz, Frau Senatorin?“

„Haben die ehrenwerten Beisitzer noch Fragen an den Zeugen?“, trennte der Richter die beiden Streithähne.

„Nein, Euer Ehren, der Vertreter der Polizeibehörde hat keine weiteren Fragen an den Zeugen.“

„Nein, Euer Ehren, die Vertreterin der Öffentlichkeit hat derzeit keine weiteren Fragen an den Zeugen der Polizei.“

Der Vid-Report war damit abgeschlossen.

„Wir werden Sie nun ausblenden, um uns zu beraten“, informierte der Richter Elias. „Wenn sich abzeichnet, dass wir eine längere Beratungszeit benötigen, werden Sie benachrichtigt. Ansonsten bleiben Sie bitte zunächst vor den Screens, Detective.“

„Natürlich, Euer Ehren.“ Elias betrachtete die drei unbewegten Gesichter vor sich. ***Ob die mir die Story abkaufen?*** Es war gut, dass von der Ware nichts Verwertbares mehr übrig geblieben war.

Ohne die geheimen Überwachungsprotokolle würde man denken, dass der Lagerraum und die Kisten zum unterirdischen Imperium der Bande gehörten.

Die drei Köpfe, die in den nächsten Minuten über seine Karriere entscheiden würden, nickten nur, dann wurden die Screens schwarz. Nur einen Bruchteil später poppte eine schwarze Hand auf weiß-rotem Fond auf, darüber stand in kantiger Schrift *Bollwerk des Nordens,* darunter *Der Natur zum Trotz.* Das Emblem von Hanseapolis. Elias blieb gelassen; es war nicht das erste Mal, dass er sich in einer solchen Lage befand. Sie konnten nicht auf seine Dienste verzichten, dessen war er sich sicher.

Nach kurzer Zeit materialisierte sich das dreiköpfige Tribunal wieder vor ihm. Der Richter ergriff das Wort. „Nun, Senior Detective Kosloff, die Beratung hat betreffs Ihrer Person Folgendes ergeben: Als Sie allein und ohne Genehmigung durch die Operationsleitung in die Tunnelanlage hinuntergingen, haben Sie sich *eindeutig* vorschriftswidrig verhalten. Als Sie die Delinquenten ohne direkte Vorwarnung angegriffen haben, haben Sie sich *möglicherweise* vorschriftswidrig verhalten. Als Sie das Feuer auf den dritten Delinquenten eröffnet haben, haben Sie *vorschriftskonform* gehandelt. In Bezug auf den Verlauf der Operation hat das Tribunal konstatiert, dass Ihr Eingreifen einen mittelbaren, positiven Einfluss auf das Ergebnis der Operation *Marder* hatte. Der juristische Tatbestand des *vorauseilenden Gehorsams* ist erfüllt", setzte der Richter ab und blickte Elias direkt an.

Dieser nickte. Er hatte die Botschaft verstanden. Man würde ihm zwar auf die Finger klopfen, aber letztendlich hatte er im Sinne der Operation gehandelt – wenn auch, juristisch gesehen, unwissentlich.

Der Richter fuhr fort. „Was die Bewertung Ihres polizeilichen Verhaltens insgesamt betrifft, Detective Kosloff, so ist das Urteil hierüber etwas ambivalent und wird Teil einer internen Untersuchung der Sektion 3 werden." Er ließ diesen Satz absichtlich etwas wirken und fügte hinzu: „Sie können also sagen, dass Sie mit einem blauen Auge davon gekommen sind. Wie groß das blaue Auge sein wird, hängt vom Verlauf der Untersuchungen Ihrer Vorgesetzten ab. Und wenn ich hinzufügen darf, hatte der Bericht von Oberst Kilius einen nicht unerheblichen Einfluss auf das heutige Urteil, Detective.“

„Danke, Euer Ehren!“

„Der Dank gebührt eher Ihren Kollegen, aber lassen wir das“, setzte die Senatorin hinzu.

„Wie dem auch sei, Detective, Sie sind hiermit für heute entlassen. Die Stadt Hanseapolis dankt Ihnen für Ihren Einsatz und Ihr Erscheinen ...“

Elias’ metallische Augen blitzten kaum merklich auf.

Blaues Auge also ... Auch gut!

2

„Wir suchen eine Frau. Schwarz, 20 bis 30 Jahre alt. Mittelgroß und schlank, wiegt ungefähr 50 Kilo. Kennst du so jemanden?" Es war 8.00 Uhr morgens und Louann fühlte sich ausgelaugt. Sie saß in Vernehmungszelle L der Sektion 3 und befragte die erwachsenen NIPs, die das X-Team in der Nacht aus den Tunneln getrieben hatte. Die Kinder wurden derweil psychologisch betreut. Bei den Verhören war der Sprach-Analyzer aktiviert und verglich die Stimmen direkt mit der InterCom-Aufnahme der Frau, die am Montagmorgen den anonymen Tipp gegeben hatte. Bisher allerdings ohne Erfolg.

Elias hatte mit den Vernehmungen nicht warten wollen. Er meinte, Furcht, Hunger und Erschöpfung würden die NIPs zu schnelleren Aussagen zwingen. Dumm war nur, dass sie nicht die einzigen waren, die unter Schlafentzug litten. Louann dachte mit Grauen daran, dass ihr in knapp drei Stunden ein wichtiges Date mit dem stinkreichen Paul van Laak bevorstand. Die ganze Aktion, so erfolgreich sie auch verlaufen war, hatte sie geschlaucht. Im Moment war ihr alles egal, sogar das tote Mädchen.

Ich will nur noch nach Hause und schlafen!

Louann hielt sich gerade an ihrer x-ten Tasse schwarzen Kaffee fest, als die kleine Rothaarige hereingeführt wurde. Sie war dünn und hatte eine sehr blasse, fast durchscheinende Haut. Ihre Haare waren das Schönste an ihr: dicht, gewellt und von einem glänzenden Kupferton umrahmten sie ein schmales Gesicht mit blauen, blutunterlaufenen Augen. Mit abweisender Miene setzte sie sich und begann inbrünstig, die Haut an ihrem linken Daumennagel abzukratzen. Die rot verkrustete Stelle bewies, dass sie das nicht zum ersten Mal tat.

Dann fluchte das Mädchen leise und Adrenalin schoss durch Louanns Körper! Vergessen war der verlockende Gedanke an die Schlafkoje in ihrem kleinen Apartment! Sie brauchte nicht auf das Display des Sprach-Analyzers auf dem Tisch zu schielen, um zu wissen: Das Mädchen auf dem schwarzen Luftsack war ihre anonyme Zeugin! *Endlich! Ein Durchbruch!* Louann zwang sich, ruhig zu bleiben.

„Hi, mein Name ist Louann. Wie heißt du?"

„Fleur."

„Fleur?", wiederholte Louann etwas dümmlich.

„Si!"

„Und wie lautet dein vollständiger Name?"

„Fleur Martinez", antwortete diese bockig und starrte auf ihren blutenden Daumen.

„Ok. Und wo kommst du her, Fleur?"

„Stresemann Tower, Level 4, Apartment 2358", leierte das Mädchen herunter.

Louann atmete tief durch. Ruhig bleiben, dachte sie, die Kleine ist wahrscheinlich verängstigt. „Ich will nicht hören, was man dir eingetrichtert hat. Ich will wissen, wo du gelebt hast, bevor du nach Hanseapolis gekommen bist."

Lange Pause.

„Du bist doch sicher müde und hast Hunger. Ich habe den ganzen Tag und die ganze Nacht Zeit, weißt du. Ich kann warten ..."

„Connecticut. Bridgeport." Die zögerliche Antwort kam sehr leise. Erst als Louann den Sprachcomputer die Worte laut wiederholen ließ, verstand sie, was die Kleine gesagt hatte.

„Seit wann bist du in Hanseapolis?", fragte sie das Mädchen. Als Antwort starrte Fleur sie nur ausdruckslos an und begann nervös mit dem Bein zu wippen.

„Computer, bitte Call 37-832 abspielen!" Louann ließ das Mädchen nicht aus den Augen.

„Sektion 3. Zentrale."

„Holà? Please … Sie hören mich? It … is etwas Schrecklisch pasiert. Terrible! Chica vielleischt dead. In Sumpf, cerca de old Rathaus."

„Bitte identifizieren Sie sich, sonst können wir Ihre Anzeige nicht aufnehmen."

„No, geht nischt. Socorro! Help, bitte …"

Als Fleur ihre eigene Stimme vernahm, sackte sie in sich zusammen. Sie versank regelrecht im Luftkissen.

„Das bist du, nicht wahr?", fragte Louann. Das Mädchen versteckte die Hände unter ihren nackten Beinen, starrte auf den Boden und begann leicht mit dem Oberkörper hin und her zu schaukeln.

„Hör zu, Fleur", versuchte Louann sie mit den üblichen Floskeln zu beruhigen. „Vertrau mir. Ich verspreche dir, dass dir nichts passieren wird. Sobald wir deine Aussage haben, schicken wir dich wieder nach Hause, zu deiner Familie."

„No!" Fleurs Stimme überschlug sich. Vergeblich versuchte sie, sich aus dem Luftkissen zu befreien. „Nicht zuruck", schluchzte sie.

„Schon gut, Fleur." Louann lief um den Tisch herum und ging vor dem Mädchen in die Hocke. „Fleur, Fleur! Hör mir zu", beeilte sie sich zu sagen. „Du brauchst keine Angst zu haben, ok? Wenn du in Hanseapolis bleiben willst, ist das kein Problem. Es gibt Menschen, die dir helfen werden."

Die junge Frau hörte auf zu zappeln.

„Wie alt bist du, Fleur?"

„Quince."

„15", übersetzte Louann betont zuversichtlich. Falls das stimmte, war das Mädchen seit einem Jahr mündig. *Falls* das stimmte! „Sieh mal, du bist jung. Es stehen dir im Leben noch viele Türen offen, Fleur. Du kannst den gesetzlichen VCT 2 machen oder deine jetzige Tätigkeit bei *City Toys* fortsetzen; natürlich legal und unter dem Schutz des Staates …"

Der Vocationtest zweiter Klasse (VCT 2) ist ein einmonatiger Check, dem sich jedes Föderationsmitglied im jugendlichen Alter unterziehen muss. Dabei werden dessen Fähigkeiten und soziale Kompatibilität ermittelt. Das Ergebnis entscheidet darüber, welchen Lebensweg der Jugendliche einschlagen wird. Sollte das Ergebnis nicht eindeutig sein, wird der Test ein Jahr später wiederholt. Sollte auch dann ein zufriedenstellendes Resultat ausbleiben, wird der Betreffende für den Dienst am Gemeinwohl rekrutiert. Dazu gehört auch die Tätigkeit bei *City Toys*. Die Erfolgsquote des Tests liegt bei 99,97 Prozent.

Quelle: Yahoogle Investigation Network

Ein schüchternes Lächeln stahl sich auf Fleurs Gesicht, nicht mehr als ein Lichtstreif zwischen dichten Wolken, doch Louann frohlockte. Immerhin ein kleiner Fortschritt!

„Also Fleur, willst du mir jetzt erzählen, was du über das schwarze Mädchen weißt?"

„Tú ... you're going to protect me, sí?" Fleur schaute sie angsterfüllt an.

„Das machen wir. Versprochen!", antwortete Louann und schaute ihr dabei fest in die Augen. „Mach dir keine Sorgen, du bist hier sicher." Dann stand sie auf. „Warte einen kleinen Augenblick! Ich bin gleich wieder da." Beim Hinausgehen legte sie ihre Hand kurz auf Fleurs Schulter und aktivierte die Türsperre, um draußen Elias per InterCom zu benachrichtigen. Er befand sich nur zwei Räume weiter, wo er einen Typen im schlecht sitzenden Anzug in der Mangel hatte. Louann holte ihn ab und kehrte mit ihm in Vernehmungszelle L zurück.

Bei Elias' Anblick fuhr Fleur heftig zusammen, doch der zuckte nur mit den Schultern und lehnte sich gleichmütig an die Wand. Er war solche Reaktionen gewohnt.

„Wenn es für dich einfacher ist, erzähl uns die ganze Geschichte in deiner Muttersprache." Louann zeigte auf eine kleine, schwarze Box, die in der Mitte des Tisches eingefasst war. „Das hier ist ein Sim-Translator. Der übersetzt automatisch, was du sagst und übermittelt uns alles über InterCom." Bei diesen Worten tippte sie leise an ihr Ohr und lächelte.

Fleur holte tief Luft. Dann richtete sie ihren Blick auf den Boden und begann mit leiser Stimme zu erzählen: „Sie heißt Phanie. Ich glaube, sie kommt aus einer der südlichen SubCities."

2062 versanken die letzten Städte der Afrikanischen Union im Sahara-Sand. Bodentemperaturen von teilweise über 80 °C machten einen Wiederaufbau unmöglich. Um eine erneute Invasion nach Europa zu verhindern, und damit einen zweiten Transkontinentalen Krieg, wurden mit Unterstützung der Europäischen Föderation drei unterirdische Megacities gebaut. Die größten sind New Cape Town und Khartoum 2 mit je 30 Millionen Einwohnern.

Quelle Yahoogle Investigation Network

„Jedenfalls hatte sie oft Heimweh." Fleur hielt kurz inne, dann brach es aus ihr heraus. „Wir essen und schlafen unten in den Tunnels. Es ist dreckig da und es gibt Ratten! Wer krank wird, wird weggeschafft ... für immer. Abends werden wir in die oberen Tunnels gebracht, wo die Kunden auf uns warten. Manchmal besuchen wir sie auch zu Hause. So wie letzten Sonntag." Der Sim-Translator arbeitete fehlerfrei.

Louann dachte an Raoul und Schuldgefühle überkamen sie. Unbehaglich rutschte sie auf ihrem Stuhl hin und her, was ihr einen irritierten Blick von Elias einhandelte.

„... ein unbemannter Gleiter hat uns abgeholt. Das kommt manchmal vor, dass Phanie und ich irgendwo zusammen hin müssen. Die Männer mögen das ... ihre schwarze Haut, meine weiße Haut ... das turnt sie an! Wir freuen uns immer, wenn wir zu den Kunden dürfen. Es ist ganz anders als unten im Tunnel ... so hell und sauber ... manchmal dürfen wir sogar baden! Wir wurden zu einem Mann gebracht, den habe ich noch nie vorher gesehen. Der war sehr reich, hatte ein großes Haus mit vielen Spiegeln und einer großen Treppe."

„Wie hieß der Mann und wie sah er aus?", wollte Louann wissen.

Fleur runzelte angestrengt die Stirn. „Ich weiß nicht, wie er in echt heißt. Er wollte, dass wir ihn Onkel Noah nennen."

Louann zog die Augenbrauen zusammen. *Onkel Noah?* In ihrem Kopf nahm eine Erinnerung schemenhafte Formen an, sehr schwach, wie in dichten Nebel gehüllt. Sie versuchte sie zu greifen, doch vergebens.

Verflixt! Wo habe ich diesen Namen schon mal gehört?

„Er war alt und ziemlich dick. Und viele Haare hatte er auch nicht mehr. Er war ganz ok, er verlangte keine komischen Sachen von uns. Halt nur das Übliche. Wir sollten ihm den Schwanz lutschen, dann wollte er uns beide gleichzeitig vögeln und so was halt ..."

„Ok, ok ..." stammelte Louann und lief ärgerlicherweise rot an. „Ich glaube, wir wissen, was du meinst." *Meine Güte, wie unprofessionell!*

Elias, der neben ihr saß, versuchte nicht einmal, sein Grinsen zu unterdrücken.

„Erzähl weiter, was passiert ist", forderte er Fleur sanft auf und wurde gleich wieder ernst.

Das Mädchen nickte. „Na ja, wir waren gerade in Fahrt, da hat uns Onkel Noah die Brüste mit irgendwas eingerieben. Danach wurde ich schrecklich müde ... irgendwie muss ich eingeschlafen sein." Sie machte eine traurige Pause.

Plötzlich fiel Louann etwas ein. „Hattet ihr Safer Sex, Phanie und du?"

„Natürlich nicht!" Fleur wirkte ehrlich erstaunt. „Die meisten Kunden wollen lieber ohne das Anti-Gel. Onkel Noah war da nicht anders."

Louann stutzte und wandte sich flüsternd an Elias. „Aber ... wenn das so ist, verstehe ich nicht, warum Tom und Danny bei den vaginalen und oralen Abstrichen nichts gefunden haben", flüsterte sie und fuhr mit der Hand massierend über ihren Nacken.

„Hm ... Vielleicht war der Kiefer so schlimm zugerichtet, dass sie ohne ATS nichts finden konnten. Aber in der Vagina hätten sie etwas finden müssen! Ich frage mich, was da falsch gelaufen ist! Morgen statten wir den beiden einen kleinen Besuch ab!" Er schaute Fleur an. „Wie ging's dann weiter?"

„Als ich wieder aufgewacht bin ..." Fleurs Stimme brach. Sie begann zu schluchzen.

„Fleur ...", sprach Louann behutsam. „Wird es gehen? Soll ich dir etwas zu trinken holen?"

Es dauerte einen Moment, dann schüttelte das Mädchen den Kopf. „Geht schon." Ihre Stimme zitterte beim Erzählen, zwischendrin schnäuzte sie sich. „Als ich wieder aufgewacht bin, lag ich nackt auf dem Boden. Die Luft war so stickig, ich bekam keine Luft! Unter mir war es kalt und matschig ... mein Körper hat überall gejuckt. Es hat gedauert, bis ich im Halbdunkel etwas erkennen konnte. Das erste, was ich sah, waren diese riesigen Käfer, die über meinen Bauch gekrabbelt sind! Ich wollte schreien, aber meine Zunge war am Gaumen festgeklebt. Meine Augen haben wie verrückt geträht und ich musste würgen! Alles fühlte sich ... irgendwie

... krank an. Da habe ich begriffen, wo ich war. Im Sumpf draußen vor der Stadt! Ich hatte die Broker oft davon reden hören. Sie haben gedroht, uns dort auszusetzen, falls wir Probleme machen ...“

Was für ein Albtraum, dachte Louann. Das arme Mädchen musste Todesängste ausgestanden haben!

„Ich weiß nicht, wie lange ich da gelegen habe ... jedenfalls hörte ich plötzlich diese Schreie! Lange, gellende Schreie ... irgendwie nicht menschlich ... ich dachte, da schlachtet jemand ein Tier ab! Ich hatte solche Angst. Aber irgendwie, ich weiß nicht warum, bin ich hingelaufen, um zu gucken. Und dann ... dann ... sah ich sie ...“ Pause.

„Wen? Phanie?“, fragte Louann sanft nach.

Fleur nickte. „Sie ... sie ... hing da an einem Baum und neben ihr stand ein Mann und hat mit irgendwas auf sie eingeprügelt ... Es war schrecklich! Überall war Blut ...“

Elias unterbrach sie barsch. „Hast du den Mann erkannt, Fleur? Könnte es ...“, er machte eine kaum merkliche Pause, „... dieser Onkel Noah gewesen sein?“

„Könnte schon sein ... Ich weiß es aber nicht genau. Er hatte einen Schutzanzug an, außerdem habe ich ihn nur von hinten gesehen. Ich kann’s nicht sagen. Es tut mir leid ...“ Fleur fing wieder an zu weinen.

„Schon gut. Ist nicht schlimm“, redete Louann tröstend auf sie ein und versuchte ihre Enttäuschung zu verbergen. „Was ist dann passiert?“

„Ich bin weggerannt, immer weiter und weiter, aber ich konnte Phanies Schreie in der Ferne immer noch hören! Und dann, mit einem Mal brachen sie ab. Einfach so. Ich blieb wie erstarrt stehen, mir war übel vor Angst. Ich wusste, ich war die Nächste. Es war schrecklich! Ich hörte, wie der Mann nach mir rief und habe mich unter einem verrotteten Baumstumpf im Schlamm versteckt. Irgendwann hörte der Mann auf zu rufen, und dann war nur noch Stille ... Ich weiß nicht, wie lange ich da gelegen habe, aber ich dachte schon, ich muss ersticken, da wurde die Welt um mich herum plötzlich weiß ... ein greller Lichtstrahl hat mich von oben erfasst. Sie waren gekommen, um mich zu holen!"

Natürlich, dachte Elias wütend, das TS200-Implantat!

So haben die Schweine sie geortet!

„Als sie sahen, dass Phanie nicht bei mir war, haben sie mich geschlagen und wollten wissen, ob sie geflohen war. Ich habe ihnen alles erzählt ... sie haben mich in den Tunnel zurückgebracht. Ich weiß nicht, ob sie mir geglaubt haben ..."

Fleur wischte sich die Tränen aus den Augen, dann starrte sie die Detectives an. „Mir war die ganze Nacht kotzübel und ich konnte nicht arbeiten. Erst am nächsten Morgen konnte ich mich wegschleichen, um Alarm zu schlagen ..." Das Mädchen schaute Louann lange in die Augen. „Phanie tot?", fragte sie leise auf Deutsch.

Louann nickte. Dann stand sie auf, ging um den Tisch herum und nahm die junge Frau in den Arm. „Es tut mir so leid, Fleur."

3

Cedric war verzweifelt. Er hatte seit fast 24 Stunden nichts mehr von Freddy gehört. Mehrmals hatte er versucht, ihn zu erreichen, doch vergeblich. Der Deutsch-Malaysier schien wie vom Erdboden verschluckt. Cedric konnte seine Enttäuschung darüber kaum verhehlen, vor allem, weil ihn seine eigenen Nachforschungen nicht sehr weit gebracht hatten. Sicher, er hatte ein paar vielversprechende Akteure ausfindig gemacht: Zurzeit befand sich in Hanseapolis eine zwanzigköpfige Delegation aus Tallinn, darunter Mari Kirsipuu, die Vorsitzende des Europäischen Verwaltungsrats. Doch sobald er versuchte, mehr über die Delegierten zu erfahren, wurden die Schotten dicht gemacht.

Informationen über Verwaltungsrat-Mitglieder zu bekommen, war weitaus schwieriger als im Privatleben von Regierungsvertretern herumzuschnüffeln. Es war ein offenes Geheimnis, dass der Europäische Verwaltungsrat in Tallinn das eigentliche Machtorgan in der Föderation war.

Cedric seufzte. Einen kleinen Lichtblick gab es dennoch: Er wusste, dass die Delegation am kommenden Samstag die Elbphilharmonie in der HafenCity besuchen wollte. Die weltbekannten *Polyton Hybriden* würden Purceys Burleske *Destiny* aufführen, unter der Leitung von Stardirigent Flavio. Das Kulturereignis des Jahres! Cedrics Chefredakteur hatte seine Beziehungen spielen lassen und einen heiß begehrten VIP-Pass für ihn ergattert. Er würde in der Pause vor dem 3. Akt an die ehrenwerten Damen und Herren der Delegation herantreten und seine kleine Bombe platzen lassen. Soweit sein Plan. Es war abenteuerlich, aber er hoffte damit eine Reaktion heraufzubeschwören. Was sollte ihm schon groß passieren? Einen Tag später flog er zurück nach New Delhi. Dort würde er dann in sicherer Entfernung seine Nachforschungen fortsetzen.

Hoffentlich hab ich am Samstag mehr in der Hand, um die Ratte aus ihrem Loch zu locken!

Cedric schnaubte verärgert. Er hatte, was das Nummernkonto betraf, mit einem echten Knüller gerechnet! Stattdessen vergeudete er wertvolle Zeit bei dem Versuch, Freddy zu erreichen. Er schnaubte erneut, als plötzlich eine Erkennungsmelodie eine Verbindung aus Übersee ankündigte. Na endlich! Cedric fuhr sich durchs Haar, nestelte an seinem Hemd und setzte sein charmantestes Lächeln auf. Doch statt des attraktiven Deutsch-Malaysiers erschien Kims blasses, angespanntes Gesicht auf seinem Virtuellen Kommunikator. Cedrics Lächeln erlosch.

„Wo ist Freddy?", fragte er brüsk. Der Schock hatte ihn jegliche Höflichkeit vergessen lassen.

Kims helle Stimme, Tausende von Kilometern entfernt, schnitt ihm schmerzhaft ins Herz. „Freddy lässt dir ausrichten, dass er nichts mehr mit dir zu tun haben will! Er hat versucht, was du von ihm verlangt hast. Aber die Aufsichtsbehörde der FIAZ hat ihn ertappt! Zum Glück genießt er einen hervorragenden Ruf. Deshalb bekommt er eine zweite Chance, unter der Voraussetzung, dass er jeden Kontakt zu dir abbricht. Mach ihm das nicht kaputt. Lass ihn in Ruhe!“ Dann verzerrte sich ganz unerwartet Kims Gesichtsausdruck und purer Hass blitzte aus ihren Augen. Sie wurde regelrecht hysterisch. „Du! Du bist an allem Schuld! Ich hasse dich! Ich wünschte, du wärst …“ Da wurde die Verbindung unterbrochen.

Erschüttert starrte Cedric ins Leere. Dann nahm er den Kommunikator ab. War er zu weit gegangen? Er hatte nie gewollt, dass Freddy Schwierigkeiten bekam. Seufzend schaute er aus dem Taxi hinunter auf die rotierenden Zwillingstürme von *Sequisor Industries*, einem großen Helium-3-Förderer, und strich sich erschöpft übers Gesicht. ***Was für eine Pleite!*** Jetzt stützte sich seine ganze Hoffnung auf das Zusammentreffen am Samstag in der Elbphilharmonie.

Kim zitterte am ganzen Leib. Wie sie diesen Mann hasste! Natürlich hatte sie von Freddys Affäre gewusst. Aber schon ihre Großmutter hatte sie darüber aufgeklärt, dass eine kluge Frau solche Dinge tolerierte, wenn sie einen Mann halten wollte. Vielleicht war das falsch gewesen. Hätte sie Freddy damals zur Rede gestellt, wäre es vielleicht nie so weit gekommen!

Tränen liefen ihr die Wangen herunter. Sie deaktivierte ihr Neuroimplantat und starrte stumpf vor sich hin. Dann drehte sie den Kopf langsam zur Seite, als verursache ihr die Bewegung unendliche Qualen. Mit tränenverschleierten Augen schaute sie zu dem Mann hoch, der ihr seinen Laser an die Schläfe hielt. Sein attraktives Gesicht verzog sich zu einem dünnen Lächeln. „Merci, ma belle“, hauchte er beinahe liebevoll in ihr Ohr.

4

Nach ihrer Vernehmung wurde Fleur in den medizinischen Trakt der Sektion 3 gebracht, wo sie für einige Stunden in einen künstlichen Dekontaminationsschlaf versetzt werden sollte. Schließlich war ihr Körper im Sumpf über längere Zeit gefährlichen Substanzen ausgesetzt gewesen. Danach würde man sie zu Alfred auf Level -10 bringen, damit sie mit dessen Hilfe ein Phantom-Hologramm von Onkel Noah erstellen konnte.

„Wer ist Alfred?", wollte Louann wissen, als sie sich neben Elias in den *Sarg* legte. Eine Stunde Tiefschlaf würde hoffentlich reichen, um sie wieder fit zu machen.

„Ein verdammter Freak!", brachte Elias gerade noch heraus, dann war er schon weggetreten.

Eine Stunde später waren beide unterwegs zu van Laak. Währenddessen grübelte Louann darüber nach, wo sie den Namen Onkel Noah schon einmal gehört hatte. Allerdings ohne Erfolg.

Ich werd hier noch verrückt!

Sie starrte so angestrengt vor sich hin, dass Elias sie schief von der Seite anschaute.

Als sie ihn aufklärte, witzelte er nur: „Lass mich raten, Marino. Du hast eine gute katholische Erziehung genossen und musstest den Katechismus auswendig lernen?"

Louann zog eine Grimasse. „Sehr komisch", murmelte sie nur. Mochte die eine Stunde Tiefschlaf im *Sarg* ihrem Körper vorgaukeln, hellwach zu sein, geistig war sie es nicht. Der Fall der toten Phanie nagte an ihr.

Paul van Laaks Anwesen lag direkt am unteren Alster-Kanal, im einzigen Nobelviertel von Hanseapolis, das auf der Null-Ebene lag.

Das gesamte Areal war von einem schützenden Kraftfeld umgeben, das nur von innen deaktiviert werden konnte. Über dem Viertel herrschte eingeschränkte Flugaktivität, erlaubt waren lediglich An- und Abflüge von Anwohnern sowie Noteinsätze. Elias und Louann stellten das MEC innerhalb des Areals ab, einige hundert Meter von ihrem eigentlichen Ziel entfernt, und gingen zu Fuß weiter. Vor dem Aussteigen setzten beide ihre Atemmasken auf und träufelten sich Protektionsgel in die Augen. Ihr Weg führte sie am Kanal entlang, wo historische Villen dicht an dicht standen. Die malerisch angelegten Gärten waren mit Holzstegen versehen, die direkt zum Wasser führten. Hier zu wohnen war ein Traum, den sich nur wenige erfüllen konnten.

Elias schaute in den Himmel. Die fernen Gleiter sahen wie Vogelschwärme aus, winzig und beinahe lautlos. Es war zwar erst Februar, doch es würde ein heißer Tag werden, wieder einmal. Einige Anwohner waren bereits mit dem Kanu unterwegs. Elias seufzte.

Unfassbar, dass ich hier vor 30 Jahren das letzte Mal ohne Atemmaske spazieren war!

Das Portal der Villa öffnete sich leise, noch bevor Louann und Elias es erreicht hatten. Wie es aussah, hatte man sie bereits erwartet. Kein Zweifel, das gesamte Viertel war mit einer Hochleistungs-Überwachungsanlage ausgestattet. Allerdings war sie so gut verborgen, dass nicht einmal Profis wie sie diese auf den ersten Blick ausfindig machen konnten. Hundertprozentige Sicherheit war hier erwünscht, jedoch nicht die Vulgarität, sie offen zur Schau zu stellen. Louann und Elias gingen den kurzen Weg zum Hauseingang, wo sie van Laaks Personal Assistent steif begrüßte:

„Guten Morgen, Officers. Herr van Laak erwartet Sie im Blauen Salon. Bitte folgen Sie mir." In Natura wirkte die perfekte Schönheit des Mannes seltsam anziehend. Louann musste immer wieder hinschauen – wie bei einem hübschen Blumenarrangement. Die braune Haut, die vollen Lippen, der geschmeidige Gang. Ein Jammer, dass er ihnen das Gefühl gab, nicht mehr wert zu sein als der Dreck unter seinen Fingernägeln – sofern er welchen gehabt hätte!

Beide traten durch die Schleuse ein und nahmen ihre Atemmasken ab. Sie standen in einer gigantischen Halle mit einer geschwungenen Doppeltreppe aus Marmor, die auf eine Empore führte. Kunstvoll gearbeitete Leuchter funkelten wie riesige Prismen, neoklassizistische Amphoren zierten jede dritte Stufe und an den Wänden hingen einige Werke von Alten Meistern der Niederländischen Schule. Elias hätte bedenkenlos sein Jahreseinkommen darauf verwettet, dass es Originale waren.

Louann war tief beeindruckt. Solche Exponate kannte sie nur aus der GCS. Am liebsten hätte sie all die wundersamen Schätze aus der Nähe betrachtet, doch ihr Führer drängte sie zur Eile. Er ließ sie vor einer weißen Flügeltür stehen, dann verschwand er um die Ecke. Louann und Elias sahen sich verblüfft an. Bevor einer von ihnen etwas sagen konnte, kam der Personal Assistent zurück, zwei Thermoroben über dem Arm. Wortlos reichte er ihnen die langen Mäntel, dann klopfte er an die Flügeltür. Summend glitten beide Flügel seitlich in die Wand zurück und kalter Dampf trat heraus.

Neugierig betraten die beiden Cops den Blauen Salon, da wurde ihnen schlagartig klar, wozu sie die Roben brauchten. In dem Raum herrschten arktische Temperaturen! Eine Theke aus glitzerndem Eis schlängelte sich an der Wand entlang, durchbrochen von schmalen Säulen. Hohe Hocker aus gepresstem Schnee standen in regelmäßigen Abständen aufgereiht davor. In die vereisten Wände waren Landschaftsszenerien mit ausgestorbenen Tieren aus Blattgold eingraviert – Eisbären und Seelöwen friedlich vereint. Aus der Mitte des achteckigen Raumes ragte eine überdimensionale Frauen-Skulptur mit schweren Brüsten. Auch sie war aus purem Eis. Über ihr wölbte sich die hohe Decke wie in einer Kathedrale, alles war in unwirkliches, blaues Licht getaucht. Elias war wie vor den Kopf geschlagen. Wasser im Überfluss!

Was für eine zügellose Verschwendung!

Wie sich herausstellte, passte Paul van Laak perfekt in diese Eislandschaft. Ein gutmütiger Bär in den Sechzigern, dessen Kopf mit einer weißen Pelzmütze bedeckt war. Seine blauen Augen versprühten jungenhaften Schalk, tiefe Lachfalten bildeten einen charmanten Rahmen. In wenigen Schritten war er bei seinen Besuchern und drückte ihnen beherzt die Hand. Seine helle Stimme passte nicht zu seiner imposanten Erscheinung.

„Guten Morgen! Kommen Sie, kommen Sie! Ich habe heute leider sehr wenig Zeit und darf Sie deshalb bitten, mir beim Brunch Gesellschaft zu leisten. Bitte setzen Sie sich doch!"

Das mit dem Brunch war ein sehr verlockender Gedanke, und prompt meldete Louanns Magen knurrend Anspruch. Van Laak lächelte verständnisvoll und forderte sie mit einer Handbewegung auf, sich auf einen der Hocker zu setzen.

„Vielen Dank, Herr van Laak. Das ist sehr freundlich. Wir könnten glatt einen Ochsen verschlingen!" Dann erst bemerkte sie Elias' abweisendes Gesicht. „Ich kann natürlich nur für mich sprechen ..."

Van Laaks donnerndes Lachen drohte, das Zimmer zu zerbersten. „Nun, einen Ochsen kann ich Ihnen leider nicht anbieten! Heute steht nur Eiskaltes auf der Speisekarte!"

Als sich Louann auf einen der Hocker setzte, bemerkte sie die bunt drapierten Teller auf der Theke. Während sie begeistert zugriff, wandte sich Elias van Laak zu und begann routinemäßig mit seiner Befragung:

„Wann genau haben Sie den Diebstahl Ihres White Hunter bemerkt, Herr van Laak?"

„Das war vor knapp zwei Wochen, vorletzten Freitag, um genau zu sein", antwortete der bereitwillig und lehnte sich gegen eine Eissäule. „Ich habe eine Soiree gegeben. Hier in diesem Raum. Mit über 30 Gästen, vorwiegend Geschäftspartner. Wissen Sie, ich bin in der Politik tätig und habe mit sehr vielen Menschen zu tun. Die Soiree ging bis weit in die Nacht hinein. Als der letzte Gast gegangen war, bemerkte ich den Diebstahl. Das White Hunter gehörte meinem Urgroßvater, deshalb ist der Verlust doppelt schmerzhaft."

„Wo hatten Sie das White Hunter aufbewahrt?", fragte Elias nach.

Währenddessen genoss Louann ihren Luxus-Brunch in vollen Zügen. Hummer-Quiche, eingelegte Viperneier, frischer Kaktussaft … Solche Delikatessen hatte sie bis dato noch nie zu Gesicht bekommen, geschweige denn gegessen! „Das alles schmeckt unglaublich lecker, Herr van Laak", rief sie übermütig, ehe van Laak auf Elias' Frage antworten konnte.

„Es freut mich, dass es Ihnen schmeckt, Detective. Den Brunch hat Luc zubereitet, mein Personal Assistent", antworte van Laak und lächelte wohlwollend.

Das Jüngelchen kann kochen? Louann war beeindruckt und suchte die Theke nach weiteren Köstlichkeiten ab.

Van Laak richtete seine Aufmerksamkeit wieder auf Elias. „Zu Ihrer Frage, Detective. Ich bewahre das White Hunter für gewöhnlich in der Bibliothek auf, in einer eigens dafür konstruierten Vitrine. Ich zeige Sie Ihnen gern, wenn Sie wollen."

Als Louann Anstalten machte aufzustehen, verschluckte sie sich an ihrem Hummer und ein Hustenanfall war die Folge. Van Laak hatte ein Einsehen. „Bleiben Sie ruhig sitzen und genießen Sie Ihren Brunch", forderte er sie freundlich auf. „Kommen Sie, Detective, lassen wir Ihre Partnerin in Ruhe essen. Ich zeige Ihnen die Vitrine."

Beim Hinausgehen drehte sich Elias noch einmal zu Louann um, Missbilligung im Blick. Kurz plagte sie das schlechte Gewissen, doch dann probierte sie von den kandierten Tulpen mit Seezungenmousse, und die Schuldgefühle verflogen so schnell wie die Häppchen auf ihrem Teller.

Versonnen kaute sie auf einem Blütenblatt herum, als ein leises Räuspern sie hochschrecken ließ. Ertappt schaute sie auf und erblickte Luc, der neben ihr stand.

„Wünschen Sie Tee?", fragte er auf seine hochnäsige Art.

„Äh, ja … danke“, antwortete Louann, dann setzte sie begeistert nach und lobte Luc überschwänglich für das hervorragende Essen. Fasziniert beobachtete sie, wie sich seine hochgezogenen Brauen kaum merklich senkten, während sich sein Mund in umgekehrter Richtung leicht nach oben verzog. Der Ansatz eines Lächelns. Irre!

Als Elias und van Laak fünf Minuten später zurückkamen, wirkte ihr Partner verärgert. „Danke für Ihre Kooperation, Herr van Laak. Nur noch eine Sache. Können Sie mir bitte Ihre Gästeliste für diese Soiree geben?“

Van Laak schnappte erschrocken nach Luft. „Sie glauben doch nicht, dass es einer meiner Gäste war? Darunter sind auch ein paar alte Freunde, verdiente Bürger von Hanseapolis. Ich möchte nicht, dass sie Unannehmlichkeiten bekommen. Ich nahm eher an, dass es jemand vom Catering-Service war …“

„Was für ein Catering-Service?“, fragte Elias mit schneidender Stimme.

„*Meet’n Eat*“, antwortete Luc an van Laaks Stelle und ergänzte, an Louann gewandt: „Deren Algen-Gratin war übrigens grauenhaft!“

„Gut, das werden wir überprüfen!“, erwiderte Elias grob. Louann, die langsam auf den Boden der Tatsachen zurückkam, wunderte sich. **Was ist denn mit dem los?**

„Brauchen Sie sonst noch etwas von mir?“, wollte van Laak wissen.

„Ja“, antwortete Elias. „Sagt Ihnen der Name Onkel Noah etwas?“

„Nein, wer soll das sein?“

„Nicht so wichtig! Wo waren Sie am Sonntag zwischen 15 und 16 Uhr?“

Van Laak verlor kurz die Fassung. Sein Blick schweifte zu seinem Personal Assistent, dann hatte er sich wieder im Griff. „Lassen Sie mich kurz nachdenken … Ah ja, jetzt weiß ich’s wieder. Ich war bei einer Konferenz in Stockholm. Luc war übrigens mit von der Partie.

Das können Sie auch gerne überprüfen, Detective."

„Das werden wir, Herr van Laak, darauf können Sie sich verlassen! Und denken Sie bitte an die Gästeliste. Wäre doch sehr schade, wenn wir dafür die Gerichte bemühen müssten ...", brummte Elias, während er Luc seine Thermorobe aushändigte.

„Und darauf wochenlang warten müssten, mit zweifelhaftem Erfolg", vervollständigte van Laak die Drohung gelassen. Er sah sich eindeutig nicht in der stillen Opferrolle. „Gut, wenn sonst nichts mehr ist. Ich werde anordnen, dass Luc Ihnen schnellstmöglich per GCS eine detaillierte Beschreibung des White Hunter mit 3-D-Ansicht zukommen lässt. Ich begleite Sie hinaus."

Den Weg zum MEC legten Elias und Louann schweigend zurück. Diesmal war es allerdings alles andere als ein einträchtiges Nebeneinander. Als beide in den Gleiter stiegen, platzte Louann der Kragen:

„Was ist los? Warum bist du schon wieder sauer?"

Fluchend drehte Elias den Kopf zur Seite und starrte sie wütend an. „Ich habe selten etwas so Dilettantisches erlebt! Wir treffen einen möglichen Verdächtigen, und du lässt dich von Luxus, dekadentem Essen ... und ...", er spie es wütend aus, „... einem hübschen Gesicht blenden!"

„Aber das ist doch nicht wahr!"

„Oh doch, das ist es! Ein guter Cop hat objektiv zu bleiben, *Detective*!" Elias wurde lauter. „Ist dir eigentlich klar, wie leicht du dich von den beiden Schwuchteln hast manipulieren lassen?"

Homophile? Louann hatte so ihre Zweifel. „Ich glaube nicht, dass die beiden eine Beziehung haben", erwiderte sie gepresst. Seine Worte hatten sie getroffen.

„Oh." Elias' Stimme triefte vor Sarkasmus. „Es tut mir leid, dass ich diesbezüglich deine Illusionen zerstören muss, Marino!"

Louann beschloss, den Mund zu halten.
Der kriegt sich schon wieder ein!

„Check nach, ob dein Plasto-Püppchen schon die Infos zum White Hunter geschickt hat“, befahl Elias mit kalter Stimme, ohne aufzuschauen, und ergänzte höhnisch: „Falls er zwischen Kartoffelschälen und Schwanzlutschen Zeit dafür gefunden hat!“

„Kartoffeln schält heute niemand mehr!“, konterte Louann bissig. Elias tat so, als hätte er nichts gehört und aktivierte die GCS.

5

Für Onkel Noah hätte der Tag nicht besser starten können. Die Bestätigung über InterCom kam kurz nach zehn. „Ah, André ... schön, das zu hören ... Nein, nein, ich möchte keine Details ... Ja, ich weiß, dass die im Preis inbegriffen sind, trotzdem ... Soso ... Mhm ... Du lieber Himmel, ist das denn unbedingt nötig? ... Ok, gut, wenn Sie meinen. Ich verlass mich da ganz auf Sie. Sie sind letztendlich der Profi, André. Haha! Au revoir."

Erleichtert atmete der Mann aus. Ganz tief in ihm nagte ein leichtes Schuldgefühl, das er sogleich mit einem großen Schluck Scotch hinunterspülte. Schließlich hieß es: Fressen oder gefressen werden!

Wie schnell sich diese Erkenntnis für ihn bewahrheiten sollte, erlebte er keine drei Stunden später; auf dem Flug zu einem offiziellen Treffen mit ausländischen Diplomaten.

In seiner Lieblingsfantasie als strenger Schuldirektor vögelte er gerade eine Gruppe halbwüchsiger Mädchen, da knarrte es plötzlich in seinem InterCom: „Biste allein, du Wichser?"

Ertappt schnellte die emsige Hand aus der Hose und Onkel Noah wurde bleich wie der Tod.

„Ja, bin ich. Woher ... Was ist denn los?", fragte er mit zitternder Stimme.

Die Antwort kam prompt: „Du Fettsack hast deinen Job nich ordentlich gemacht! Die Cops waren heute Nacht da und haben den ganzen Laden hochgehen lassen! Die Station Altona können wir vergessen, da wird niemand mehr auftauchen."

Onkel Noah brach der kalte Schweiß aus und ihm wurde regelrecht übel, doch die brutale Stimme kannte kein Erbarmen. „Wir bezahlen dich nich dafür, dass du dich auf deinem fetten Arsch ausruhst, du Penner! Du bist für uns nützlich. Das ist dein Glück, sonst wärste jetzt Fischfutter! Aber noch so 'n Ding und ich statte deiner Frau 'nen kleinen Besuch ab und bring noch 'n paar fähige Mitarbeiter mit! Alles klar?“

„Aber ... aber ... hören Sie, ich hab von all dem nichts gewusst. Freitag sollte eine Razzia stattfinden, nicht vorher, und die nicht mal bei euch. Ich ... ich weiß nicht, wie ...“

„Das interessiert mich nich! Sieh zu, dass du die Cops im Griff hast! Wir stecken schließlich genug Kohle in deinen fetten Arsch, damit du die richtigen Leute schmierst! Haben wir uns verstanden?“

Onkel Noah konnte gerade noch eine Entschuldigung stammeln, dann erbrach er sein 550-Eurodollar-Steak auf seine 5.000-Eurodollar-Hose.

6

Eine 3-D-Ansicht und die Beschreibung des White Hunter kamen am frühen Nachmittag per GCS. Van Laaks Gästeliste war auch dabei. Louann stellte daraus einen Katalog mit neun Verdächtigen zusammen, der sowohl Fleurs grobe Beschreibungen als auch Dr. Schucks Täterprofil berücksichtigte. Sie legte Elias ihre Ausbeute vor:

GREG GORY,
36 Jahre, Chefingenieur bei Levitake Industries

LUCAS KAMILA,
38 Jahre, Großindustrieller

MIROSH LIBOR,
48 Jahre, Stabschef bei 3w-fabrica

HAMUND HOLGERSSON,
51 Jahre, Kriegsveteran

JAN HESSLER,
44 Jahre, Senior Leader bei CygTech

FINN WEBER,
42 Jahre, freischaffender GCS-Korrespondent

SIR BRANDY PIPER,
50 Jahre, Zweiter Vorsitzender des Europäischen Verwaltungsrats

DION DAVOS,
49 Jahre, Verwaltungssekretär

ABU THORY,
39 Jahre, Assistent von Mari Kirsipuu, Vorsitzende des
Europäischen Verwaltungsrats

„Auf die Daten der drei Verwaltungsbeamten habe ich keinen Zugriff, aber ich habe über die GCS einiges über sie erfahren. Vor allem in der Rubrik *Hush-Hush*. Holografische Reproduktionen hab ich auch", erklärte Louann.

Elias' Ausdruck war reserviert, aber nicht unfreundlich. „Ok", antwortete er. „Schauen wir mal, ob Fleur irgendjemanden auf der Liste wiedererkennt. Sie müsste inzwischen bei Alfred im TechCenter sein."

Louann lächelte. „Ach, und Elias ..."

„Ja?"

„Die Klinge des gestohlenen White Hunter stimmt mit den Spuren am Hals des Opfers überein!"

Kurze Zeit später betraten die beiden die Lobby der Sektion 3. Auf ihrem Weg zum TechCenter gingen sie am diensthabenden HolOfficer vorbei, der ihnen schweigend nachsah. Louann schmunzelte. Hatte der Programmierer inzwischen Dampf abgelassen?

Das wäre für uns alle ein Segen!

Der Eingang zum Expresslift befand sich in einer der hinteren Hauptsäulen und war für Außenstehende nicht sichtbar. Elias trat auf den betreffenden Pfeiler zu. Die Sensoren erkannten sein S3-Implantat und reagierten. Mit einem dezenten Zischen drehte sich die Säule und gab den Eingang zum Lift frei. Schweigend betraten Louann und Elias den gläsernen Aufzug.

„Guten Tag, Senior Detective Kosloff. Ist der Detective in Ihrer Nähe Ihre Begleitung?", fragte eine körperlose Stimme emotionslos.

„Ja."

„Bitte registrieren Sie sich, Detective", forderte die Stimme auf.

„Detective Marino, ID M-79481/L-19.232"

„Vielen Dank, Detective. Registrierung vollständig. Bitte nennen Sie mir Ihr Ziel."

„TechCenter", befahl Elias und schon rasten sie lautlos in die Tiefe. Die gläsernen Aufzugwände gaben rundum den Blick auf tiefschwarzes Gestein frei. Schon nach wenigen Augenblicken wurden sie 50 Meter unter der Erde wieder ausgespuckt.

Das TechCenter war ein hermetisch abgeriegeltes Areal mit höchster Sicherheitsstufe. Nicht autorisiertes Personal gelangte nur bis zum vorderen Kontrollraum. In den hinteren Hallen wurden Hochleistungswaffen und Equipment der Sektion 3 gewartet und weiterentwickelt. Irgendwo dort befand sich auch Alfreds Mentalkugel, unter den Mitarbeitern des TechCenter auch gern *Superbowl* genannt.

„Wer ist Alfred?", fragte Louann erneut, als sie einen hell erleuchteten Gang entlangliefen, der geradeaus gegen die Wand stieß, um dann nach rechts wegzuknicken. Unvermittelt standen sie vor einer schweren Stahltür, die sich bei ihrem Erscheinen lautlos öffnete und den Blick auf einen niedrigen, ovalen Raum freigab. Louann war noch nie hier unten gewesen und schaute sich neugierig um. Vor den kalkweißen Wänden befanden sich längliche Konsolen, darüber flimmerte ein Dutzend Screens. Fast genauso viele Techniker in gelben Overalls saßen davor und wandten ihnen den Rücken zu. Weitere Türen waren nicht zu sehen.

Wie gelangt man eigentlich in die hinteren Bereiche?

Louann schaute fragend zu Elias hoch, doch der beachtete sie nicht. Einige Techniker hatten sich umgedreht und starrten sie an. Bis auf eine hochgewachsene Frau wandten sich alle nach wenigen Sekunden wieder ihren Screens zu.

„Hallo Elias. Lange nicht mehr gesehen." Die Frau kam auf sie zu. „Willkommen in der Gruft! Was können wir für euch tun?"

„Wir wollen hier eine wichtige Zeugin treffen“, antwortete Elias. „Fleur Martinez. Sie soll mit Alfreds Hilfe das Phantom-Hologramm eines Verdächtigen erstellen.“

Erstaunt blickte die Chef-Technikerin abwechselnd Elias und Louann an. „So viel ich weiß, war heute niemand mit diesem Namen hier. Wie sieht sie denn aus?“

„Schmal, 15 Jahre alt, auffällige rote Haare.“

Die Frau schaute beide verständnislos an, dann drehte sie sich zu ihren Kollegen um. „Jungs? Wisst ihr, ob heute ein Mädchen hier war, 15 Jahre alt, rote Haare, für ein Phantom-Hologramm?“ Das synchrone Kopfschütteln war eindeutig.

„Was ist das wieder für ’ne Scheiße?“, entfuhr es Elias, der daraufhin sein InterCom aktivierte. „Nic? Elias hier. Wo verdammt noch mal ist unsere Zeugin abgeblieben? Sie sollte im TechCenter ein Hologramm unseres Verdächtigen erstellen ... Was? Sag das noch mal! ... Das kann ja wohl nicht wahr sein!“ Wütend blickte Elias in die Runde. „Sie ist vor einer Stunde spurlos verschwunden“, polterte er. „Die oben haben angenommen, sie wäre hier unten!“

„Achtung! Extraktions-Start in fünf Sekunden“, kündigte plötzlich einer der Techniker an. Zeitgleich erklang im Zentrum des ovalen Raums ein leises Surren, das sich zu einem Rauschen steigerte. Brüsk zog Elias seine Partnerin ein Stück zurück, ohne seinen Blick von der Raummitte abzuwenden. Verständnislos schaute Louann zuerst auf Elias, der sie immer noch festhielt, und versuchte dann, seinem Blick ins Nichts zu folgen. Dort, etwa drei Meter vor ihnen, trat eine graue, glänzende Kugel aus dem gleichfarbigen Boden heraus. Wo Louann noch Sekunden vorher gestanden hatte, wirkte der Boden auf einmal flüssig. Wie Wachs, durch das sich die Kugel von unten nach oben schob und das einem Seidentuch gleich langsam von den Wänden der Kugel glitt.

Louann staunte nicht schlecht. Dura-Liquid! Sie hatte schon davon gehört. Ein semi-permeabler Verbundstoff aus Aluminium und speziellen Nano-Kunststoffen.

Info Break

Wird Dura-Liquid an der Luft einer bestimmten Temperatur ausgesetzt, kristallisiert das Aluminium aus und bildet zusammen mit den Kunststoffen eine harte Oberfläche. Diese kann von außen nur durch enorme Gewalteinwirkung durchdrungen werden, während sie von der Innenseite mit nur einem Finger durchstoßen werden kann. Dabei legt die Programmierung der Nano-Partikel innerhalb des Kunststoffes fest, bei welcher Temperatur der Kristallisierungseffekt eintreten soll.

Quelle: Yahoogle Investigation Network

Die Kugel war nun zu fast zwei Dritteln aus dem Dura-Liquid herausgetreten, als sie stoppte. Nahezu geräuschlos bildete sich ein Eingang. Der Effekt hätte nicht filmreifer sein können! Neugierig beugte sich Louann vor – und stand dem seltsamsten Wesen gegenüber, das sie bis dato in Hanseapolis, nein, das sie bislang jemals getroffen hatte.

„Sie suchen jemanden?", hauchte das Wesen, eine spindeldürre Gestalt mit einem grotesk aussehenden, überdimensionalen Kopf, die Louann aus fahlen Augen anstarrte. Bevor diese sich von ihrem Schrecken erholen konnte, sprach das Wesen weiter. „Ah, ich verstehe ... Sie haben die Kleine verloren ..." Das schadenfrohe Gekicher verursachte Louann eine Gänsehaut.

Wer oder was zum Teufel ist das?

Da vernahm sie hinter sich Elias' spöttische Stimme: „Marino, darf ich vorstellen? Das ist Alfred, ein überaus talentierter Suggestor!" Er schnaubte.

„Halt bloß deine sieben Sinne zusammen! Er könnte dich zwingen, etwas zu denken oder zu tun, was du hinterher bereust."

„Also wirklich, Detective Kosloff", wisperte Alfred. „Sie machen Ihrer Freundin Angst ... Sie wissen genau wie ich, dass ich ohne gerichtliche Genehmigung nicht in fremde Köpfe schauen darf." Dabei fixierte er Louann, die fasziniert zurückstarrte. „Ich interessiere mich eben für meine Mitmenschen. Eine Berufskrankheit, Sie verstehen ..." Dann drehte er plötzlich seinen hässlichen Schädel und stierte Elias an.

„Lass das!", schnauzte der den Suggestoren an und zog Louann beinahe gewaltsam aus dem Raum. Beide rannten zurück zum Expressaufzug.

„Der Typ ist ja gruselig! Was genau macht er da unten?", fragte Louann etwas atemlos, als sie nach oben fuhren.

„Alfred ist unser Suggestor. Er versetzt Zeugen in Trance und bringt sie dazu, die gesehene Tat noch einmal zu durchleben. Dabei werden ihre Gehirnströme gemessen und in holografische Bilder umgesetzt. So erhalten wir detaillierte Tatortbilder und Täteraufnahmen. Eigentlich eine gute Sache." Elias knurrte. „Aber irgendwie trau ich dem Kerl nicht ..."

In der Lobby stellte sich Louann breitbeinig vor den HolOfficer und blaffte ihn an: „Ok! Was ist mit Fleur Martinez passiert?"

„Definieren Sie bitte Ihre Anfrage, Detective", antwortete das Hologramm kühl, dessen Persönlichkeit auf reine Pflichterfüllung rückprogrammiert worden war. Der lockere Umgangston hatte für viel Unmut gesorgt, vor allem bei den Besuchern der Sektion 3.

„Komm mir nicht so. Wo ist Fleur Martinez? Die Frage verstehst du doch, oder?"

„Ja, Detective Marino, einen Augenblick bitte!" Das Programm suchte nun sowohl nach der Person als auch nach allgemeinen Daten zu den letzten Vorgängen mit der betreffenden Person. Einige Sekunden später kam die unbefriedigende Antwort. „Frau Martinez wurde durch Officer Köster, wie von Ihnen veranlasst, in den

Aufzug zum TechCenter gebracht und ist auf Level -5 ausgestiegen. Derzeitiger Aufenthaltsort ... unbekannt."

„Wie von mir veranlasst?", fuhr Louann den HolOfficer an. „Ich habe nicht angeordnet, dass Fleur auf dem 5. aussteigt!"

„Wie konnte so etwas passieren?" Elias war hinter Louann getreten. Seine Stimme hatte einen eiskalten Unterton. „Fleur Martinez besitzt keine Autorisation, den Aufzug anzuhalten. Warum ist sie überhaupt allein da runter?"

Der HolOfficer fühlte sich genötigt zu antworten: „Na ja, Officer Köster, der sie begleiten sollte, wurde zu einem Notfall gerufen. Er ist mit ihr zum Aufzug, hat das Ziel befohlen und ist dann wieder gegangen, als sich die Türen geschlossen haben. Und wie Sie, Detective Kosloff, richtig bemerkten, hatte Frau Martinez keinen Einfluss auf die Steuerung des Aufzugs. Möglicherweise liegt hier eine technische Panne vor. Der Wartungsdienst wurde bereits informiert", schloss der HolOfficer hilfsbereit.

„Und warum wurden *wir* nicht informiert?", zischte Louann das Hologramm an.

Von wegen HolOfficer ... Hohl-Officer wär wohl passender!

Das zuckte nur mit den Schultern. „Nachdem Officer Köster die Zeugin übernommen hatte, war es theoretisch betrachtet seine Aufgabe, sich um Frau Martinez zu kümmern. Und daher wurde auch Officer Köster und nicht *Sie* benachrichtigt", schlaumeierte das Hologramm.

„Wie bitte? Das war ein Prio-1-Fall und du informierst einen Streifenpolizisten und den Wartungsdienst anstatt die ermittelnden Detectives?", giftete Louann und hätte sich nur zu gern den Programmierer vorgenommen. Wieder einmal!

„Theoretisch betrachtet ..."

„Halt die Fresse, du programmierte Dämlichkeit!", rastete sie aus.

Die Welt um sie herum erstarrte. Wie in einer Saloon-Szene aus einem antiken Western des 20. Jahrhunderts wurde sie von allen in ihrer unmittelbaren Umgebung angestarrt – inklusive Elias. Der HolOfficer bemerkte die reine Aggression in ihrer Stimme und schwieg vorsichtshalber deeskalierend.

„Was?", stieß sie in die Runde hervor.

Die Szenerie begann wieder zu leben und Elias trat an Louann heran. „Bist du fertig mit diesem Aushilfsidioten hier?"

„Irgendetwas stimmt nicht, Elias. Ich spür es genau ..." Fahrig fingerte Louann am Kragen ihrer silbergefleckten Schutzjacke. Sie hatte rote Flecken im Gesicht.

„Hey, beruhig dich wieder. Wir reden nachher darüber, ok? Jetzt müssen wir erstmal Fleur finden!"

Level -5: Die computergesteuerte Asservatenhalle der Sektion 3, wo täglich Hunderte von neuen Beweismitteln registriert und katalogisiert wurden. Die Halle war riesig, erstreckte sich über fünf Level und grenzte damit direkt ans TechCenter. Ein automatischer Schott mit einer schweren Panzerplatte versperrte den Zugang, doch Elias hatte von Sahil eine Sonderautorisation erhalten. So trennte ihn und seine Partnerin nur eine zehnstellige Zahlenkombination von dem gigantischen Anblick, der sich ihnen bot, als sie eintraten.

20 Meter unter ihren Füßen durchquerten drei breite, unermesslich lange Gänge, die ins Nichts zu führen schienen, die rechteckige Halle der Länge nach, gesäumt von unzähligen vergitterten Parzellen, die bis an die Decke reichten. Gut 1.000 automatisierte Roboter glitten wie auf unsichtbaren vertikalen und horizontalen Metallschienen zwischen den Parzellen hin und her. Gesteuert wurden sie über zentrale Pulte, die im Abstand von mehreren Metern auf den Gängen standen.

„Oh nein", seufzte Louann. „Jemanden zu finden, der sich hier versteckt, kann Tage dauern."

Elias nickte nur. Ihre Blicke trafen sich, dann begannen sie gleichzeitig Fleurs Namen zu rufen. Als sie keine Antwort bekamen, fuhren sie mit einem Hebelift nach unten. Sie liefen die endlosen Gänge entlang und riefen immer wieder, aber ohne Erfolg. Zu hören war nur das unermüdliche Summen der Roboter. Es war gespenstisch. Nach gut einer Stunde gelangten sie endlich zu den drei Notausgängen am anderen Ende der Halle, doch wie es die Vorschrift verlangte, waren sie verriegelt. Fleur hätte unmöglich auf diesem Wege die Halle verlassen können, es sei denn …

Louann kam ein böser Verdacht. „Elias, was wäre, wenn unser Mörder hier in der Sektion einen Komplizen hat?"

Elias nickte. „Eigentlich unfassbar. Aber daran hab ich auch schon gedacht. Das wäre für mich eine plausible Erklärung, warum Fleur trotz der strengen Sicherheitsvorkehrungen spurlos verschwinden konnte. Entweder das oder jemand hat totale Scheiße gebaut." Grübelnd fuhr er sich mit dem Finger über die Augenbraue. „Du weißt, was das heißen würde, Marino?" Sie nickte bekümmert. Wenn der Mörder bei Fleurs Verschwinden die Hand im Spiel hatte, würde er sie für immer zum Schweigen bringen!

„Weißt du, warum du dich beschissen fühlst?" Elias stand oben in der Ruhe-Lounge, vor dem Getränke-Replikator, und reichte Louann einen dampfenden Kaffee.

„Weil die Kleine durch Schlamperei verloren gegangen ist?", murmelte Louann und starrte blind in ihre Tasse.

„Nein, weil du ihr Dinge versprochen hast, die du nicht halten kannst. Du bist persönlich involviert, und das ist der größte Fehler von allen! Denn nicht die Polizei, nicht die Sektion 3 haben ihr etwas versprochen, sondern du allein. Du hast ihr Problem zu deinem gemacht."

Louann senkte den Kopf. Es gab für sie nichts zu erwidern. Elias hatte Recht.

Beide schwiegen und hatten keine Augen für die holografische Küstenlandschaft mit der blühenden Heide, die sich hinter ihnen erstreckte.

„Im Moment hilfst du niemandem weiter, Marino! Du bist jetzt 30 Stunden auf den Beinen. Flieg nach Hause und ruh dich aus." Elias schaute ausdruckslos auf ihren schwarz gelockten Hinterkopf. „Ich werde ein paar Kollegen zusammentrommeln! Wir werden die

Sektion auf den Kopf stellen, und mit ein wenig Glück haben wir Fleur bis morgen früh gefunden.“

„Salve – Magnus – Pugnator“, sprach Elias über InterCom, dann wartete er, bis sein Code bestätigt wurde. „Vierzehn ... Alpha ... zwo“, antwortete er nur Sekunden später mit angespannter Stimme und dann: „Jaja ... gut, dass ich noch rechtzeitig davon erfahren habe. Allerdings musste ich die Ware vernichten ... Ich weiß ... ich weiß das, verdammt noch mal! Aber es ging nicht anders! Wir haben verfluchtes Glück gehabt ... ja ... wir müssen wieder für Nachschub sorgen ... natürlich ... Nein, ihr kümmert euch darum! Ich hab euch immerhin den Arsch gerettet! Und das nächste Mal informiert ihr mich etwas früher! Ich will nicht noch einmal ein solches Fiasko erleben! Alles klar ... gut ... bis dann!“ Mit finsterer Miene blickte Elias aus dem Panoramafenster seines Apartments. *Verdammte Stümper!*

7

Als Louann am nächsten Morgen die Sektion betrat, kam ihr Elias schon entgegen. Seine weißen Haare standen wirr in alle Richtungen ab und er war unrasiert. Er sah aus, als wäre er gerade aufgestanden oder erst gar nicht schlafen gewesen.

„Du siehst beschissen aus, Marino", begrüßte er sie mit unbewegtem Gesicht.

Ihr mattes Lächeln erlosch augenblicklich. „Du siehst auch nicht besser aus, Kosloff", schnauzte sie zurück. Sie hatte nur vier Stunden geschlafen und war nicht ganz auf der Höhe. „Fleur?", fragte sie und hatte das Gefühl, die Antwort bereits zu kennen.

Elias' kurzes Kopfschütteln erstickte jegliche Hoffnung, doch gleichzeitig erschien auf seinem harten Gesicht der Anflug eines Lächelns. „Ich hatte gerade 'ne kleine Unterredung mit einer Kakerlake namens Ben", erklärte er. „Ein harter Brocken! Er war für Fleurs und Phanies *Sicherheit* zuständig", dabei zeichnete er mit den Fingern Gänsefüßchen in die Luft. „Ich hab ihn gefragt, wer der Kunde war, zu dem die beiden Mädchen geschickt wurden. Er behauptet, es nicht zu wissen. Er hat die beiden lediglich in den Gleiter gesetzt, das Ziel war einprogrammiert."

„Wie das?", murrte Louann. „Er muss doch die Einnahmen kassiert haben."

Elias verzog das Gesicht. „Das ist eben der Punkt. Die beiden waren wohl ein Gratis-Häppchen für einen besonderen Gönner."

„Mist! Glaubst du, er sagt die Wahrheit?"

„Ich glaube schon, so kooperativ, wie er am Ende war. Dieser Ben ist nur ein kleiner Fisch. Ich schätze, hinter der ganzen Sache steht eines der großen Syndikate."

Louann nickte, fragte aber nicht weiter. Sie senkte ihren Blick auf Elias' vernarbte Hände.

Ich möchte lieber nicht wissen, wie er den Broker zur Kooperation bewegt hat!

„Ich habe übrigens auch mit Tom und Danny gesprochen." Elias schaute sie eindringlich an. „Sie behaupten nach wie vor felsenfest, keine DNA-Spuren gefunden zu haben. Was mich echt wundert, wenn ich ehrlich bin." Er steckte seine Hände in die Tasche. „Aber ich will hier niemanden beschuldigen, ohne mehr zu wissen. Deshalb habe ich einen Eilantrag für das ATS gestellt. Sahil hat versprochen, seine Connections spielen zu lassen." Bei diesen Worten warf er Louann einen kurzen Blick zu. Sie zog es vor, nichts darauf zu erwidern. Auch wenn sie sich nicht viel davon versprach, überprüfte sie van Laaks Alibi. Und tatsächlich: Mehr als zehn hochrangige Persönlichkeiten konnten bestätigen, dass er während der Tatzeit mit Luc in Stockholm gewesen war. Dann wurden die inhaftierten Broker verhört, doch niemand schien etwas Genaueres über den geheimnisvollen Gönner mit der Halbglatze und der fülligen Figur zu wissen. Auch der Einsatz des Suggestoren brachte keine neuen Erkenntnisse. Angeblich wusste auch keiner, wer Phanie nach Hanseapolis eingeschleust hatte. „Wir sind lediglich für die Warenverteilung zuständig, nicht für die Ernte", hatte einer der Broker gefeixt.

Nach Absprache mit Sahil wurde beschlossen, die Spur des White Hunter weiter zu verfolgen. So vereinbarten die beiden Cops für die kommenden Tage Vernehmungstermine mit den neun Verdächtigen aus Louanns Liste. Was sich als sehr kompliziert erwies, zumal die Herren sehr beschäftigt waren und alles andere als kooperativ. Der Gedanke an Onkel Noah ließ Louann die ganze Zeit über nicht los. Sie grübelte immer wieder darüber, wo sie den Namen schon einmal gehört hatte. Doch je mehr sie brütete, desto schwerer wurde es für sie, diesen einen klaren Gedanken zu fassen.

Abends traf sie sich mit ihrer Freundin Selena in einem Club namens *Atlantis*. Der Laden befand sich zwar in der obersten Etage einer der Water-Front-Tower im Herzen der HafenCity und damit einige hundert Meter über dem Meeresspiegel, doch wer den Club betrat, tauchte in eine leuchtende Unterwasserwelt ein. Farbenprächtige 3-D-Abbildungen von Korallen, Fischen, Algen und versunkenen Tempelanlagen zierten Wände und Böden. Ein grandioses 360-Grad-Hologramm, verteilt auf mehreren Ebenen. Nur wenige Meter über Louanns Kopf schwebte die holografische Projektion eines antiken Schiffsrumpfs aus der Fischperspektive.

Sie steuerte einen der muschelförmigen Ohrensessel an, fläzte sich hinein und schaute sich neugierig um. Einige Clubgäste trugen Virtuelle Kommunikatoren und blickten verzückt um sich. Mit einem Kommunikator wurde man ein Teil von *Atlantis*. Louann allerdings ließ ihren lieber stecken. Die zappelnden Regenbogenfische um ihren Kopf machten sie wahnsinnig. Von den Luftbläschen, die aus ihrem Mund aufstiegen, sobald sie ausatmete, ganz zu schweigen!

Als Selena hereinkam, drehte sich die Hälfte der anwesenden Köpfe nach ihr um. Männer *und* Frauen. Kein Wunder, dachte Louann neidisch, als sie ihre Freundin erblickte.

Sie sieht umwerfend aus!

Selena hatte ihr halblanges, rotes Haar mit einem silbernen Seestern hochgesteckt, was ihren langen Hals perfekt betonte. Sie trug ein kurzes, gerade geschnittenes, schulterfreies Kleid aus silbernem Chamäleon-Stoff. Der letzte Schrei bei den Mode-Designern. Ursprünglich eine Tarn-Erfindung des Militärs, reflektierten die Nano-Zellen im Chamäleon-Stoff Licht und Farbe der Umgebung. So wurde Selena eins mit *Atlantis*. Bei jedem Schritt, den sie auf Louann zukam, veränderte sich das Farbenspiel ihres Kleides, während die silbernen Reifen um ihre Knöchel dazu melodisch klimperten.

Selena war ein Phänomen. Sie war atemberaubend schön, außergewöhnlich klug und der rationalste Mensch, den Louann kannte. Für ihre Sexpartner war sie wie eine Droge: Am Anfang besaß sie eine ekstatische und enthemmende Wirkung, doch schon nach kurzer Zeit setzte bei den meisten eine höllische Katerstimmung ein. Es war kein Kunststück, sich in diese Traumfrau zu verlieben, und viele taten es, ganz gleich welchem Geschlecht sie angehörten. Doch Selena, die in ihrem Leben noch nie verliebt gewesen war, tat alle feurigen Liebesbekundungen als Gefühlsduselei ab. Lediglich ihr Job als Areologin vermochte es, Leidenschaft in ihr zu wecken. Ihre große Liebe hieß Mars, und so widmete sie ihr Leben der geologischen Analyse des roten Planeten. Die Vorbereitungen für eine Kolonisation liefen seit Jahren auf Hochtouren, und sollte es eines Tages so weit sein, wäre Selena eine der ersten, die ihre Koffer packen würde.

Louann schluckte ihren Frust herunter.

Das ist einfach nicht fair!

Ihre Freundin hatte die anbetungswürdigsten Männer an der Angel und ließ einen nach dem anderen abblitzen! Ungeachtet dessen war Selena die großzügigste und hilfsbereiteste Freundin, die sie jemals gehabt hatte.

Louann lächelte sie an, als sich diese neben sie setzte und die langen Beine elegant übereinander schlug.

„Selena, Selena … Ich kann die Herzen brechen hören!"

„Ach, hör auf. Du übertreibst, wie immer! Schau dich an. Ich finde, du siehst heute reizend aus, Süße. Bronze betont deine Augen und auch sonst alles, was sich unter deinem Top verbirgt!"

Das Kompliment veranlasste Louann zu einem verlegenen Schnauben. „Lass uns schnell was bestellen! Die letzten Tage waren die Hölle. Ich will mich richtig volllaufen lassen!"

Sie bestellten *Green Bay*: ein explosiver Mix aus Gin und Absinth. Die Wirkung ließ nicht lange auf sich warten, und nur eine Stunde später schwirrte ihnen der Kopf. Ausgelassen alberten sie herum und kamen irgendwann im Laufe des Abends auf Elias zu sprechen.

„Erzähl doch mal, wie ist dein neuer Partner so? Ist er sexy?" Selena lehnte sich interessiert vor.

Louann dachte kurz nach. „Na ja, sexy ist vielleicht nicht ganz das richtige Wort. Er ist sehr … eigen."

Woraufhin Selena leicht die Augenbrauen hob. „Wie, eigen?"

„Er hat weiße Haare!"

„Ein alter Mann?" Selena verzog das Gesicht.

„Nein", beeilte sich Louann zu sagen. „Er hat eben weiße Haare … einfach so … aber das Unangenehmste sind seine Augen. Sie machen mir Angst."

„Wieso?"

„Na ja. Sie sehen aus wie flüssiges Metall. Ich habe so was vorher noch nie gesehen. Ich frage mich, ob es Implantate sind. Ach, und eine schwarze Onyx-Schlange hat er auch …"

„Wow! Eine schwarze Onyx-Schlange … Über die Träger wird ja viel gemunkelt. Ich hab gehört, dass ein paar von denen im Senat ihr Unwesen treiben … Dein Partner scheint jedenfalls ein interessanter Typ zu sein!" Selena grinste und knuffte Louann spielerisch in die Seite. „Ist er ein guter Cop?"

„Ja, er ist sogar ein sehr guter Cop und ich kann viel von ihm lernen. Aber neben ihm komme ich mir irgendwie … klein vor!"

Selena lachte ihr helles, glockenklares Lachen. „Na ja, du bist ja auch nicht gerade ein Riese!", witzelte sie. Doch als sie Louanns bekümmertes Gesicht sah, wurde sie ernst: „Wie kommst du auf die Idee? Gibt er dir dieses Gefühl?"

„Ja, irgendwie schon … Manchmal glaube ich, dass er mich verabscheut."

„Wie bitte?" Selena runzelte die Stirn. „Das kann ich mir nicht vorstellen! Du gehörst zu den netten Menschen. Die Leute mögen dich. Warum soll es bei ihm anders sein?"

„Vielleicht mag er keine netten Menschen", seufzte Louann.

„Unsinn!", widersprach Selena energisch. „Du brauchst dich im Job nicht zu verstecken", beteuerte sie und tätschelte die Hand ihrer Freundin. „Du bist sehr gut in dem, was du tust. Sonst wärst du nie bei der Sektion 3 angenommen worden. Lass dir von dem Penner bloß nichts anderes einreden!"

Es war schon weit nach Mitternacht, als die Gespräche immer wirrer wurden. Louanns Kopf fühlte sich schwer an, ihre Zunge lag wie Blei im Mund. Matt lag sie in der Ecke und hörte Selena nur mit halbem Ohr zu, als diese von ihrer letzten Eroberung erzählte.

„Lezzen Diensag hab is 'ne Sünde begangen, hab mir 'n hinrei-ßennes rotes Täschhhen von Soccino gekauft, tausenzweiunnert Eurodollar hatse gekostet. Wucher, aber is konnte einfach nich widerstehn ..."

Sie plapperte und plapperte, doch Louann hörte nicht mehr zu. *Soccino, Soccino ...* Verdammt! Mit einem Schlag lichteten sich die Schleier in ihrem Kopf.

Soccino ... Onkel Noah ... Karpfenlippen ... Pearl!

Sie sprang auf. Und musste sich gleich wieder setzen. Ihr Kopf drehte sich und ihr wurde übel. Das Herz klopfte wild. Sie hielt es im *Atlantis* keine Minute länger aus und wollte sofort weg!

Selena, die mit großen, langsamen Gesten ihre Erzählung unter-strich, hielt inne und sah sie erstaunt an. „Was is ...", lallte sie Louann an.

„Ich ... ich muss was im MEC überprüfen."

„Was? Jetz? Du hasse janich mehr alle!"

„Mir ist gerade etwas sehr Wichtiges eingefallen." Louann konn-te sich kaum bewegen, ihre Beine fühlten sich bleischwer an. Das MEC schwebte draußen, nur wenige Meter entfernt, doch es hätte genauso gut am anderen Ende der Galaxis sein können! Sie sah sich außerstande hinzukommen, geschweige denn den Zentralserver nach Informationen zu durchforsten! Resigniert stöhnte sie auf. Und aktivierte ihr InterCom.

Elias schwebte haltlos im All, über ihm das endlose Firmament, unter ihm eine biegsame, langhaarige Schönheit, als es plötzlich neben ihm krächzte. Er schreckte auf, öffnete müde die Augen, sah wie spät es war und drehte sich brummend wieder auf die Seite.

Da krächzte es erneut. „Elias? Bist du wach? Bitte Elias, es ist sehr wichtig. Wach auf!" Marino! Unwillig drehte sich Elias wieder herum, steckte das InterCom in sein Ohr und stieß ein knurrendes „Was is?" heraus.

„Elias, Gott sei Dank! Kannst du bitte ... ins *Atlantis* kommen", kam es abgehackt über InterCom. „Das ist in der ...", doch Elias unterbrach sie grob. „Ich weiß, wo das ist." Er schüttelte den Kopf, wurde langsam wach. Das InterCom schwieg. „Marino?" Nichts. „Hey, ist mit dir alles in Ordnung?"

„Ja", kam es heiser über InterCom.

Elias atmete erleichtert aus. Er hatte nicht einmal gemerkt, dass er die Luft angehalten hatte. „Was genau ist los?", fragte er in ruhigerem Ton.

„Mir ist gerade eingefallen, wo ich den Namen Onkel Noah schon mal gehört habe", sagte Louann. Ihre Stimme klang gepresst.

Jetzt war Elias hellwach. „Wirklich?"

„Ja ..." Louanns Stimme klang auf einmal noch gepresster. „Kannst du bitte herkommen? Ich müsste etwas im MEC nachprüfen, aber ich schaff es nicht allein. Du hast es ja nicht weit."

„Kann das nicht bis morgen warten?", brummte Elias und kratzte sich den nackten Bauch.

Das InterCom schwieg. „Marino?", hakte Elias genervt nach. Frauen waren so schrecklich kompliziert.

„Ich weiß nicht", kam die Antwort. „Wenn du meinst ..."

Elias überlegte. Es war zwei Uhr nachts. Wahrscheinlich war die Information für den Fall ausschlaggebend, und wenn sie Fleur wiederfinden wollten, kam es auf jede Minute an. Er seufzte. „Ich nehm mir ein Lufttaxi. In 20 Minuten bin ich da."

Als Elias das *Atlantis* betrat, war der Club noch ziemlich gut besucht. Er war ein paar Mal hier gewesen, doch er mochte den Laden nicht. Zu feucht! Trotzdem war das Interieur immer wieder eine Augenweide. Genau wie die Rothaarige mit der sündhaften Figur, die auf einem Diwan lag und lasziv mit einer ihrer langen Beine wippte. **Wo zum Teufel ist Marino?** Er wollte sich gerade abwenden, da hob die Rothaarige den Finger und zeigte lächelnd auf das braune Bündel neben sich. Elias runzelte die Stirn, dann kniff er die Augen zusammen. Marino?! Zögernd trat Elias näher und tatsächlich: Das Bündel setzte sich auf, strich sich mit zitternder Hand die Haare aus dem bleichen Gesicht und starrte ihm entgegen.

„Mir ist schlecht", wimmerte es. Elias wusste nicht, ob er wütend oder amüsiert sein sollte. Er blickte kurz zu der Rothaarigen, die ihn hinter halb geschlossenen, dichten Wimpern beobachtete, und wandte sich wieder seiner Partnerin zu.

Louann stellte die beiden einander vor. „Meine Freundin Selena. Selena, das ist Elias."

„Dacht ich mir schon ...", gurrte Selena.

Elias nickte nur. Auf ihn wirkte Louanns Freundin wie eine Katze, die gerade eine Maus verspeist hatte. Er beugte sich zu seiner Partnerin hinunter. „Ok, was ist los?" In wenigen Worten erklärte sie es ihm.

„Ok", wiederholte Elias. „Dann mal los. Überprüfen wir's."

Louann nahm ihre letzte Würde zusammen und hievte sich hoch.

„Geht's?", fragte Elias halbherzig und machte Anstalten ihr zu helfen, doch Louann wehrte ihn unsanft ab. Ihr war die ganze Situation ungemein peinlich, vor allem, weil Selena sie aufmerksam beobachtete. Sie winkte ihrer Freundin matt zu. „Du kommst klar?"

„Jaja. Mach dir keine Sorgen. Ich hab da hinten 'nen netten Typen ausgemacht. Der nimmt mich bestimmt mit." Selena, die plötzlich erstaunlich nüchtern wirkte, zwinkerte vielsagend.

„Deine Freundin lässt wohl nichts anbrennen, was?", bemerkte Elias, als er mit Louann schon fast draußen war.

„Ja und? Hast du ein Problem damit?"

Interessant, dachte Elias amüsiert.

Sie hat nicht mal versucht, es abzustreiten.

Er bohrte nach. „Macht ihr das öfter, ihr beiden?"

„Was?"

„Na, ausgehen, euch betrinken, Leute abschleppen!"

„Ja, dauernd!", maulte Louann, worauf Elias lauthals lachte.

„Also ehrlich, Marino, bei deiner Freundin mag das vielleicht zutreffen, aber bei dir ..." Elias schüttelte zweifelnd den Kopf. Louann fluchte. Während sie sich die Rampe zum MEC hinaufquälte, schmunzelte Elias vor sich hin. Je derber Louanns Flüche wurden, desto breiter wurde sein Grinsen. Kurz plagte ihn das schlechte Gewissen, aber nur sehr kurz. Schließlich hatte sie ihn mitten in der Nacht aus dem Bett geholt. *Strafe muss schließlich sein!*

Im MEC setzte er Louann recht unsanft vor eine der Konsolen und loggte sich in den Sicherheitsbereich des Zentralservers ein. Mit Louanns Anweisungen hatte er das Vernehmungsprotokoll schnell gefunden.

Montag +++ 22. Februar 2066 +++ 9.32 Uhr +++ Anwesender Officer: Detective Marino +++ Befragte Person: Pearl alias Julian Löffler +++ Tätigkeit: Begleiterin

Bald erfüllten Louanns gelangweilte Fragen und Pearls durchdringende Antworten die Kapsel des MEC. Nach einigen Minuten wurde es interessant.

„Was genau haben Sie gestern Abend in Ihrem Apartment gemacht?"

„Wir haben 'ne kleine Party veranstaltet. Das ist ja wohl nicht verboten!"

„Gab es dafür einen besonderen Anlass?"

„Der Bekannte einer Bekannten hat 'ne große Erbschaft gemacht und wollte das mit ein paar Leuten begießen. Das war schon alles!“

„Wer war dieser Bekannte?“

„Keine Ahnung. Muriel hatte mich zu der Party überredet! Ich hab von uns beiden das größere Apartment. Die meisten Leute kannte ich gar nicht. Aber das ist ja gerade das Spannende daran. Es gibt für mich nichts Langweiligeres als mit alten Freunden zu feiern. Immer das gleiche Gesülze ... Können Sie nicht die Temperatur hochdrehen? Es ist arschkalt hier drin!“

„Funktioniert nicht. Erzählen Sie mir mehr von der Party.“

„Ach, eigentlich gibt's nicht viel zu erzählen. Wir haben getrunken, gegessen und uns ein bisschen amüsiert. Was man halt auf einer Party so macht. Klar, dass sich der eine oder andere mit seiner Begleitung zurückgezogen hat, diskret natürlich. Aber kassiert haben wir dafür nichts, es waren reine Freundschaftsdienste, Officer!“

„Ist klar. Weiter ...“

„Dafür ist mir ein Typ aufgefallen, der war total daneben. Er hatte so 'ne Kleine bei sich, 'ne NIP, so wie's aussah! Total verhärmt und runtergekommen. Armes Ding! Jedenfalls konnte er nicht die Finger von ihr lassen ... Sagen Sie mal, hören Sie mir überhaupt zu?“

„Ja ... ja ... und wie hat der Mann ausgesehen?“

„Ein dicker Kerl, schon etwas älter. Ein unangenehmer Mensch ... verdorben durch und durch. Er nannte sich selbst Onkel Noah. Also wirklich ... wie gewöhnlich! Jedenfalls hat er die Kleine überall angefasst. Und wenn ich sage, überall, dann mein ich überall! Vor allen Gästen! Einfach abstoßend! Sie hätte seine Enkelin sein können. Und wie dünn sie war! Das einzig Schöne an ihr waren ihre Haare ... für solche Haare würde ich töten! ... äh ... Ich meine das natürlich nur im übertragenen Sinn, Officer ...“

„Schon klar ... weiter!“

„Und dann hatte sie noch dieses unglaublich zauberhafte Täschchen von Soccino. Ein Traum! Soccino … Ich hab mich noch gewundert, wie sie sich dieses teure Stück leisten konnte. Aber der Typ stank nach Geld! Also ich persönlich würde mich von so einem alten Saftsack nicht begrabschen lassen, egal wie viel Kohle der hat …“

„Ach wirklich?“

„Hör ich da etwa Sarkasmus raus? Ich muss mir so etwas wirklich nicht bieten lassen!“

„Schon gut, schon gut. Erzählen Sie weiter. Wer war noch auf der Party? Erinnern Sie sich an Gesichter oder Namen?“

„Nein. Außer meinen Freundinnen Muriel und Dalia kannte ich dort niemanden. Bei solchen Partys halten sich die Leute mit ihrer Identität bedeckt, wissen Sie. Interessiert eh niemanden. Die Leute wollen sich schließlich amüsieren …“

Die Vernehmung dauerte noch etwa 20 Minuten, doch auf Onkel Noah und seine Begleitung kam Pearl nicht mehr zu sprechen.

Elias seufzte laut und fuhr sich müde durchs Haar. Dann wandte er sich an Louann, die verzweifelt versuchte, nüchtern zu denken. „Fleur hat uns verarscht! Sie scheint Onkel Noah verdammt gut zu kennen!“

Es dauerte volle zehn Sekunden, bis Louann begriff, was Pearls Aussage bedeutete. „Nur wenige Stunden nach dem Mord an Phanie ist sie mit Onkel Noah zu dieser Party gegangen?“ Erschüttert schloss sie die Augen. „Bei den Göttern, sie hat uns von vorne bis hinten belogen!“

Der Mann schaute anerkennend in den Spiegel. Die Schlinge zog sich immer enger zu. Noch zwei Spielzüge, dann wäre der schwarze Turm geschlagen. Die Frage war nur: Wer würde schneller sein? Seine Dame oder die beiden Bauern?

In dieser Nacht fiel Louann in einen unruhigen Schlaf. Ein Dämon mit blutigen Händen und kalten Augen schlich sich in ihre Träume ein, während rothaarige Nixen um sie herumstanden und sie verhöhnten. Irgendwann schreckte sie schweißgebadet und mit rasendem Herzklopfen auf. Etwas oder jemand befand sich im Zimmer! Ihr Herzschlag setzte aus, als sie die vermummte Gestalt am Fuß ihres Bettes entdeckte. Dann geschah alles gleichzeitig.

„Licht an!", rief sie mit erstickter Stimme und griff blitzschnell nach ihrem Laser, der keine Armlänge entfernt am Kopfende in einem Holster steckte. Noch in der Bewegung rollte sie sich aus dem Bett und suchte daneben Deckung. Im Zimmer wurde es taghell und sie musste heftig blinzeln. Ihr Blick klärte sich nur langsam, aber es schien ihr, als ob sich die Gestalt am Bettende kaum bewegt hätte, während sie darauf zielte. Vorsichtig hob Louann den Kopf, Millimeter um Millimeter, ohne ihre Deckung aufzugeben, und erstarrte. Der vermeintliche Meuchelmörder in ihrem Zimmer entpuppte sich als *Hippeastrum aerobilis*. Eine Sauerstoff regulierende Pflanze mit großen sternförmigen roten Blüten, die zwischen Bett und Bücherregal stand. Louanns panisches Ein- und Ausatmen beim Träumen hatte den Kohlendioxidgehalt im Raum ansteigen lassen. Gemäß ihrer Funktion war die genetisch veränderte Amaryllis um ein Drittel ihrer Größe angewachsen und hatte nun eine Form angenommen, die man mit viel Fantasie als menschenähnlich bezeichnen konnte.

Mit zitternder Hand fuhr sich Louann übers Gesicht und zwang sich, ruhiger zu atmen. **Was ist nur los mit mir?** Sie schloss die Augen, doch in ihrem Kopf drehte sich alles. Sie musste würgen. Hektisch rappelte sie sich hoch und schaffte es nur knapp zur Nasszelle. Gut, dass die Wall-Flax bereits eingezogen war!

Einige Zeit später, als sie erschöpft im Bett lag, begann das Grübeln: Was wäre passiert, wenn ich mich früher erinnert hätte? Hätten wir den Mörder schon gefasst? Was ist mit Fleur? Ist sie geflohen oder hat man sie für immer zum Schweigen gebracht? Ist sie eine Zeugin oder eine Komplizin?

An Einschlafen war nicht mehr zu denken und Louann aktivierte die GCS. „Opacity, 50 Prozent ...", befahl sie müde, und transparente Bilder von der jüngsten Jupiter-Mission schleuderten Bett, Regal und Amaryllis mitten in einen Asteroidenhagel. Louann schaute hin, ohne wirklich etwas zu sehen. Irgendwann schreckten sie die Geräusche von Tod und Zerstörung im Fünfstromland auf. Sie deaktivierte den visuellen Modus und wechselte auf WOJ, World of Jazz. Während sie dem Wehklagen einer Blues-Gitarre lauschte, starrte sie an die Decke und versuchte, einen klaren Kopf zu bekommen.

Keine zwei Stunden später holte Elias sie im MEC ab. Wortlos winkte er sie hinein.

„Elias, wegen heute Nacht ...", begann sie etwas unsicher, als sich ihr Partner widerwillig von seinem Screen löste und sich zu ihr umdrehte. Seine Augen blitzten unheilvoll. „Vergiss es!", murmelte er mit einer wegwerfenden Handbewegung und wies dann auf den Screen. „Schau dir das hier mal an!"

Louann trat einen Schritt näher und betrachtete den bunten Wirrwarr aus Ziffern, Diagrammen und Kurven. „Was ist das?", fragte sie.

„Das", erwiderte Elias mit einem zynischen Unterton, „... ist Onkel Noah."

„Was? Aber wie ..."

„Das Ergebnis der ATS-Analyse ist heute Morgen gekommen", erklärte Elias.

„So schnell? Aber das ist ja wunderbar ..." Louann stutzte. *Warum ist er so aufgebracht?* „Oder etwa nicht?"

Sichtlich erregt sprang Elias auf und schnaubte. „Doch natürlich! Aber hätten wir diese Analyse vor drei Tagen gehabt, wäre der Fall jetzt vielleicht schon abgeschlossen!" Frustriert schlug er mit der Faust hart gegen die Decke des MEC, woraufhin sich eine kühle Stimme meldete. „Detective Kosloff, ich möchte Sie daran erinnern, dass vorsätzlich verursachte Schäden an Föderationseigentum einen Eintrag in Ihrer Personalfile zur Folge hat. Sie haben in den letzten zwölf Monaten bereits neun Einträge wegen ...“

„Halts Maul!“, unterbrach Elias den Bordcomputer mit genervter Stimme und senkte resigniert die Faust. „Blöde Sardinenbüchse, will *mir* was erzählen!“, brummte er.

Louann berührte ihn kurz am Arm. „Bitte, Elias. Erzähl mir doch einfach alles der Reihe nach“, forderte sie ihn müde auf.

„Mhm ... Also ... Wie du weißt, hab ich einen Eilantrag für das ATS gestellt und auch genehmigt bekommen. Heute Morgen kam das Ergebnis.“ Er lächelte flüchtig. „Wir haben einen Volltreffer! Die DNA aus den Samenrückständen, die in der Vagina des Opfers gefunden wurden, ist in der zentralen Datenbank gespeichert.“

„Und? Wer ist es?“

„Keine Ahnung! Die Daten sind mit einem Sperrvermerk versehen. A-Klassifizierung. Wir haben darauf keinen Zugriff. Auch Sahil nicht.“

„Mist! Und jetzt?“, rief Louann.

Wie haben Tom und Danny bei der Autopsie den Samen übersehen können?

„Wir können zwar nicht auf die Daten zugreifen, *noch* nicht, aber eines wissen wir genau. Der letzte, der mit dem Opfer zusammen war, muss ein sehr hohes Tier sein. Entweder jemand aus der Regierung, dem Senat oder aus einer föderalen Behörde.“

„Auf unserer Verdächtigenliste haben wir drei Verwaltungsbeamte“, sprang ihm Louann bei.

„Ich weiß!“, stimmte ihr Elias zu und strich flüchtig über die Onyx-Schlange auf seinem Handgelenk. „Wir werden jetzt Folgendes tun: Wir holen uns eine gerichtliche Verfügung und schicken Pearl zu Alfred. Mit etwas Glück haben wir eine Übereinstimmung!“

8

Fahle, ausdruckslose Augen bohrten sich in kobaltblaue Barbie-Augen. In der schwarzen Kugel war es so still wie in einem Grab. Der Suggestor und seine Zeugin saßen sich bewegungslos gegenüber; zwei Wachsfiguren, die durch ein mentales Band miteinander verknüpft waren. An Pearls Schläfe haftete ein kreisrunder Chip, nicht größer als ein Daumennagel, der ihre Gehirnströme an einen Receiver außerhalb der Kugel sendete, wo sie als holografische Projektion Gestalt annahmen. Pearls anfängliche, nervöse Atemgeräusche waren inzwischen verstummt. Alfred hatte ihren Puls auf 30 Schläge pro Minute reduziert, beide Herzen schlugen jetzt synchron. Pearl sah, hörte und spürte nichts mehr. Ihr Kopf war wie leer gesaugt, um sie herum war nur aschgrauer Dunst. Zeit und Raum hatten aufgehört zu existieren. Dann bemerkte sie eine winkende Hand durch den Nebel, schlank und anmutig. Zögernd bewegte sich ihr Geist darauf zu, doch die Hand entfernte sich wieder und verschwand. Panisch suchte Pearl die Leere ab. Ihre Augenlider flatterten unkontrolliert und Angstschauer jagten über ihre taube Körperhülle. Ihr Verstand drohte, den Halt zu verlieren ... bis sie die erlösende Stimme vernahm. „Folge der Hand, sie weist dir den Weg. Folge der Hand." Und tatsächlich, die Hand wurde wieder sichtbar, dann ein Arm und schließlich ein Gesicht: Muriel, die lächelte. Pearls herumirrender Geist stürzte sich ihr entgegen. Jetzt war alles gut ...

„Wir haben eine Identifizierung!" Louann strahlte Elias regelrecht an. „Der Typ, den Pearl auf der Party gesehen hat, heißt Dion Davos. Er ist Verwaltungssekretär und er ist auf unserer Verdächtigenliste!"

„Na, endlich mal eine gute Nachricht", erwiderte Elias und erlaubte sich ein seltenes, breites Lächeln. „Die DNA, die wir in der Vagina des Opfers gefunden haben, könnte seine sein! Das wäre ein echter Hammer!"

„Wenn Fleurs Geschichte ansatzweise stimmt, ist das der Kerl, der sich die Mädchen für lau genehmigt!"

„Ja." Elias blickte nachdenklich auf seinen Screen. „Eines ist jedenfalls sicher: Wir müssen uns diesen Dion Davos schnell vorknöpfen. Entweder er ist unser Mörder oder ein wichtiger Zeuge. Und da ist das Problem."

„Warum das?"

„Er genießt Immunität!" Elias zeigte auf einen Punkt auf dem Screen und verzog das Gesicht zu einer Grimasse. „Der Typ wird abgeschirmt. Wir wissen nicht mal, wo er sich zurzeit befindet."

„Aber es besteht dringender Tatverdacht! Wir müssten doch über die hiesige Strafverfolgungsbehörde einen Anhörungstermin erwirken können."

„Du meinst über das Prosekutorat? Ich fürchte, da ist nichts zu machen. Sein Einfluss reicht nicht aus, um Mitglieder des Verwaltungsrats belangen zu können", seufzte Elias.

Eine Zeit lang saßen die beiden Cops einmütig nebeneinander, eingehüllt in ihre Gedankenkokons. „Hat das ATS noch irgendwas Interessantes entdeckt?", erkundigte sich Louann nach einigen Minuten. „Hautpartikel oder andere Rückstände vom Täter?"

Elias schüttelte den Kopf. „Nichts, außer tierischem Gewebe und Fell."

„Und was machen wir jetzt?"

„Jetzt frühstücken wir erstmal!" Elias atmete hörbar aus. „Dann statte ich Tom und Danny einen kleinen Besuch ab. Ich hab da so einen Verdacht ... In der Zwischenzeit gräbst du alles über den lieben Onkel Noah aus, was du finden kannst!" Er streckte sich und barg die Hände hinter seinem Kopf. Dabei rutschte sein Shirt nach oben und entblößte seine festen Bauchmuskeln.

Louann blinzelte, dann wandte sie sich brüsk ab. Im MEC war es plötzlich verdammt eng! Elias, dem ihre Reaktion nicht entgangen war, richtete sich in seinem Sessel auf und schaute sie fragend an.

„Alles ok?“, fragte er mit erhobenen Augenbrauen.

„Ja, ja“, antwortete sie hastig. „Die Nacht war einfach zu kurz. Ich bin noch ziemlich fertig.“

„Kein Wunder! Du warst echt durch. Du und deine rothaarige Freundin, ihr wisst, wie man einen drauf macht!“ Mit einem anmaßenden Grinsen drehte er sich zur Coolbox. Er nahm einen Proteinriegel heraus und streckte ihn Louann entgegen, doch die winkte dankend ab. Elias zuckte nur mit den Schultern, lehnte sich entspannt zurück und biss herzhaft in den Riegel.

Louann starrte einige Sekunden ins Leere, dann traf sie eine Entscheidung. „Halt dich gut fest!“, rief sie. Gleichzeitig deaktivierte sie den Autopiloten und griff nach der Steuerkonsole, die geräuschlos nach oben geglitten war. Vertraut flogen ihre Finger über die flachen Schaltflächen. Blitzartig zischte der Gleiter senkrecht in die Höhe, zeitgleich rutschte Elias das Herz in die Hose und der Proteinriegel flog quer durchs Cockpit. Dann beschrieb das MEC einen großen Bogen, beschleunigte in Seitenlage und stürzte mit einer irren Geschwindigkeit eine gläserne Häuserwand hinunter.

Elias’ selbstzufriedenes Gesicht war kreideweiß geworden. „Hast du sie nicht mehr alle?“, schrie er. „Was soll das?“

„Ich bin neugierig, welchen Mist dir Danny auftischen wird!“, schrie Louann zurück. „Du etwa nicht?“ Ihre Augen glühten vor Aufregung und der Gleiter erzitterte. Endlich konnte sie richtig Dampf ablassen! Sie schob einen Mini-Schalter nach vorne und mit wachsender Panik spürte Elias, wie der Gleiter ruckartig seine Geschwindigkeit verdoppelte. Die seitliche Alarmleuchte des MEC pulsierte abwechselnd rot und blau und malte bunte Streifen auf die vorbeirasenden Betonwände. Elias krallte sich an seinem Sessel fest. Zunächst hatte er keine Bedenken, dass sie mit anderen Gleitern kollidieren könnten. Deren Computersteuerung war so programmiert, dass sie Fluggeräten mit Alarmleuchte die Vorfahrt ließen.

Aber nur, wenn die anderen ihren Autopiloten nicht auch deaktivieren, verfluchte Scheiße!

Vielmehr hatte er Angst, dass sie mit 400 Sachen an einer Mauer zerschellten! Bei den ganzen Scherenwinden zwischen den Mega-Towern konnte das schon mal passieren. Elias brach der kalte Schweiß aus. Er fixierte eisern seine Füße, doch irgendwann überwog die Neugier. Er schaute hoch. Und zuckte heftig zusammen. Nur eine Armlänge entfernt jagte die verschwommene Fassade des ISEF-Tower an ihm vorbei. Elias sah sein Leben buchstäblich an sich vorüberziehen: die Beerdigung seiner Mutter, als er vier Jahre alt war, der erste Kuss an seinem zehnten Geburtstag, sein letzter Urlaub am Meer vor mehr als 20 Jahren ...

Da endete der Spuk so schnell, wie er begonnen hatte! Der Gleiter bremste unvermittelt und Elias wurde mit enormer Wucht in das Sicherheitssystem des Sitzes gepresst. Schließlich landeten sie in einer engen Kurve erstaunlich sanft auf der Plattform der Gerichtsmedizin. Louann lehnte sich zurück und grinste schief. Wie ein ungezogenes Kind, das mit der Hand im Marmeladentopf erwischt worden war.

Elias' Knie zitterten, sein Herz raste. „Bist du bescheuert?!" Er schleuderte Louann seine Angst ins Gesicht. „Ich will noch ein bisschen leben, du Flug-Psychopathin!" Das Blut rauschte in seinen Ohren. Er bekam kaum Luft, so wütend war er. Wenn er echte Reue oder eine Entschuldigung erwartet hatte, so wurde er enttäuscht. Louanns Grinsen wurde bei seinen Worten nur noch breiter. Dann zuckte sie mit den Schultern und lehnte sich entspannt zurück. „Tut mir leid, Elias. Aber nach dem Stress der letzten Tage habe ich das echt gebraucht", meinte sie bloß, als er sich an ihr vorbeizwängte, um aus dem MEC zu steigen. Das Lachen in ihrer Stimme war nicht zu überhören.

„Habe ich das echt gebraucht", äffte Elias sie böse nach. „Was? Dass dein Partner an Herzversagen stirbt, oder was?"

Das hättest du wohl gerne, Marino!

Maulend stapfte er Richtung Autopsiehalle, auch wenn er widerwillig zugeben musste, dass sie das Fliegen verdammt gut beherrschte.

Tom und Danny waren alles andere als erfreut, Elias zu sehen. Der Einsturz einer beschädigten Tube aus 50 Metern Höhe im Südlichen Distrikt hatte ihnen jede Menge Arbeit beschert, und sie waren seit über 36 Stunden auf den Beinen. Überall schwebten luftdicht versiegelte Leichen wie gigantische, gelbe Pollenkörner herum.

Elias, der noch auf 180 war, kam sofort zur Sache. „Hört zu, ich habe da ein kleines Problem, und ich hoffe, ihr könnt mir helfen, es zu lösen!" Dabei nahm er die beiden Forensiker eiskalt ins Visier. „Vielleicht wisst ihr es noch nicht, aber im Fall unserer Sumpfleiche hat das ATS in der Vagina Sperma gefunden, und das gleich literweise!" Elias knurrte sie regelrecht an. „Wie konntet ihr so etwas übersehen? Das kapier ich einfach nicht! Hätten wir das schon vor Tagen gewusst, würde das Schwein, das die Kleine getötet hat, bereits im All verrotten!" Er ballte die Faust und die schwarze Onyx-Schlange streckte ihren Kopf angriffslustig vor. „Wisst ihr, was ihr seid? Relikte aus der Vergangenheit! Es wäre vermutlich besser, euch ganz durch das ATS zu ersetzen. Ich bin sicher ..."

„Jetzt mach aber mal halblang!" Danny, dessen Gesicht purpurrot angelaufen war, unterbrach ihn grob. „Du benimmst dich wie einer dieser Behördenwichser! Abgesehen davon, dass wir billiger sind als das ATS ...", er lachte humorlos, „... leisten wir verdammt gute Arbeit! Wir sind Menschen. Fehler können passieren. Das macht uns Normalsterbliche nämlich aus, weißt du? Nicht jeder kann so unfehlbar sein wie der große Elias!"

„Oh, bitte! Komm mir jetzt bloß nicht mit der Leier, Danny. In unserem Job dürfen solche Fehler nicht passieren. Davon können Menschenleben abhängen, das weißt du verdammt genau!"

Danny presste die Lippen fest zusammen und starrte Elias kalt an. Dieser konnte seine Wut geradezu riechen. Tom hingegen stand bewegungslos da, als würde ihn das alles nichts angehen. Lediglich seine zuckenden Hände verrieten seine Nervosität.

Da wirbelte Elias unvermittelt herum und machte einen Schritt auf ihn zu. Toms Hände erstarrten in der Bewegung und er wurde leichenblass.

„Was sagst *du* eigentlich zu der ganzen Geschichte?", fragte Elias ihn mit gefährlich leiser Stimme.

Tom schluckte hörbar. „Ich ... du kannst mir keine Angst machen." Dann fügte er trotzig hinzu: „Manchmal schrubben wir 40 Stunden und mehr runter. Ohne *Sarg*! Da können wir schon mal was übersehen!"

Mit unbewegter Miene trat Elias näher an Tom heran und zwang ihn, einen Schritt nach hinten zu machen. Schon bald sah der sich zwischen Metallwand und einem rücksichtslosen Gegner eingekeilt. Elias neigte sich herunter, sein Gesicht war nur wenige Zentimeter von Toms Gesicht entfernt.

„Weißt du was?", flüsterte er im vertrauten Ton. „Ich glaube, *du* warst das. Du hast die Spermaprobe unterschlagen. Und ich weiß auch, warum. Ich habe deine Finanzen gecheckt, Tommyboy. Den Underwater-Bungalow vor Long Island kannst du unmöglich von deinem regulären Einkommen bezahlt haben. Das Gleiche gilt für den Privatgleiter deiner Schlampe. Wie also konntest du dir diese kleinen Extras leisten, frage ich mich?"

In Toms Augen glomm Furcht auf. Schweißperlen sammelten sich auf seiner Stirn, seine kurzen Atemstöße waren bis in die letzten Ecken der riesigen Halle zu hören.

„Ich warte", sagte Elias mit quälender Ruhe.

„Ich ... ich weiß nicht, was du von mir hören willst", erwiderte Tom. Das Sprechen schien ihm Mühe zu bereiten. „Ich habe nichts damit zu tun."

Elias sah ihn an, dann hob er die geballte Onyx-Schlange und legte sie auf Toms Brust. „Wenn ich in zehn Sekunden keine Antwort bekomme, breche ich dir eine Rippe nach der anderen", flüsterte er in dessen Ohr. „Verstehst du mich?"

„Das ... das machst du nicht." Tom wurde noch blasser.

Elias schaute ihn eiskalt an. „Aber ja doch. Ich halte in solchen Fällen immer Wort." Er verstärkte sanft den Druck auf Toms Brust. „Übrigens, die Zeit läuft."

Danny hatte Mitleid mit seinem Kollegen. In dessen blauen Augen stand inzwischen die nackte Panik und er zappelte heftig bei dem Versuch, sich aus den stählernen Fängen zu befreien. Doch vergeblich. Kurz widersetzte er sich noch, dann sackte er zusammen und rutschte die kalte Metallwand herunter. Mit an die Brust gezogenen Knien saß er auf dem Boden und starrte mit weit aufgerissenen Augen ins Leere. Dann senkte er den Kopf. Danny konnte sehen, dass seine Schultern zuckten. Tom weinte offensichtlich.

Elias trat einen Schritt nach hinten. Die Onyx-Schlange zog sich zurück. „Also gut, Tom", forderte er ihn mit belegter Stimme auf. „Erzähl uns, wie du in diese Scheiße hineingeraten bist."

Und Tom erzählte. Stockend berichtete er, dass er seit zwei Jahren von Davos geschmiert wurde, um bei Bedarf Spuren zu beseitigen. Unter Schluchzen gestand er, dass er in dieser Zeit dreimal Beweise unterschlagen hatte. Er versuchte, sich zu rechtfertigen. Das hohe Pensum, die ungünstigen Arbeitszeiten, das niedrige Einkommen ... Als wäre ein Damm gebrochen, sprudelten die Worte nur so aus seinem Mund. Elias nahm alles mit seinem CS/X auf.

Als Tom geendet hatte, trat er an ihn heran. Er erklärte ihm seine Rechte und fixierte seine Arme mit schmalen Handfesseln, deren elektrische Impulse einzelne Nerven lahm legten und damit jedwede Bewegung in den Armen verhinderten. Er hielt es nicht für nötig, Tom zusätzlich Fußfixierungen zu verpassen und verabschiedete sich mit einem kurzen Kopfnicken von Danny, der ihnen mit traurigem Gesicht nachsah.

„Jetzt wissen wir mit Sicherheit, dass Davos Dreck am Stecken hat!", sprach Elias, nachdem er seinen Gefangenen in den Verhörraum des MEC gesperrt hatte.

„Woher hast du das mit Tom gewusst?"

„Ich hab's nicht gewusst, es war purer Instinkt."

„Hat er es zugegeben?", bohrte Louann nach. Sie war entsetzt.

Tom hat einen so netten Eindruck gemacht.

„Nachdem ich ihm gut zugeredet habe, war Tommyboy nicht mehr zu bremsen!" Elias lachte schadenfroh.

Als Louann nichts darauf erwiderte, räusperte er sich. Unerklärlicherweise fühlte er sich schuldig. „So ist der Mensch nun mal gestrickt, Louann", brummte er. „Erst die Angst bringt ihn dazu, das Richtige zu tun."

„Das kann nicht dein Ernst sein!", rief diese empört, wobei ihr entging, dass er sie zum ersten Mal beim Vornamen genannt hatte. „Nicht alle Menschen sind so! Vielleicht wärst du bei Tom mit etwas Feingefühl zu dem gleichen Ergebnis gekommen", mutmaßte sie.

„Träum weiter, Marino!", antwortete Elias ungerührt und wandte ihr den Rücken zu. Er beobachtete durch die Thermotrop-Haube, wie ein gelbes Lufttaxi nach einem riskanten Überholmanöver fast mit einem grauen Zivilgleiter kollidiert wäre und schüttelte den Kopf.

Wahrscheinlich wieder so 'ne Verrückte, die manuell fliegt!

„Hattest du Tom eigentlich von Anfang an in Verdacht?", fragte Louann in seinem Rücken.

„Ja", antwortete er, ohne sich umzudrehen. „Mir war klar, dass es unmöglich Danny sein konnte. Ich kenn ihn schon seit vielen Jahren und würde für ihn meine Hand ins Feuer legen."

„Aha", erwiderte Louann gezwungen heiter. „Wie ist das eigentlich so bei Danny? Tut er auch nur dann das Richtige, wenn er Angst hat?"

Elias zog es vor zu schweigen.

Der Zugang zu Davos' Akte mochte gesperrt sein, die GCS war es nicht und so erfuhr Louann viel Interessantes über den Verwaltungssekretär. Er war Jahrgang 2017 und stammte aus eher bescheidenen Verhältnissen. Seine Eltern waren Lehrer gewesen, der einzige Luxus, den sich sein Vater geleistet hatte, war die Jagd gewesen. *Der Vater war Jäger ... Interessant!* Louann machte sich eine gedankliche Notiz.

Davos hatte es weit gebracht. Er war Stanford-Absolvent, hatte Politische Sittenlehre und Wirtschaftsglobalisierung studiert und mit summa cum laude abgeschlossen. Ein Sohn, auf den man stolz sein konnte! Das war 2040 gewesen. Danach hatte er eine Blitzkarriere hingelegt. Zunächst war er beim Pharmakonzern ProvaX in Lausanne Junior Leader für Ethische Angelegenheiten gewesen, dann hatte es ihn in die Weltpolitik verschlagen. Er wurde 2049 europäischer Attaché in Singapur und blieb dort bis zum Ende des Transkontinentalen Krieges. Nach der Kapitulation der Afrikanischen Union kehrte er 2059 aus Singapur zurück und wurde in den Europäischen Verwaltungsrat gewählt. Nach nur zwei Jahren stieg er zum Verwaltungssekretär auf und wurde zu einem der engsten Vertrauten der Vorsitzenden, Mari Kirsipuu. Damit hatte er die besten Aussichten, eines Tages selbst an der Spitze des Verwaltungsrats zu stehen.

Davos' Privatleben hingegen war nicht ganz so glanzvoll verlaufen. Er war zum dritten Mal verheiratet. Eine Ex saß in Lausanne, die andere in Singapur. Seine dritte Frau lebte mit ihm auf einem fünf Hektar großen Anwesen in der Gegend von Tallinn. Aus den ersten beiden Ehen hatte er drei Kinder.

Interessiert schaute sich Louann Davos' Konterfei an. Auf dem

Schnappschuss des Celebrity-Magazins *Hush-Hush*, den sie auf dem Screen hatte, war er in einen violetten, etwas zu engen Smoking gepresst, zwei üppige Girls in den feisten Armen. Louann wunderte sich. ***Hat er noch nie was von Nanobots gehört?*** In seinen Augen glaubte sie einen Hauch der Attraktivität zu erkennen, die ihn vor vielen Jahren wahrscheinlich ausgezeichnet hatte. Doch inzwischen hatte er seinen Zenit klar überschritten. Sein Gesicht wirkte aufgedunsen, die dünnen Haare verliehen ihm etwas Verletzliches. Sah so ein brutaler Killer aus? Auf Louann wirkte er eher wie ein Mann, der zu schnell gealtert war und mit aller Macht versuchte, an seiner Jugend festzuhalten. Irgendwie tragisch. Sie seufzte laut.

„Was ist?", riss Elias sie barsch aus ihren Gedanken.

„Ach, ich werd irgendwie den Eindruck nicht los, dass dieser Davos ein armes Würstchen ist ..."

„Kann schon sein", stimmte ihr Elias zu. „Ich habe seine Finanzen überprüft, soweit ich Einblick kriegen konnte. Er hat zwei Ex-Frauen, eine Noch-Ehefrau und drei Kinder an der Backe und lebt trotzdem auf großem Fuß. Darüber hinaus besitzt er eine große Segelyacht, die zurzeit vor den Grenadinen liegt. Ich frage mich ..."

„Eine Segelyacht?", unterbrach ihn Louann.

„Ja. Wieso?"

„Verstehst du denn nicht? Die Knoten, mit denen das Opfer geknebelt wurde, waren Seemannsknoten, das hat uns doch Danny erzählt ... Oder war es Tom? Ist auch egal. Außerdem ..." Louann jubelte fast, „... war Davos' Vater Jäger! Das passt zu der Art des Verbrechens. Die Hetzjagd durch den Sumpf, das Aufhängen der Leiche, das Häuten ..."

„Mhm ... Die Frage ist nur, wie er bei seinem Körpergewicht das Opfer durch den Sumpf hetzen konnte ..." Elias runzelte nachdenklich die Stirn, dann nickte er. „Vielleicht hat er sich Xrystal Veth oder ein anderes Dreckszeug reingezogen, um sich aufzupushen! Tja, sieht fast so aus, als hätten wir den Jackpot geknackt. Nicht schlecht, Marino, gar nicht schlecht!" Kurze Pause. „Aber warum hat er das Mädchen umgebracht?"

„Vielleicht ist er nur ein kranker Perverser, wie ihn Dr. Schuck beschrieben hat, oder Phanie musste zum Schweigen gebracht werden, wegen irgendwas ..."

„Mhm ...", überlegte Elias, „... vielleicht hat sie ihn erpresst."

„Ja, aber warum?"

„Also, ich seh das so: Der Typ lebt weit über seine Verhältnisse, er gerät in finanzielle Schwierigkeiten und lockt damit die gefährlichste Spezies von allen an: Haie."

„Haie? Was für Haie?"

„Verbrechersyndikate. Die greifen sich das schwächste Glied, um das System zu unterminieren. Typen wie Davos riechen die schon meilenweit gegen den Wind. Mächtig und einflussreich, aber mit jeder Menge Angriffsfläche ..." Elias nickte wie zur Beipflichtung seiner Theorie. „Sie greifen ihm finanziell unter die Arme, damit er seinen Lebensstandard halten kann ... dafür tut er ihnen den einen oder anderen Gefallen. Das würde auch die Gratis-Nummer mit den Nutten erklären!" Elias schlug mit der Faust triumphierend in seine offene Handfläche. „Der Typ hat hundert Pro Dreck am Stecken! Wir müssen es irgendwie schaffen, ihn vor Montag festzunageln! Nur wie?"

„Warte!", bat Louann und beugte sich über ihre Konsole. Ihr war gerade ein Gedanke gekommen: Flavio Zen in der Elbphilharmonie war ein Kulturereignis, das sich hohe Würdenträger kaum entgehen lassen würden. Mit etwas Glück ... Ihre Finger wischten eifrig über die Pultsensoren, nach kurzer Zeit lieferte die GCS die gewünschten Infos. „Heute Abend ist in der Elbphilharmonie ein Konzert", informierte sie ihren Partner. „Ehrengäste sind Mari Kirsipuu und ihre zwanzigköpfige Delegation", las sie laut vor. „Darunter ist auch Dion Davos." Ihre Augen sprühten vor Begeisterung. „Das Konzert endet um 22.30 Uhr. Ich würde sagen, wir passen ihn im Foyer ab, am besten nach dem Konzert. Dann, wenn er es am wenigsten erwartet. Was hältst du davon?"

„Das ist eine gute Idee. Vorausgesetzt, wir schaffen es, zu ihm vorzustoßen. Aber bis dahin fällt mir sicher etwas ein!" Elias lächelte anerkennend.

Louann lächelte zurück.

Es wird wieder eine lange Nacht!

9

Cedric holte tief Luft, dann tauchte er unter. Körper zur Seite, Ellenbogen hoch. Seine sehnigen Arme teilten das Hydropurit mit gleichmäßigen, kräftigen Bewegungen. Die Füße schlugen rhythmisch auf und ab. Kopf raus aus dem Hydropurit, Kopf rein ins Hydropurit.

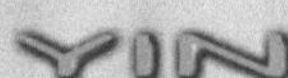

Info Break

Öffentliche Swimmingpools mit reinem Wasser gehören in Hanseapolis seit 2035 der Vergangenheit an. Stattdessen werden die Becken mit Hydropurit gefüllt – einer gallertartigen, grünlichen Masse, deren zwölfprozentige Dichte einen ähnlichen Auftrieb wie Wasser aufweist. Die Dichte lässt sich bei Bedarf erhöhen, zum Beispiel bei sportlichen Wettkämpfen. Angenehmer Nebeneffekt: Das Hydropurit ist mit Nährstoffen angereichert und pflegt gleichzeitig Haut und Haar.

Quelle: Yahoogle Investigation Network

Pure Energie durchströmte seinen durchtrainierten Körper. Nach 5.000 Metern fühlte er sich so lebendig wie schon lange nicht mehr. Das Hochgefühl würde noch ungefähr 2.000 Meter anhalten, dann würde der Kampf gegen den eigenen Körper beginnen. Doch der eiserne Wille würde die Oberhand behalten. Wie immer. Nach exakt 10.000 Metern würde er aus dem Becken und unter die Senso-Dusche steigen, wo Infrarotlicht die Hydropurit-Reste auf seiner Haut trocknen und Schallwellen diese restlos von seinem Körper entfernen würden. Danach würde er mit dem Expresslift zurück auf sein Hotelzimmer fahren.

Er hatte sich für den heutigen Konzertabend in der Elbphilharmonie eine erfolgversprechende Strategie zurechtgelegt. Unter dem Vorwand, einen Bericht über das aktuelle Integrationsprojekt von Mari Kirsipuu verfassen zu wollen, *Doppelnationalität für Mondbürger*, hatte er eine fünfminütige Audienz erwirkt. Was nicht einfach gewesen war! In der Pause würde er also auf die Delegation zugehen und ihr Holobilder von geschändeten Kindern unter die Nase halten. Bei dem Gedanken lächelte er kalt.

So etwas rüttelt einige Menschen immer noch auf!

Danach würde er für Wirbel sorgen und behaupten, jemand im Verwaltungsrat fördert aktiv den Handel mit Kindern. Zum Abschluss würde er um ein offizielles Statement bitten. Auf diese Weise hoffte er, das korrupte Dreckschwein aus der Reserve zu locken. Währenddessen würde die NanoCam in seinem rechten Ohrring die ganze Szene bis ins kleinste Detail aufnehmen.

Cedrics Körper kribbelte regelrecht vor Erwartung. Er wusste, das hier könnte sein ganz großer Durchbruch werden! Für seinen Frontalangriff hatte er ein dezentes Outfit ausgewählt; etwas, das sein integeres Aussehen betonte. Die weiße Tunika lag säuberlich zusammengefaltet auf seinem Bett, bereit für ihren dramatischen Auftritt.

In Vorfreude summte Cedric vor sich hin und aktivierte die GCS. Auf dem Riesenscreen kündigte Kyle, der Cyber-Megastar von YIN, die aktuellen Global News an. Cedric sah kurz hin, dann zuckte er mit den Schultern. Jetzt würde er erst einmal ausgiebig duschen. Er war kein Fan von Kyle – und so kam es, dass ihm eine wichtige Eilmeldung entging.

„Prominenter Banker tot geborgen! Bei einem tragischen Gleiterunfall in Singapur sind vor wenigen Stunden Freddy Kampong, Weltbroker des Jahres 2065, und seine InterimPartnerin Kim Sengkank ums Leben gekommen. Auf dem Flug zu ihrem Apartment kam der Gleiter wahrscheinlich durch Seitenwinde ins Trudeln und zerschellte am Ang Mo Kio Tower. Zum Glück wurden die betroffenen Level 70 bis 73 gerade renoviert und so befanden sich in dem Gebäude lediglich ein paar Sanierungsroboter. Menschen kamen nicht zu Schaden. Die örtlichen Behörden gehen nicht von Fremdverschulden aus. Die Flugüberwachung bestätigte, dass der Autopilot offline gewesen war und geht davon aus, dass die Insassen die Kontrolle verloren. „Es ist an der Zeit, die manuelle Steuerung ein für allemal abzuschaffen. Der Mensch ist zu unberechenbar. Allein im letzten Quartal sind weltweit 123.768 Personen durch vom Menschen verschuldete Gleiterunfälle ums Leben gekommen", so ein Sprecher von SecFly. Die private Fluglobby hält dagegen: „Das Leben ist nun mal mit Risiken verbunden. Wir lassen uns das, was uns an Freiheit und Individualität geblieben ist, nicht nehmen!" Der Unfallschaden wird auf zwei Millionen Eurodollar geschätzt. Und jetzt zu weiteren News ..."

Die Elbphilharmonie, die in diesem Jahr bereits ihren 53. Geburtstag feierte, zeichnete sich schon von weitem gegen den tiefschwarzen Abendhimmel ab. Die gläserne Welle schien über dem roten Backsteinkubus leicht und licht zu schweben. Vor ihrem Bau sehr umstritten, war die große alte Dame der HafenCity inzwischen zum Symbol des Aufbruchs in eine neue und bessere Zeit geworden. Wann immer Cedric in Hanseapolis war, besuchte er die Elbphilharmonie. Der große Konzertsaal war heute noch ein optisches wie auch akustisches Erlebnis. Als würde man eine geschwungene, in Gold gefasste Landschaft betreten ...

Cedric war etwas zu früh dran und schlenderte über die offene Plaza zwischen gläserner Welle und rotem Backsteinkubus. Versonnen ließ er seinen Blick über das bunte Lichtermeer der HafenCity schweifen. Die sanft geschwungene Elbe reflektierte die Millionen von Lichtern rund herum und verlieh ihnen wogendes Leben. Zum Glück war der Fluss an dieser Stelle mit einer Kraftfeldbarriere überzogen, die eine ungehinderte Sicht auf das Wasser gestattete, gleichzeitig aber den bestialischen Gestank zurückhielt. Cedric spürte ein leises Bedauern, den wundervollen Anblick nicht mit einem geliebten Menschen an seiner Seite teilen zu können. Doch dann zuckte er innerlich mit den Schultern. Es ging heute um mehr als nur um Sentimentalitäten.

Ich habe einen wichtigen Job zu erfüllen!

Einen kurzen Moment genoss er noch die Aussicht, dann ging er wieder hinauf.

Beschwingten Schrittes durchquerte er das riesige, festlich beleuchtete Foyer, als ihn ein hoch gewachsener Mann mit langen, schwarzen Haaren anrempelte. Cedric stolperte leicht, doch der Mann streckte blitzschnell seine Hand aus und hielt ihn am Arm fest. „Pardon, Monsieur", flüsterte er und schaute ihm dabei tief in die Augen.

Cedric war entzückt. „Kein Problem", antwortete er etwas atemlos. „Es ist nichts passiert. Ihnen hoffentlich auch nicht?", setzte er hastig nach. Doch der dunkelhaarige Mann lächelte nur charmant und entfernte sich. Cedric schaute ihm nach und seufzte.

Schade. So jemanden trifft man nicht jeden Tag!

Andererseits durfte er sich nicht von seiner Aufgabe ablenken lassen.

Er nahm seinen VIP-Platz ein, etwa 100 Meter von der Bühne entfernt, und schaute sich um. Drei Emporen über ihm thronte die zwanzigköpfige Delegation des Europäischen Verwaltungsrats. Würdevolle Standbilder in teurer Abendgarderobe. Mit der Würde ist bald Schluss, dachte Cedric zynisch und richtete seine Aufmerksamkeit auf die Bühne. Riesenapplaus brandete auf, als Stardirigent Flavio Zen das Podium betrat. Die Konzerthalle erzitterte schier vor Erwartung. Mit einem kurzen Klopfen und einer ausholenden Bewegung seines Taktstockes brachte Zen das Auditorium zum Schweigen. Die Ouvertüre begann.

Die Arie der Lady Tamaris war der Höhepunkt des 2. Aktes, darin waren sich alle Kritiker einig. *Only do what your heart tells you ...* Versonnen lauschte Cedric der jungen Sopranistin, als der Sprengsatz an seinem Ärmel explodierte. In einem Sekundenbruchteil wurde sein perfekt gestählter Körper zerfetzt. Und mit ihm Hunderte andere: Ein zuckendes Ungeheuer im Todeskampf, das seine blutigen Überreste auf Kleidung und Gesichter der Überlebenden spie. Die ohrenbetäubende Detonation fand ihren Weg bis in die hintersten Winkel der großen, alten Dame und ließ sie vor Schmerz erschauern. Durch die Wucht der Explosion brach ein Stück der gläsernen Welle ein und ein ganzes Bombardement aus messerscharfen Splittern regnete herab. Für einen kurzen Moment erstarrte die Welt, dann brach Panik aus. Ein kollektiver Aufschrei löste sich und hallte tausendfach von den gewölbten Wänden wider. Wie von Sinnen versuchten die Menschen, sich aus ihren Sitzen zu befreien. Dabei stießen sie ihre Nachbarn zu Boden oder kletterten einfach über sie hinweg. Spitze Absätze bohrten sich in angstvoll aufgerissene Münder, messerscharfe Krallen rissen an Kleidung und Haaren. Wer zu jung, zu alt oder einfach nur zu langsam war, wurde tot getrampelt.

Wie auf einer Insel standen die Sänger und Musiker auf der Bühne und starrten fassungslos auf den tödlichen Sturm, der um sie herum tobte ...

In Elias' Ohren summte es. Instinktiv hatte er sich auf Louann geworfen, als die Bombe hochging, jetzt versuchte er ihre dumpfen Worte zu verstehen. Aber es war, als hätte er Wasser in den Ohren. Er richtete sich auf und schaute auf sie hinunter. „Alles ok?", fragte er. Seine eigene Stimme klang wie aus weiter Ferne. Louann nickte nur und stand ebenfalls auf. Ihr Gesicht war aschfahl, doch sie schien unverletzt zu sein.

„Warte hier!", befahl er knapp. Dann drehte er sich um und rannte aus dem Foyer. Gleichzeitig zog er seine Laser-Waffe aus dem Holster.

Ein Terrorakt, und das direkt vor unserer Nase!

Er raste die geschwungenen, breiten Gänge hinunter zum großen Konzertsaal. Dann prallte er entsetzt zurück. „Gott im Himmel!", stieß er hervor.

Die mittlere Empore auf der Nordseite war vollkommen zertrümmert, als hätte ein zorniger Riese mit der Faust gewütet. Wie eine offene Wunde klaffte der Boden auf, überall lagen zerfetzte Menschen. Das zerborstene Glasdach hatte sich im ganzen Saal verteilt. Die Überlebenden drängten blutend und schreiend zu den Ausgängen, die über die Treppen nach oben führten. Auf den

Stufen spielten sich dramatische Szenen ab: Menschen mit gebrochenen Gliedern lagen herum und versuchten weiterzukriechen, während andere über sie hinweg stapften, selbst stolperten und fielen. Ganze Menschenberge stapelten sich auf den Treppen. Elias erkannte mit einem Blick, dass sich die Explosion mitten in den Zuschauerrängen ereignet hatte.

Wo war die Delegation? Er schaute sich um, doch es herrschte das reinste Chaos. Wider besseres Wissen lief er mitten in die Hölle hinein. In den Gesichtern der Menschen um ihn herum spiegelte sich pure Panik und er musste sich heftig zur Wehr setzen, um nicht niedergetrampelt zu werden. Dabei schlug er diverse Haken um die wild gewordene Meute, dann duckte er sich im Laufen, um einer umstürzenden Säule auszuweichen, die ihn um Haaresbreite getroffen hätte. Als Elias versuchte, einen alten Mann auf die Beine zu zerren, der unter den Massen zu ersticken drohte, vernahm er über seinem Kopf ein unheilvolles Krachen. Alarmiert schaute er nach oben und erstarrte. Unterhalb der Decke hatten die Stahlträger Feuer gefangen!

„Hier stürzt gleich alles ein!", brüllte er, so laut er konnte. „Schnell raus hier!" Ein absurder Befehl, zumal alle genau das verzweifelt versuchten. Elias wollte zurück zum rettenden Ausgang, doch er kam keinen Meter weit. Menschenmassen drückten von allen Seiten auf ihn ein. Da drang erst ein kreischendes, dann ein reißendes Geräusch an sein Ohr. Funken sprühten! Wie vom Donner gerührt schauten alle nach oben, und für eine Sekunde verharrte das Inferno zu einem Bildnis von schauriger Schönheit. Ein mehrstimmiger Angstschrei aus tausenden Kehlen flammte auf, als sich das tonnenschwere Metall löste und aus 200 Metern Höhe auf die Menge zuraste.

Das nächste, woran sich Elias erinnerte, war das Prasseln von Flammen, ein Gefühl unerträglicher Hitze auf der Haut und beißender, weißer Rauch, der ihn zu ersticken drohte. Er hustete, rang mit einem qualvollen Keuchen nach Luft und versuchte, sich aus dem Gewirr von Glas und Metall zu befreien. Doch es gelang ihm nicht, auf die Beine zu kommen. Sein Gesicht und seine Schulter brannten wie Feuer. Wieder versuchte er, sich aufzurichten, als ein scharfer Schmerz sein Gehirn durchzuckte. Barmherzige Dunkelheit überkam ihn und er verlor erneut das Bewusstsein.

Dann, nach einer Ewigkeit, glaubte er, aus der Ferne seinen Namen zu hören. Mühsam öffnete er die Augen, doch das Licht war so grell, dass es ihn aufstöhnen ließ. Schnell schloss er sie wieder, als plötzlich kühle Finger nach seiner Hand griffen. Jemand versuchte ihn hochzuziehen. Mit zusammengebissenen Zähnen richtete sich Elias ein wenig auf. Er schlug die Augen auf und sah Louanns resolutes Gesicht vor sich. Er lächelte unter Schmerzen. Marino ... Marino ... Wer hätte gedacht, dass er einmal so glücklich sein würde, in die hübschen Augen seiner Partnerin zu schauen? Er versuchte, etwas zu sagen, doch er brachte keinen Ton heraus. Seine Kehle fühlte sich wie Sandpapier an. Hastig fasste ihm Louann unter die Arme, um ihn aus den Trümmern und den herumliegenden Leichen zu befreien. Sie zog mit aller Kraft, doch vergeblich.

„Hilf mir, Elias. Du bist zu schwer, ich schaff das nicht allein!", bat sie energisch.

Keuchend rappelte sich Elias etwas hoch und fiel auf die Knie. Dann gelang es ihm, mit letzter Kraft auf die Beine zu kommen. Er schwankte. Als Louann ihn stützen wollte, schrie er auf. Der stechende Schmerz in seiner Schulter ließ ihn fast ohnmächtig werden.

„Nicht ... diese ... Schulter", brachte er mit schwerer Zunge heraus. Louanns Mund formte sich zu einem erschrockenen „Oh", dann lief sie auf die andere Seite. Arm in Arm humpelten beide zum Ausgang. Durch den wuchtigen Aufprall der Stahlträger bewegte sich ein Großteil der Menschen nicht mehr, sondern lag tot im eigenen Blut. Die Treppe war wieder passierbar geworden.

Später konnte sich Elias nicht mehr genau erinnern, wie er ins MEC gelangt war, aber irgendwie hatten sie es beide relativ unbeschadet aus der brennenden Hölle geschafft. Louann hatte ihn vorsichtig auf die Notfall-Liege gebettet, dann hatte sie ihn angebrüllt.

„Was hast du dir nur dabei gedacht, da rein zu rennen?! Was wolltest du ausrichten? Die Decke mit bloßen Händen stützen?" Ihr Gesicht war hochrot angelaufen. „Stell dir vor, es hätte weitere Explosionen gegeben!" Mittels des Erste-Hilfe-Robots renkte sie seine Schulter wieder ein und fixierte sie, dann besprühte sie seine lädierte Wange mit synthetischer Epidermis. Schließlich führte sie ihn zum *Sarg* und verabreichte ihm eine Schlafinjektion mit Selbsterneuerungszellen.

Währenddessen tobte draußen der Krieg. Katastrophenstab, Militär und Polizei waren inzwischen eingetroffen und versuchten, die Lage unter Kontrolle zu bringen. Noch wusste man nicht, wie viele Opfer es gegeben hatte. Aber ganz gleich, wie hoch die Zahl sein würde, eines war jetzt schon sicher: Es würde ein trauriger Rekord in der Geschichte von Hanseapolis werden. Mühsam drehte Elias den Kopf und beobachtete, wie Louann den Erste-Hilfe-Robot deaktivierte und dabei leise vor sich hin schimpfte. Er lächelte flüchtig und war Sekunden später eingeschlafen.

10

Burns fluchte. YIN berichtete, dass die Explosion in der Elbphilharmonie über 2.500 Menschen das Leben gekostet hatte. Und wem wurde dieses Blutbad angehängt? Ihr natürlich, möglicherweise aber auch dänischen Separatisten. Die üblichen Verdächtigen halt! Eine der wildesten Spekulationen lautete, dass die Elbphilharmonie kein Schutzgeld an die Organisation hatte zahlen wollen und sie deshalb in die Luft gejagt worden war. Scheißreporter! Wie immer hatten sie von nichts eine Ahnung! Burns schnaubte verärgert. Ihr persönlich waren die Toten egal, aber sie hatte einen Heidenrespekt vor der Kunst. Außerdem war Negativ-Publicity schlecht fürs Geschäft! Die Cops würden ihr jetzt massiv auf die Pelle rücken. Zu allem Überfluss war eine Delegation des Verwaltungsrats in der Philharmonie gewesen. Das brachte zusätzlich Agenten der Inneren Sicherheit auf den Plan.

Verfluchte Schweinerei!

Als ob die Typen vom Verwaltungsrat sie irgendwie interessieren würden, außer wenn sie diese schmieren konnte. So wie es aussah, hatten die Mitglieder der Delegation eh nur leichte Blessuren davongetragen.

Stinksauer aktivierte Burns ihr InterCom: „Rhona, wo bist du? … Ok, vergiss Rom! Ich will, dass du nach Hanseapolis kommst und dich mal umhörst … Du weißt schon, die Explosion in der Elbphilharmonie … Rede mit Buddy, er weiß vielleicht was … Ich will nicht weiter mit diesem Bullshit in Verbindung gebracht werden. Sieh zu, dass das aufhört! … Keine Ahnung, Schätzchen. Finde was raus, steck den Cops einen Tipp zu. Irgendwas … Genau. Du hast mein vollstes Vertrauen!" Burns lachte humorlos und beendete das Ge-

spräch. Als Kopf einer mächtigen Verbrecherorganisation wollte sie
so wenig Aufmerksamkeit wie möglich auf sich lenken. Jetzt allerdings war die Kacke am Dampfen, und nur Rhona war fähig, den
beißenden Gestank zu beseitigen.

Rhona liebte Rom. Die Wüstenstadt mit ihren weiten Steppen,
sandfarbenen Bauten und dem übermütigen Lachen der Ragazzi
hatte es ihr angetan. Deshalb war sie auch wenig begeistert, als sie
in Hanseapolis aus der Levitake I stieg. Der Kurierfrachter, der
antikes Silber geladen hatte und schon etwas in die Jahre gekommen war, diente ihr als Tarnung. Er war für besonders empfindli-
che und wertvolle Frachten konzipiert worden und verfügte deshalb über eine Panzerung, die vor Beschuss schützte. Die Levitake I
war vor mehr als 30 Jahren als einer der ersten Gleiter mit serienmäßigem VTOL, Vertical Take Off and Landing, erbaut worden. Als
Miniaturmodell war sie heute bei vielen ein beliebtes Sammler-
stück, auch wenn es in Hanseapolis nur noch wenige offene Plätze
gab, an denen man sie aufsteigen lassen konnte.

Der Himmel über der Megacity war von einem trüben Blau an
diesem Sonntagmittag, und die Luft für Rhonas Geschmack zu
salzig. Kaum hatte sie wieder festen Boden unter den Füßen, schaute sie sich neugierig um. Buddy, dieser schwerfällige Junge mit dem
erbsengroßen Gehirn, kam ihr mit einem breiten Grinsen entgegen.

„Rhona!", rief er und umarmte sie herzlich.

Fehlt nur noch, dass er mich herumwirbelt!

„Junge, du erdrückst mich ja!"

Mit einem kindlichen Stirnrunzeln ließ er sie los und starrte sie
vorwurfsvoll an. Rhona rollte mit den Augen und tätschelte ihm
beruhigend die Wange. „Ich freue mich doch auch, dich zu sehen",
sagte sie mit einem leichten Lachen in der Stimme. „Aber wie du
weißt, bin ich nicht mehr so fit wie früher."

„Quatsch!", widersprach Buddy und schnappte sich ihren Koffer.
„Für mich bleibste immer jung!", rief er bockig und stürmte los.

Rhona schaute ihrem Enkel liebevoll nach. Sicher, die Intelligenz hatte er nicht mit Löffeln gefressen, aber er hatte das Herz am rechten Fleck. Außerdem war er absolut zuverlässig und ein wichtiger Quell an Informationen!

Eine Stunde später hatte er ihr alles erzählt. Von der Explosion in der Elbphilharmonie, von den verheerenden Folgen und auch von den Verbindungen der Organisation zum Verwaltungsrat, speziell zu einem Kerl namens Dion Davos.

„Der Typ ist Verwaltungssekretär in Tallinn! Der kostet uns 'ne Menge Kohle und liefert dafür Insider-Infos. Wir haben in jedem Ministerium Leute sitzen, aber eigentlich isser unser bestes Pferd im Stall." Buddys Gesicht verdüsterte sich. „Aber zurzeit baut der nur Scheiße! Die Cops haben vor drei Tagen Altona hochgehen lassen. Unsere gesamte Ware ist weg und die Broker wurden eingebuchtet. Schlimme Sache ..."

„Dann mach ihn doch kalt!"

„Würde ich ja machen", antwortete Buddy und verzog das Gesicht, „... aber Burns meint, das fette Schwein kann uns vielleicht noch nützlich sein."

„Und der war gestern Abend auch in der Philharmonie?"

„Ja, aber seitdem isser verschwunden."

„Was heißt verschwunden?", fragte Rhona scharf.

„Na ja, seit gestern kommen wir an den feinen Pinkel nicht mehr ran. Ich erreich ihn auch nicht per InterCom."

„Mhm, wahrscheinlich stehen diese Schleimscheißer unter Personenschutz und werden von Agenten der Inneren Sicherheit bewacht. Totale Isolierung heißt jetzt die oberste Direktive."

„Direk... was?" Buddy war sichtlich überfordert.

„Oberstes Ziel, Junge. Der Typ wird von der Außenwelt abgeschnitten, deshalb kannst du ihn auch nicht sprechen."

„Meinste?", fragte Buddy nach und schaute seine Großmutter voller Bewunderung an.

Rhona nickte. „Das wäre eine mögliche Erklärung, oder aber dein korrupter Sekretär ist unter den Toten."

„Das glaub ich nich. Bei YIN haben 'se gesagt, dass von der Delegation niemand verletzt wurde."

„Falls das überhaupt stimmt", schnaubte Rhona. „Ich trau diesen Typen von YIN nicht. Du musst das unbedingt checken! Nicht, dass das Arschloch die Gelegenheit genutzt hat, um sich aus dem Staub zu machen!" Dann schaute sie ihren Enkel lächelnd an. „Lass mich jetzt allein. Ich muss nachdenken. Ich ruf dich per InterCom, wenn ich dich brauche. Danke, Buddy. Du bist ein lieber Junge."

Daraufhin nickte der liebe Junge artig, küsste seine Großmutter auf die Wange und verließ das kleine, gemütliche Apartment im Osten von Hanseapolis.

Rhona Cziawszyk gehörte seit ihrer Jugend der BCM Group an, einer krakenartigen Organisation, deren kriminelle Fangarme bis zum Mond reichten. Was sich Rhonas Vater sicher nicht hatte träumen lassen, als er 2009 gemeinsam mit seinem Vetter Paul Burns die Organisation gründete. Da war Rhona gerademal 19 Jahre alt. 30 Jahre später hätte sie das Erbe ihres Vaters antreten sollen, doch die Verantwortung schien ihr damals zu groß, und so übernahm Paul Burns die Führung, bis er eines Morgens von seiner Tochter aus dem Gleiter geworfen wurde – 200 Meter über dem Boden. Mit eiserner Faust setzte Eileen das Werk ihres Vaters fort und entledigte sich nach und nach aller Konkurrenten. Rhona selbst half gerne bei heiklen Aufträgen aus. Je älter sie wurde, desto gefährlicher wurde sie. Angesichts ihres puppenhaften Wesens neigten die meisten Menschen dazu, sie zu unterschätzen. Ein tödlicher Fehler! Rhona trainierte regelmäßig San Shou, eine asiatische Nahkampfart, und konnte sich im Zweikampf ihrer Haut immer noch sehr erfolgreich wehren. Trotz ihrer 76 Jahre. Dessen ungeachtet forderte das Alter immer öfter seinen Tribut. Müde zog Rhona ihre Schuhe aus und legte sich hin. Nur wenige Minuten später war von ihr nur noch ein lautes Schnarchen zu hören.

Der Mann war stinkwütend. Irgendjemand hatte seinen ausgeklügelten Plan durchkreuzt. Wie raffiniert er vorgegangen war, um diesen korrupten Dreckskerl zu Fall zu bringen! Er hatte die schwarze Nutte umgebracht, Davos die Tatwaffe untergeschoben, diesem Geier von YIN einen idiotensicheren Tipp gegeben und die kleine Rothaarige zu einer Falschaussage gezwungen. Und jetzt das! Plötzlich lief alles aus dem Ruder. Erst dieser Doppelmord in Singapur, dann die Explosion in der Elbphilharmonie. Entweder hatte er den Fettsack unterschätzt oder dieser hatte unverschämtes Glück! Der Mann schloss die Augen und atmete tief durch. Seine Dame war geschlagen, der schwarze Turm außer Reichweite und die beiden Bauern waren für den Moment außer Gefecht gesetzt. Doch das Spiel musste weitergehen.

Nachdenken ... ich muss nachdenken ...

Elias verbeugte sich, dann deaktivierte er seinen Virtuellen Kommunikator. Meister Kinjo schloss die Augen und löste sich in Nichts auf. Mit ihm verschwand auch der Dojo samt dunklem Holzboden und Schrein. Der kahle Raum, der Elias als Schlafzimmer diente, nahm langsam wieder Konturen an. Elias orientierte sich kurz, dann ging er zur Tür und berührte ein gelbes Feld, das in die Wand eingelassen war. Nahezu geräuschlos öffnete sich der Boden in der Mitte des Raums. Zwei Klappen rutschten seitlich weg und ein unförmiges, grau-schwarzes Etwas glitt nach oben, entfaltete sich in alle Richtungen und verwandelte sich in Sekundenschnelle in ein niedriges Bett inklusive HCS Panel.

Gleichzeitig fiel gegenüber der Tür die Wall-Flax in sich zusammen. Wo sich kurz vorher der virtuelle Schrein befunden hatte, erschien ein Ankleidezimmer, daneben eine Lichtkabine. In die hing Elias seine Kendo-Rüstung auf, die in wenigen Minuten wieder wie neu sein würde. Die Mikrosensoren im Gewebe waren multifunktional. Die einen, die taktilen Sensoren, täuschten während des virtuellen Kampfes mit Meister Kinjo realitätsnah Aufprall und Widerstand vor. Die anderen, selbstreinigende Teilchen aus Titanoxid, zerstörten unter Lichteinfluss Schmutz und Bakterien. Elias' Haut besaß allerdings keine solchen Titanoxid-Teilchen, deshalb ging er erst unter die Dusche, um sich den Schweiß abzuwaschen. Danach zog er sich an und steckte sich das InterCom wieder ins Ohr.

Gerade goss er sich seinen geliebten Glen Scotia Whisky ein, als sich das InterCom meldete. *Fuck!* Er hatte sich auf einen ruhigen Abend gefreut.

„Ja?", murrte er. Als er jedoch hörte, wer dran war, grinste er breit. „Hallo Nes! Wie geht's dir, du Weichei? Hab ja 'ne Ewigkeit nichts mehr von dir gehört ..." Voller Vorfreude schlenderte er in den Hauptraum hinüber und warf sich auf sein Sofa. Das würde ein längeres Gespräch werden. Nestor war ein alter Kumpel von der Akademie, der inzwischen als Abhörspezialist bei der Inneren Sicherheit tätig war.

„Hey, Big E, ich hab dich auf einer Opferliste der Elbphilharmonie gesehen. Ist bei dir alles ok?" Wegen seiner Größe hatte Elias auf der Akademie diesen Spitznamen verpasst bekommen. Der rührende Versuch seiner wenigen Freunde, ihm einen Anstrich von Normalität zu verleihen.

„Ja, alles klar. Nur ein paar geprellte Rippen, eine ausgekugelte Schulter und eine Gehirnerschütterung. Nichts, was nicht in ein paar Stunden wieder zu kitten gewesen wäre."

„Wie immer hart im Nehmen, unser Big E, was?", lachte Nes spöttisch.

„Ach komm ... Du weißt, ich hatte Glück.“

„Das hattest du, Kumpel. Das hattest du ...“

Kurzes Schweigen.

„Und? Habt ihr schon irgendwelche Spuren?“ Elias schloss die Augen und zog genießerisch den Duft des Whiskys ein.

„Klar, was dachtest du denn?“ Nes klang etwas beleidigt. „Wir wissen, dass die Bombe per Funksteuerung gezündet wurde. Die Abteilung für Elektronische Aufklärung hat kurz vor der Detonation ein kodiertes Signal aufgefangen. Normalerweise werden in öffentlichen Einrichtungen solche Signale automatisch blockiert, aber der Impuls war diesmal zu kurz. Das Sicherheitssystem hat nicht angeschlagen.“

„Wundert dich das? Bei dem veralteten System? Die da oben sparen doch immer am falschen Ende!“, ätzte Elias.

„Ja, ich weiß. Das ist zum Kotzen! Wie auch immer, inzwischen glauben wir zu wissen, wem der Anschlag gegolten hat. Die Elbphilharmonie wird von der GCS überwacht, so konnten wir die Quelle der Explosion orten ...“

„... in der Zeitlupenaufnahme der GCS-Überwachung kann man genau sehn, wie der Typ zerfetzt wird! So wie’s aussieht, steckte die Bombe an seinem Ärmel. Ehrlich, Rhona! Ed hat mir die Aufnahme gezeigt. Widerlich. Ich hatte die ganze Nacht Albträume ...“

Rhona schaute ihren Enkel an und lächelte innerlich.

Buddy ist schon ein komischer Junge. Ohne mit der Wimper zu zucken, brach er Menschen die Rippen oder tat sogar noch Schlimmeres, aber sobald Blut floss, kippte er um wie ein gefällter Baum. Dann musste ein anderer für ihn die Arbeit beenden. Jetzt saß er vor ihr in der kleinen Wohnung und berichtete, was ihm sein Informant bei der Inneren erzählt hatte. „Sprich weiter“, befahl sie ungeduldig.

„Ok. Also die Typen von der Inneren haben festgestellt, dass der Kerl Reporter war. Ne Schwuchtel namens Cedric Dunn. Wohl ’ne kleine Berühmtheit bei YIN, hat schon ein paar Skandale aufgedeckt." Buddy kratzte sich am Kopf. „Mit dem war angeblich nicht zu spaßen. Wenn der dich erstmal am Sack hatte ..."

„Ich frage mich", unterbrach ihn Rhona nachdenklich, „... wen Dunn zuletzt im Visier hatte ..."

„Ed hat mir was Interessantes gezeigt", ereiferte sich Buddy. „Ich hab dir 'ne Kopie mitgebracht. Da drauf sieht man die Schwuchtel und so 'ne Type im Foyer, der ihn anrempelt ..."

„... der Mann hat ihm vermutlich beim Anrempeln die Bombe am Ärmel fixiert. Leider hielt er dabei den Kopf gesenkt."

Elias hatte sich schon vor einer halben Stunde seinen zweiten Glen Scotia Whisky genehmigt und war für diese kleine Ablenkung vom Davos-Fall mehr als dankbar.

„Was hat die Aufbereitung des Video-Streams ergeben?", fragte er begierig und nahm einen Schluck.

Das ist allemal spannender als die GCS!

„Nichts", antwortete Nes. „Wir hatten keinen Treffer! Lediglich ein paar Ähnlichkeiten, 40 bis 60 Prozent Matches. Das war's. Entweder haben wir ihn nicht in der Datenbank oder er hat sein Gesicht verändert. Vielleicht hat er sich irgendwas untergespritzt. Im Moment wissen wir's nicht ... Aber ... wir haben noch etwas Interessantes entdeckt. Cedric Dunn hat zwei Tage vor seinem Tod über GCS eine NanoCam der Gamma-Serie geordert. Eine GM399. Die Lieferfirma hat uns bestätigt, dass Dunn seine Kamera am gleichen Tag per Express bekommen hat. Und jetzt rate mal ... Genau! Wir haben sie nirgendwo gefunden. In seinem Hotelzimmer war sie nicht. Wir vermuten, dass er die NanoCam am Abend in der Elbphilharmonie mit hatte. Wir bauen drauf, dass er seinen Mörder gefilmt hat! Jetzt suchen unsere Jungs den ganzen Tatort ab ... Das ist wirklich kein Spaß, glaub mir! Da liegen immer noch haufenweise Leichenteile rum. Außerdem haben wir ungefähr 100 Ortungsspiders im Einsatz ..."

„Ihr müsst die NanoCam unbedingt finden!", ereiferte sich Elias.
„Ich weiß."

„Ein paar von der Inneren gehen davon aus, dass die Schwuchtel in
'nen Spionagefall verwickelt war, wegen der Kamera im Ohrring.
Was meinste, Rhona?", fragte Buddy und kratzte sich wieder ausgiebig am Kopf.

Rhona zuckte mit den Schultern. „Keine Ahnung. Ich weiß zu
wenig, um Vermutungen anzustellen. Zeig mir doch mal die Aufnahme vom Foyer, Junge. Vielleicht hilft die uns weiter."

„Klar", grinste Buddy und aktivierte den MiniCube.

Neugierig schaute Rhona auf den Screen. Das Foyer war schräg
von oben zu sehen. Ein eleganter junger Mann in einer weißen
Tunika schlenderte, scheinbar gelangweilt, durch die hell erleuch-
tete Halle. Ein dunkel gekleideter Mann steuerte direkt auf ihn zu.
Von oben konnte man gut erkennen, dass ein Zusammenstoß un-
ausweichlich war.

„Stopp!", rief Rhona, als der Mann Dunn anrempelte und dabei
dessen Arm ergriff. Der Mann hielt seinen Kopf leicht gesenkt, zu
sehen waren lediglich Nase und ein Teil des Mundes. Gebannt
starrte Rhona auf das eingefrorene Bild, dann begann sie, leise zu
lachen. Erstaunt schaute Buddy sie an, Rhona jedoch beachtete ihn
nicht. Ihre ganze Aufmerksamkeit galt dem Killer vor ihr.

„Na sowas André", flüsterte sie. „Du unverbesserlicher
Bengel ..." Wieder lachte sie.

Manchmal steckt das Leben voller Überraschungen!

In diesem Moment saß der unverbesserliche Bengel auf seinem
Katamaran im Südpazifik und grübelte. Der Kollateralschaden in
der Elbphilharmonie war größer ausgefallen als geplant. Er hatte
die Statik falsch eingeschätzt und jetzt 2523 Menschen auf dem
Gewissen. Ärgerlich! Vor allem, weil er in der Branche für seine
schnellen und sauberen Lösungen geschätzt wurde. Sinnloses

Gemetzel war nicht sein Stil. Gut, dass er diskret gewesen war. Niemand würde ihn verdächtigen. Am besten, er vergaß die ganze Sache schnell wieder! Er seufzte und nippte an seinem süßen Tee.

André Barrat alias Andrej Kandinsky alias Andy Mittler besaß einen IQ von 220 und sprach zwölf Sprachen fließend. Nachdem er die Konten seiner Eltern geplündert hatte, war er im zarten Alter von elf Jahren ausgebüxt, um sich selbstständig zu machen. Zunächst mit Diebstahl und Betrug, bis er eines Tages feststellte, dass mit Mord mehr zu holen war. Der Beginn einer beispiellosen Karriere.

Die akribische Planung war das, was André an seiner Arbeit besonders liebte. Zu überlegen, wie er seine Opfer in die Falle locken würde, um dann zuzuschlagen, wenn sie es am wenigsten erwarteten. Die Todesart seiner Opfer zu bestimmen, hatte für ihn beinahe etwas Philosophisches. Er beschäftigte sich intensiv mit seiner Zielperson, beobachtete sie wie durch einen Molekular-Scanner, brachte alles in Erfahrung: Passionen, Gewohnheiten, Perversionen. Am Ende kannte er das Opfer besser als dessen eigene Mutter.

So, wie der Reporter mit fast religiösem Eifer seinen Körper trainiert hatte, war für André schnell klar gewesen: Eine Bombe wäre das perfekte Instrument, um diesen Gral der Schönheit zu zerstören. Andererseits empfand er keinerlei Vergnügen dabei, seine Opfer zu quälen. Er war kein Sadist. Er tötete schnell und sauber. Umso lästiger das Massaker in der Elbphilharmonie.

André schloss die Augen und konzentrierte sich auf das sanfte Schwanken unter seinen Füßen. Die Takelage knarrte leise, die Segel flatterten sanft im Wind, während die Schäkel mit einem melodischen Ping gegen die Masten schlugen. Er ankerte vor *Raiatea 138*, einem künstlichen Motu von der Größe dreier Fußballfelder, das mit allem bestückt war, was ein tropisches Inselparadies auszeichnete: feiner Sandstrand, Kokospalmen und eine vorgelagerte, türkisfarbene Lagune.

Info Break

Nachdem 90 Prozent aller Inseln überspült worden waren, erlebte der Südpazifik in den Vierzigerjahren einen regelrechten Bauboom. Jeder, der es sich leisten konnte, ließ sich innerhalb eines 1250 km² großen Quadranten seine eigene Privatinsel aufschütten. Gegen Aufpreis gab es einen inaktiven Vulkan inklusive. Die Motuaner, wie sich die Inselbesitzer inzwischen nennen, gehören zu der Crème de la Crème der Weltgesellschaft und bleiben gern unter sich. Nur wer über genügend Reichtum und einen motuanischen Bürgen verfügt, wird in den illustren Kreis aufgenommen.

Quelle: Yahoogle Investigation Network

Für diesen Rückzugsort am Ende der Welt hatte André eine Menge Geld hingeblättert. Dafür war die Aufnahme in den Kreis der Motuaner dank seines Überzeugungstalents ein Kinderspiel gewesen.

Er atmete tief ein.

So süß und rein wie hier schmeckt die Luft nirgendwo auf unserem Planeten.

Dieser Luxus kostete ihn sein halbes Vermögen, aber für nichts auf der Welt hätte er darauf verzichten wollen. Seine Anspannung verflog. Ein verträumtes Lächeln umspielte seine Lippen. Heute würde er um drei Millionen Eurodollar reicher sein! Sein restliches Honorar sollte zwei Tage nach der Tat auf seinem Konto eingehen. Soweit die Vereinbarung.

André aktivierte sein Neuroimplantat, um das zu überprüfen. Während sich auf seiner Hornhaut das Menü aufbaute, gähnte er herzhaft. Gerade wollte er sich mit Hilfe seiner Gedanken in die FIAZ einloggen, da bemerkte er am unteren Blickfeld ein pulsierendes Leuchten: eine Audionachricht. Die Worte, die er kurz darauf zu hören bekam, ließen ihn erbleichen.

„Hör zu, Darling. Ich will nicht lange um den heißen Brei reden! Ich weiß, dass du für diesen Schlamassel in Hanseapolis verantwortlich bist. Schwamm drüber, wir sind nicht alle perfekt! Allerdings warst du etwas unvorsichtig, Junge. Wir beide müssen reden. Melde dich bei mir, wenn du deinen süßen Arsch retten willst, und zwar schnell!"

12

Für Officer Eva Zambo war es ein Glückstag. Der Tipp, den sie von der Alten bekommen hatte, war Gold wert! Auf der Skybridge zwischen Jüthorn-Kuppel und Sieveking Tower hatte sie den Kurier gestellt und den MiniCube konfisziert. Danach hatte sie den armen Kerl betäubt und in einen Aufzugschacht geworfen. Keine Zeugen. So war es mit der Alten vereinbart gewesen. Als Officer Zambo zu Hause den MiniCube öffnete – auf dem Revier wäre es zu riskant gewesen –, konnte sie ihr Glück kaum fassen: Einen Verwaltungssekretär mit heruntergelassener Hose sah man nicht jeden Tag in 3-D, nicht einmal in der GCS! Eva war in ihrem Job einiges gewohnt, doch was sie sah, schockte sogar sie. Der Typ war ein Sadist der übelsten Sorte. Wie es aussah, zwang er NIPs jeden Alters für ihn anschaffen zu gehen und sahnte dabei ordentlich ab.

Officer Zambo musste nicht lange überlegen. Würde sie den MiniCube an ihren Vorgesetzten weiterleiten, wäre das zwar für ihre Karriere förderlich, doch man würde vielleicht weitere Nachforschungen anstellen. Gegenstand einer internen Untersuchung zu werden, wäre das Letzte, was sie jetzt gebrauchen konnte. Davon abgesehen: News-Agenten zahlten besser!

XeMo lag nackt im Sonnentank. Ein Schutzfilm schirmte seine Augen vor den intensiven UV-Strahlen ab, die für seinen Stoffwechsel und die Vitaminversorgung in seinem Körper notwendig waren. Wie die meisten Hanseapolen mied er die intensive Strahlung der Sonne draußen wie die Pest, dafür gönnte er sich ab und zu ein paar Stunden Exposition im Sonnentank. Als Manager von Kyle, dem Cyber-Megastar von YIN, hatte XeMo einen vollen

Terminkalender und genoss diese kostspieligen Augenblicke mit allen Sinnen ...

Im Sonnentank herrschte eine Stille, die so vollkommen war, dass er sein eigenes Blut rauschen hörte. Umso ohrenbetäubender erschien ihm die Stimme, die plötzlich nur wenige Zentimeter von seinem Gesicht entfernt erklang. Er schnappte erschrocken nach Luft, sein Herz hämmerte schmerzhaft in der Brust.

„Guten Tag, XeMo ... Ich hoffe, ich störe Sie nicht! Ich habe einige Informationen, die Ihren Schützling interessieren könnten."

„*Sie*? Wie sind Sie hier reingekommen?"

Doch die Stimme lachte nur. Ein unangenehmes Geräusch! Wie Sandpapier auf Kupfer. Trotz der Wärme im Tank krochen dem kleinen Mann unangenehme Schauer über den Rücken. Er rieb sich den Schutzfilm aus den Augen und betrachtete den Neuankömmling mit Unbehagen. Perry Santana war einer der unangenehmsten Menschen, die er kannte, aber der beste News-Agent in Hanseapolis. Wenn Santana ihn während seines wöchentlichen Sonnenbads aufsuchte, musste das einen triftigen Grund haben – und mit einem Mal konnte XeMo gar nicht schnell genug aus dem Sonnentank steigen.

„Wir unterbrechen unser Programm für eine Eilmeldung: Unbestätigten Quellen zufolge ist der 49-jährige Verwaltungssekretär Dion Davos seit Jahren im illegalen Prostitutionsgeschäft tätig. Angeblich ist er der Kopf eines europaweit agierenden Menschenhändlerrings, der nichtregistrierte NIPs an gut betuchte Freier verkauft. Uns wurde brisantes Beweismaterial zugespielt, aus dem hervorgeht, dass Davos nicht nur krimineller Geschäftsmann ist, sondern auch ein ausgesprochener Sadist. Die Szenen, die uns vorliegen, sind so erschütternd und brutal, dass wir sie an dieser Stelle nicht zeigen können. Wer trotzdem Einblick haben will, zum Beispiel aus beruflichem Interesse, wendet sich bitte an meinen Manager." Während sich Kyle durch das adrett programmierte

blaue Haar strich, wurde eine kostenpflichtige Kontaktnummer eingeblendet.

„Wie wir inzwischen erfahren haben, war unser Top-Reporter Cedric Dunn Davos' Machenschaften auf die Spur gekommen. Er starb am Samstag bei dem Bombenanschlag in der Philharmonie ..." Kyles ebenmäßiges Gesicht nahm Cedrics feine Züge an. Seine Augen, Cedrics Augen, schauten betrübt, als er weiter sprach. *„Ist das Zufall? Oder wollte mich Davos für immer zum Schweigen bringen und hat dafür den Tod von 2523 Menschen in Kauf genommen?"* Der Cyber-Sprecher schwieg bedeutungsvoll, während Milliarden von Zuschauern den Atem anhielten, dann nahm er seine Kyle-Identität wieder an. *„Aus Regierungsquellen wissen wir, dass die zwanzigköpfige Delegation mit Davos an Bord gestern nach Tallinn abgereist ist. Davos wurde inzwischen in seinem Haus auf der Insel Naissaar unter Arrest gestellt, seine Immunität ist aufgehoben. Mari Kirsipuu, die Vorsitzende des Europäischen Verwaltungsrats, hat eine Erklärung abgegeben, in der sie ihre uneingeschränkte Unterstützung zur Aufklärung dieses Falls zusichert."* Kyle legte eine Pause ein. *„Die Ermittlungen sind noch nicht abgeschlossen, doch sollte sich der Verdacht gegen Davos bestätigen, wird dieser höchstwahrscheinlich zu einer lebenslangen Verbannung auf den Gefängnistrabanten Odilon II verurteilt. Wie Cyril Forbes, der zweite Regierungssprecher, YIN erklärte, wolle man in Zukunft verschärfter gegen die Unmoral von Verwaltungsbeamten vorgehen ..."*

Per Sprachmodus schaltete der Mann die GCS aus. Er hatte genug gehört und war äußerst zufrieden. Jetzt brauchte er nur noch abzuwarten.

Die Durchsuchung des Lofts, in dem Dion Davos die letzten Wochen verbracht hatte, hielt für Elias und Louann eine angenehme Überraschung bereit. In einer dunklen Wall-Flax lag van Laaks gestohlenes White Hunter verborgen: blutverschmiert und in ein schwarzes Seidentuch gewickelt. Ein schneller Vergleich mit dem

Molekular-Scanner brachte die Gewissheit, dass das Blut auf der Klinge Phanies Blut war. Auch Davos' und van Laaks DNA fanden sich auf der Waffe. Elias wunderte sich.

Warum hat Davos die Tatwaffe nicht für immer verschwinden lassen?

Davon abgesehen war das Versteck nicht einmal besonders originell. Doch er schob seine Zweifel beiseite. Endlich hatten sie ein schlagkräftiges Argument in der Hand, um das Schwein festzunageln!

„Gute Arbeit, Rhona", lobte Burns nur eine Stunde später per InterCom. „Wie hast du das hingekriegt?"

„Ein Kinderspiel! Ich habe Beweismaterial fingiert, damit einen Kurier losgeschickt, den Buddy loswerden wollte, und einem korrupten Cop einen Tipp gegeben. Alles andere war nur noch pure Gesetzmäßigkeit!"

„Ich wusste, du bist die Richtige für den Job. Auch die Sache mit dem Messer war ein genialer Schachzug von dir."

„Messer?" Rhona runzelte irritiert die Stirn.

„Das White Hunter, das Davos mit einem Hurenmord in Verbindung setzt. Das ist begnadet!"

„Ach, das ..." Rhona hatte sich schnell wieder gefangen. Ihr konnte das mit dem Messer egal sein, solange es ihr nutzte. Trotzdem wechselte sie lieber das Thema.

„Und jetzt? Was ist mit Davos? Was ist, wenn der redet ..."

„Ich schick ein paar Spezialisten nach Tallinn, die für uns dieses kleine Problem aus der Welt schaffen werden."

„Soweit ich weiß, wird Davos rund um die Uhr bewacht. Das wird nicht einfach werden."

Burns lächelte. „Keine Sorge, Rhona ... Diese Leute sind echte Profis."

13

Der Fall ist durch!" Sahils melancholisches Gesicht füllte den gesamten Screen aus.

„Was?", rief Elias. „Das kann nicht dein Ernst sein!"

„Agenten der Inneren haben Dunns Hotelzimmer auf den Kopf gestellt und die GCS-Streams der letzten Woche gecheckt. Dabei sind sie auf ein interessantes Gespräch zwischen Dunn und einem toten Banker namens Freddy Kampong gestoßen. Es könnte sein, dass Davos hinter dessen Unfalltod steckt. Außerdem, wer weiß: Vielleicht ist der Kerl sogar für den Tod von über 2.500 Menschen verantwortlich. So oder so haben die ihn am Arsch!"

„Aber wir wissen nicht mit Sicherheit, dass Davos das Mädchen umgebracht hat", widersprach Elias. „Dass die Tatwaffe so leicht zu finden war, ist doch irgendwie eigenartig, findest du nicht?"

„Also für mich ist die Sache glasklar", sagte Sahil bestimmt. „Sein Vater war Jäger, das passt zu der Hetzjagd im Sumpf. Davos selbst besitzt ein Segelboot, das würde die Art von Knoten erklären, und er ist ein sadistischer Dreckskerl, der seine Opfer gerne quält. Eine schwarze Hure mehr oder weniger macht für ihn den Braten nicht fett."

„Aber warum sollte er sie umbringen?" Elias ließ nicht locker und schaute Louann um Unterstützung heischend an.

Lass mich nicht hängen, Marino!

Sahil wurde ungehalten. „Vielleicht ist sie ihm in die Quere gekommen und wollte ihn verpfeifen. Er ist einfach durchgedreht!"

„Ich weiß nicht", sprang Louann Elias bei. „Irgendwie habe ich kein gutes Gefühl bei der Sache. Jemand, der kaltblütig einen Menschen abschlachtet, beauftragt doch keinen Profikiller, um die Drecksarbeit für ihn zu machen."

„Warum nicht? Vielleicht hat er ein gestörtes Verhältnis zu Frauen." Sahil war mit seiner Geduld fast am Ende. „Hört zu, es tut mir leid, aber ich habe hier noch hunderte Fälle, die auf euch warten. Da sind zum Beispiel diese Pharmadiebstähle, die wir immer noch nicht aufgeklärt haben. Kümmert euch darum! Der finanzielle Schaden für die Öffentlichkeit ist enorm. Der Präfekt will endlich Ergebnisse sehen, und ich auch!"

„Ja, aber ..." Louanns Bedenken wuchsen.

„Nichts aber! Das ist ein Befehl, Detective Marino! Das gleiche gilt für dich, Elias! Zeigt in anderen Fällen so viel Hartnäckigkeit, und wir werden die höchste Erfolgsquote der letzten Jahrzehnte erzielen!" Demonstrativ beugte sich Sahil über seine GCS-Konsole.

Louann unternahm einen letzten Versuch, ihren Boss umzustimmen. „Was ist mit Fleur? Geben wir sie jetzt einfach so auf?"

Sahil schaute hoch. „Die kleine Nutte hat sich selbst in diese Lage gebracht." Er wich Louanns vorwurfsvollem Blick aus. „Vielleicht war sie sogar selbst am Verbrechen beteiligt. Ich will nicht, dass ihr eure wertvolle Zeit damit vergeudet." Seine Finger trommelten ungeduldig auf der schwarzen, polierten Schreibtischplatte. „Ihr entschuldigt. Ich habe zu tun!"

Louann und Elias beschlossen, dass sich schlechte Nachrichten am besten bei einem leichten Mittagessen verarbeiten ließen und steuerten das *Moon Inn* an, eine bei Cops beliebte Agilo-Bar auf einer der nordöstlichen Skybridges. Dort war nicht viel los. Die meisten Agilo-Boards waren noch frei und so nahmen Louann und Elias zwei davon in Beschlag. Sie hatten Glück, denn Nahrungsaufnahme und gleichzeitige körperliche Betätigung, abgestimmt auf das zugeführte Essen, waren bei den vielbeschäftigten Hanseapolen sehr beliebt.

Die beiden bestellten zwei Endorphin-Menüs mit 40 Prozent tierischem Fett, gepresst in kleine würfelförmige, mundgerechte Portionen.

Außerdem noch zwei Cosmic Red, ein alkoholisches Mixgetränk, das dank seiner roten Z-Substanz den Alkoholgehalt im Blut sofort neutralisierte. Ein Segen für Cops im Dienst! Dann stellten sie sich auf die zwei mal drei Meter großen, ellipsenförmigen Boden-Displays, deren Sensoren Gewicht, Fitness und zugeführte Nahrung erfassten und analysierten. Nach wenigen Sekunden spross aus jedem Board ein virtueller Trainer, der sie höflich begrüßte und mit den ersten Trainingseinheiten begann. Kauend wiederholten Elias und Louann die vorgegebenen Übungen. Draußen tobte der Traffic. Tausende Gleiter, Lufttaxen und Frachter in jeder erdenklichen Farbe und Form schwirrten um sie herum. Auf der Skybridge selbst war davon kaum etwas zu hören. Die Polymer-Verkleidung mit Thermotropoberfläche sperrte einen Großteil der Geräusche aus. Dafür lärmten die Massen von Menschen, die sich auf der Jagd nach einem schnellen Happen oder einem günstigen Schnäppchen durch die langen Gangways schoben.

Aus dem Augenwinkel beobachtete Louann das kantige Gesicht ihres Partners. Sie atmete tief durch. „Elias, darf ich dich etwas Persönliches fragen?" Ihr Herz hämmerte, was nicht an den fünf Sit-ups lag, die sie gerade absolviert hatte.

Seine unheimlichen Augen bohrten sich in ihre, seine Miene war wie versteinert. Es fiel Louann schwer, seinem Blick standzuhalten. Sie blinzelte und verschlang mehr aus Verlegenheit denn aus Hunger eines der würfelförmigen Häppchen, die ihr der virtuelle Trainer reichte. Daraufhin entspannte sich der finstere Zug um Elias' Mund.

„Ich glaube, ich weiß, was du mich fragen willst ..." Er räusperte sich. „Es ist ein genetischer Defekt. Meine Mutter wollte einen hübschen Vorzeigesohn mit blondem Haar und blauen Augen! Das ging mächtig in die Hose, was?" Er stieß ein bitteres Lachen hervor und vollführte eine perfekte Ein-Bein-Drehung. „Ich wurde 2025 geboren, kurz nach der Katastrophe. Unter normalen Umständen hätten sie mir nach der Geburt Iris-Implantate eingesetzt, doch damals war nichts normal." Seine Stimme klang gepresst und er schaute mit leerem Blick auf den virtuellen Trainer vor sich. „Die Krankenhäuser waren zum Bersten voll, Ärzte und Pflegepersonal arbeiteten bis zur totalen Erschöpfung, um die Flutopfer notdürftig zu behandeln. Meine Metallaugen fielen da kaum ins Gewicht. Vor allem, weil sie, wie sich bald herausstellte, überdurchschnittlich gut funktionierten ..."

„Was meinst du mit ‚überdurchschnittlich gut funktionierten'?" Louann keuchte leicht.

Puh! Springen, kauen und gleichzeitig reden kann ganz schön anstrengend sein!

„Auf meiner Netzhaut befinden sich sechsmal mehr Sehzellen als bei einem normalen Menschen ..."

„Was bedeutet das? Kannst du besser sehen als wir?"

„Ja.“

„Wie viel besser?“, bohrte Louann nach.

„Na ja, ich sehe Farbunterschiede, wo andere Volltöne sehen ... außerdem erkenne ich Feinheiten besser und nehme kleinste Bewegungen besser wahr als die meisten anderen ...“ Bei diesen Worten grinste Elias etwas verlegen.

„Wow!“ Louann legte eine respektvolle Schweigeminute ein, während sie einige saubere Links-Rechts-Kombinationen ausführte. „Und warum hast du mich letzte Woche den Tatort absuchen lassen, wenn du solche Super-Augen hast?“

„Ich wollte nur sehen, was du drauf hast! Außerdem habe ich befürchtet, dass du mir schlapp machst, wenn du länger bei der Leiche bleibst!“

„Haha, sehr witzig!“, grummelte Louann. Ihr war der spöttische Unterton in Elias’ Stimme keineswegs entgangen. „Hast du eigentlich mal daran gedacht, dir als Erwachsener die Iris ersetzen zu lassen?“, hakte sie nach, worauf Elias eine ruckartige Bewegung in ihre Richtung machte, die nicht auf dem Trainingsplan stand.

Louann erschrak. War sie zu weit gegangen? „Tut mir leid, Elias. Ich wollte dich nicht beleidigen.“

„Schon gut“, antwortete er und massierte nervös seine vernarbte Augenbraue. „Deine Frage ist sicher berechtigt.“ Kurzes Schweigen. „Es ist nur so: Irgendwann hatte ich mich daran gewöhnt, verstehst du? Die weißen Haare, die Augen. Sie gehörten zu mir. Sie haben mich zu dem gemacht, was ich bin. Entweder akzeptieren mich die Menschen wie ich bin oder nicht.“ Er schaute Louann eindringlich an. „Man sagt, Augen sind die Spiegel der Seele. Was meinst du? Ob das wohl auch auf mich zutrifft?“, fragte er leise. Sein Blick schien sich an ihrem festzusaugen. Louann wusste nichts darauf zu erwidern und schaute ihn betreten an.

„Und was ist mit deiner Onyx-Schlange?“, fragte sie schnell, nur um das Thema zu wechseln.

Elias runzelte die Stirn. „Was soll damit sein?“ Er machte einen Ausfallschritt, um anschließend einen Sprung zu machen.

„Na ja, man hört so allerhand ...“

„Aha, tut man das? Also, ich finde, für heute habe ich genug von mir erzählt, Marino ...“ Elias wollte noch etwas sagen, da knarrte es in seinem InterCom. „Ja?“, fragte er, erleichtert, das Thema nicht weiter verfolgen zu müssen. Dann sprang er auf die Füße. „Was?“ Er schrie fast. Einige Leute drehten sich nach ihm um, woraufhin er die Stimme senkte. Jetzt sprach er so leise, dass Louann Mühe hatte, ihn zu verstehen. „Das kann ja wohl nicht wahr sein!“

14

„Ich habe mit ihr gesprochen, Bruder. Wir haben einen neuen Auftrag", sagte sie zu dem Mann, der vor der Couch auf dem Boden saß und meditierte. Keine Reaktion. „Es ist ein wichtiger Auftrag und wird unserer Bruderschaft große Ehre erweisen ...", fügte die schlanke Gestalt hinzu, ohne die sanfte Stimme zu heben.

„... und weiter?" erwiderte der Mann mit der gleichen sanftmütigen Stimme vorausdenkend. Sein Blick blieb verschlossen.

„Es muss wie ein Selbstmord aussehen. Man darf unser Werk nicht erkennen", antwortete sie und empfand ein warmes Glücksgefühl über die tiefe Verbundenheit mit ihm. Mittlerweile konnte er jeden ihrer Gedanken lesen. „Und das Ziel selbst ...", fuhr sie fort, „... wird schwer bewacht", ergänzte er leichtfüßig. Dann riss er seine Augen auf. „Von *Offiziellen*!"

„Ich freue mich darauf, mein Liebster", hauchte sie in sein rechtes Ohr.

Lass uns die Einzelheiten durchsprechen, aber erst nach unserem Kampf!

Dabei schnellte ihre Hand in Richtung seiner Kehle und wurde abrupt vom Unterarm des Mannes gestoppt.

„Du wirst heute verlieren, Schwester!"

„Gern."

„Ich weiß."

Dynamisch glitt die graue Yacht über die rauen Wellen der Ostsee. Die Segeldrachen waren bereits 40 Meter vor dem Bug an der Leine aufgestiegen. Vielleicht werden sie uns auf ihren Sensoren sehen, dachte der Mann. Aber erst nach weiteren 20 Metern klinkte er sich aus und überließ sich dem salzigen Wind. Er brauchte sich nicht umzuschauen, um zu wissen, dass sie neben ihm war. Er fühlte es nicht, er wusste es. Auch die Frau hatte sich gleichzeitig von ihrem Drachen gelöst. Jetzt schwebten beide wie zwei einsame Zugvögel am schwarzen Himmel lautlos ihrem Ziel entgegen, der Insel Naissaar.

Noch 23 Minuten bis zur Landung, dann würde der schwierige Teil des Auftrags beginnen. Der Tod eines *Offiziellen* war gut und richtig, aber er sollte auch als das Werk der Bruderschaft erkannt werden, hatte er argumentiert. Doch hier gingen offenbar andere Interessenslagen vor. Seine Ansichten spielten im großen Konstrukt der Bruderschaft eine untergeordnete Rolle. Er war lediglich ein Werkzeug und zusammen mit ihr waren sie *das* Werkzeug der Bruderschaft für außergewöhnliche Fälle. Fälle, bei denen *Offizielle* ihr unnützes Leben verloren. So wie auch heute.

Ein Piepen in seinem InterCom signalisierte ihm, dass sie soeben vom Millimeter-Radar der Küstenwache erfasst wurden, passive Ortung. Wie auf Kommando stießen beide in einer schnellen Linkskurve auf das Anwesen herab. Zwei angreifende Raubvögel, lautlos und unsichtbar. Der Gleiter des Sicherungsteams stand auf der Landeplattform vor dem Haus. Die Wärmesignaturen verrieten ihnen, dass sich zwei Personen im Gleiter aufhielten, während nur eine Person den Haupteingang bewachte.

Wie in einem Ballett, perfekt choreografiert, landeten die Todesengel auf dem schmalen Dach auf der Ostseite über der Veranda. Ein gleichmäßig starker Westwind trieb die Geräusche von den Bewachern weg. Sie lösten sich von ihren Gleitdrachen und schlichen geduckt über den Dachvorsprung, um sich vom Überhang herunter auf die Veranda fallen zu lassen. Vollkommen lautlos. Ohne Hast gingen sie auf den Eingang der Veranda zu. Die Tür zum Schlafzimmer war aus transparentem Dura-Liquid. So polarisiert, dass man sie im Moment nur von innen durchschreiten konnte.

Die Frau fischte ein kleines, schwarzes Kästchen aus ihrer Kampfweste und hielt es an das Dura-Liquid. Es strahlte auf einer bestimmten Frequenz elektromagnetische Wellen aus. Diese besaßen keine hohe Reichweite, waren aber dafür konstant. In der Tür bewegte sich etwas. Als hätte man einen kleinen Kieselstein ins Wasser geworfen, tanzten nun ringförmige, kleine Wellen auf der Oberfläche und beruhigten sich nach wenigen Sekunden wieder. Die Frau packte das Kästchen wieder ein. Die Tür war jetzt umprogrammiert. Rasch schlüpften beide Gestalten hindurch und standen nach nur wenigen Schritten vor einem großen Himmelbett. Das aschfahle Licht der Nachtbeleuchtung warf graue Schatten auf die schlafenden Körper vor ihnen.

Lautlos beugte sich der Mann über die schlafende Ehefrau und hielt ihr eine kleine Atemmaske vors Gesicht. Dabei ging er sanft und behutsam vor. Aus einer kleinen Hochdruck-Patrone an der Maske trat Xenon heraus, vermischte sich mit der Atemluft und sorgte für eine hocheffektive Betäubung. Nach wenigen Sekunden ging von der Ehefrau keine Gefahr mehr aus. Der Mann blickte zu seiner Partnerin. Sofort griff sie den schlafenden Ehemann an. Sie drückte ihm einen kleinen, mit Gel gefüllten Plastikbeutel als Knebel in den Mund und riss seinen Arm nach hinten, während sie ihr Knie auf seinen Rücken presste.

Der irritierte, schmerzverzerrte Schrei ging in einem dumpfen Gurgeln unter; im Raum kaum hörbar und definitiv nicht wahrnehmbar außerhalb des Raumes.

„Wenn du schreist oder dich wehrst, stirbt deine Frau sofort und danach deine Kinder!", hauchte sie ihm ins linke Ohr und drehte seinen Kopf ganz nach rechts, wo er seine betäubte Frau und die schwarze Gestalt neben ihr sehen konnte. Der Geknebelte war vollends wach und verstand. Er nickte übereifrig. „Ich werde dich jetzt loslassen und du wirst zuhören!" Nochmaliges, eifriges Nicken. Nachdem sie von ihm abgelassen hatte, drehte er sich um und krabbelte rückwärts von ihr weg, bis ihn die Wand in seinem Rücken stoppte. Seine Wirbelsäule und seine Schulter schmerzten höllisch. Er traute sich nicht, den Knebel anzufassen.

Ihr Götter ... Wer sind die und was wollen die von mir?

„Wir haben einen Auftrag für dich, Diener der Unterdrückung!",
begann sie ihre Rede leise. Mit angestrengtem Blick versuchte das
Opfer ihren Worten zu folgen. „Schon lange wartet die freie Welt
auf ein erneutes Signal von uns und heute werden wir es ihr geben.
Die Botschaft lautet: Niemand ist unerreichbar für die Bruderschaft
der Schwarzen Schlange!"

Er verstand nichts von dem, was sie sagte, aber seine Angst stieg
ins Unermessliche.

„Du wirst unsere Botschaft tragen, nein, verbreiten wirst du
sie!", sprach sie bedeutungsvoll unter Zimmerlautstärke. Es folgte
ein zittriges Nicken mit fragendem Blick. „Nimm jetzt deinen Knebel heraus und höre weiter zu", wies sie ihn an und hielt ihm dabei
einen Blaster vors Gesicht.

Er zögerte einen Augenblick, dann zog er sich die Gel-Blase aus
dem Mund. Er musste heftig würgen und begann, am ganzen Körper zu zittern. Mit einem verächtlichen Grinsen unter der schwarzen Maske fuhr die Frau mit den Anweisungen fort.

„Hier ist eine kleine Kapsel. Die wirst du schlucken. Das ist ein
niedrig dosiertes Nervengift, als Strafe für deine verbrecherischen
Taten. Nichts im Vergleich zu dem, was ihr den freien Völkern
antut, also erwarte von uns kein Mitleid."

In panischer Angst schüttelte der Mann den Kopf und rang leise
wimmernd nach Luft.

„Du tust es! Oder du stirbst. Aber erst, nachdem du deiner Familie beim Sterben zugesehen hast!", brach sie seinen Widerstand.
„Diese Kapsel löst sich langsam im Magen auf. Du hast also genügend Zeit, deinen Leibarzt herbeizurufen, sobald wir wieder weg
sind."

Sie drückte ihm die kleine, braune Kapsel in die rechte Hand.
„Wir beide gehen jetzt leise hinunter in die Küche. Dort holst du dir
ein Glas Wasser." Sie sprach in einfachen Sätzen, damit er sich ihre
Anweisungen   merken   konnte.   „Danach   schaltest   du   die

Zimmerüberwachung ein. Ja, Elendsknecht, wir wissen davon!" schob sie triumphierend ein. „Danach setzt du dich auf die Couch, wo du deinen großen Auftritt haben wirst. Die einzigen Worte, die ich dann aus deinem verlogenen Mund hören will, sind folgende. Hör genau zu: Ich bin schuldig und diese Schuld kann ich nicht reinwaschen!"

Sie wiederholte noch einmal den Satz. „Ich bin schuldig und diese Schuld kann ich nicht reinwaschen! Los, wiederhole!"

Mit wimmernder Stimme gab er die Botschaft wieder.

„Gut! Und jetzt gehen wir." Sie zog ihn hoch und schubste ihn zur Tür. „Und denk dran, ich behalte dich im Auge. Ein falsches Wort, und mein Bruder hier kümmert sich um den Rest deiner Brut."

Sein Herz flatterte, als er zur Tür ging. Schreien war keine Option, wegrennen auch nicht und an seine Waffe im Arbeitszimmer würde er auch nicht herankommen. Was aber, wenn er die Kapsel nicht schlucken würde? *Ich kann ja so tun als ob* … Angeblich zeigte sie nicht sofort Wirkung. Er musste nur das kleine Spiel mitspielen, die kurze Demütigung über sich ergehen lassen, dann würde er blitzschnell den Wachdienst alarmieren. Solange er unten sitzen blieb, konnte sie ihm nichts tun, ohne in den Fokus der Überwachungskameras und Sensoren zu geraten. Ja, das war ein guter Plan. Schnell das Beste aus einer Situation machen, das war schon immer seine Stärke gewesen.

„Wann treten die Schmerzen ein und wie viel Zeit bleibt mir, um Hilfe zu holen?", gab er sich ängstlich und unterlegen.

„Wenn du die Kapsel geschluckt hast, hast du noch eine Stunde Zeit. Du schluckst die Kapsel, sagst deinen Satz auf und bleibst noch fünf Minuten sitzen. Dann gehst du wieder zurück ins Schlafzimmer zu deiner Frau!"

Er nickte.

„Jetzt kein Wort mehr!"

Leise gingen sie die Treppe hinunter. Auf halbem Weg blieb sie stehen und zeigte auf die offene Küche und danach in Richtung Couch. Er ging mit hängenden Schultern zum Aluminium-Waschbecken, wo er ein Glas mit Wasser füllte. Die automatischen Sensoren erfassten ihn und zeichneten die Geschehnisse auf. Mittlerweile hatte er sich wieder im Griff. Dennoch setzte er sich mit wehleidigem Gesicht auf die GCS-Couch im Wohnbereich.

Wie in einem Laientheater blickte er zur Regie, die auf der Treppe im Verborgenen saß. Ruckartig zeigte sie ihm den Blaster und ebenso ruckartig blickte er wieder in die Leere des Wohnbereichs zurück. Er atmete tief ein. Und sprach den Satz: „Ich bin schuldig und diese Schuld kann ich nicht reinwaschen!" Dann nahm er die Kapsel demonstrativ in den Mund, trank das Wasser aus und stellte das Glas leicht theatralisch auf den kleinen Carbonit-Tisch vor sich. Er hatte es geschafft, die kleine Kapsel im Mund zu behalten. Aus den Augenwinkeln beobachtete er, wie sich die Frau von der Treppe erhob und in Richtung Schlafzimmer zurückschlich. Wie dumm von *ihr*, nicht nachzuschauen, ob er die Kapsel auch wirklich genommen hatte.

Wie dumm von *ihm* zu glauben, in der Kapsel wäre das Gift gewesen. Sie hatte noch nicht die Tür zum Schlafzimmer erreicht, da lag das Ziel bereits in seinen letzten Zuckungen. Mit einem kurzen Röcheln und verkrampften Innereien verabschiedete sich der *Offizielle* von dieser Welt. Hoffentlich landet er in der Hölle, aus der er kam, wünschte sich die Frau inbrünstig. ***Ein Übel weniger!*** Lautlos ging sie zu ihrem Bruder zurück, der der frisch gebackenen Witwe behutsam die Atemmaske abnahm. Das Xenon würde in kürzester Zeit wieder aus ihrem Körper entweichen, ohne eine Spur zu hinterlassen.

Vorsichtig packte sie den todbringenden Knebel wieder ein, der noch auf dem Bett lag. So leise, wie das Paar eingetreten war, schritt es wieder aus dem Raum. Während er sich nach den Wachen umschaute, programmierte sie das Dura-Liquid wieder um.

Plötzlich ließ der Gleiter vor dem Haus die Rampe herunter. Der Mann gab seiner Partnerin ein Zeichen, beide ließen sich lautlos fallen und blieben wie angefroren am Boden der Veranda kleben. Auf seinem Display erkannte der Mann eine Signatur, die sich vom Gleiter in Richtung Haus bewegte. Sie ging zügig, rannte aber nicht. Entwarnung! Es war nur ein harmloser Wachwechsel vor der Tür. Der Wachmann am Eingang ging bereits auf sie zu und wartete nicht, bis seine Ablösung an der Haustür angekommen war. Die zwei tauschten ein paar unverständliche Sätze aus und trennten sich wieder.

Die beiden schwarzen Gestalten blieben noch eine halbe Stunde auf der Veranda liegen und warteten, dass sich die neue Wache an die Geräuschumgebung gewöhnt hatte; in dem Wissen, dass ihre Aufmerksamkeit mit der Zeit etwas nachlassen würde.

Ihr Auftrag war nahezu erledigt, nun mussten sie zurück zum Aufnahmepunkt über dem Meer. Langsam erhoben sie sich, schwangen sich leise auf das Dach und legten die Gleitdrachen wieder an. Sachte krochen sie zum meerseitigen Ende. Die sonst eher raue Ostsee brandete moderat, aber stetig gegen das Riff. Die künstliche Klippe der Insel war in den letzten Jahren mehrfach aufgestockt worden. Ursprünglich hatte die Insel nicht mehr als 27 Meter über dem Meer herausgeragt. Doch inzwischen war der höchste Punkt auf der Insel doppelt so hoch. Nach ihren Berechnungen würde die Höhe für einen Start mit den Drachen ausreichen.

Der Mann blickte zur Seite in Richtung Gleiter. Die zwei Personen im Inneren würden sie nicht sehen können, sofern sie keine elektronischen Hilfsmittel benutzten. Die Nacht war einfach zu dunkel, ihre Tarnanzüge zu effizient und die Entfernung zu groß. Er schaute zu seiner Partnerin hinüber und wie auf Kommando richteten sich beide ein wenig auf. Sie kauerten auf der Stelle, während die Frau noch zwei kleine Schritte zur Seite machte, um ihn mit der Spannweite ihrer Schwingen nicht zu stören. Beide breiteten ihre Flughäute aus, deren Oberfläche sich sofort versteifte. Im

Nu griff und zerrte der Wind in die Konstruktion an ihren Armen. Um sich nicht alle Knochen zu brechen, würden sie den Sturzflug im letzten Moment über dem Wasser abfangen müssen.

Beide stürzten sich Kopf voran in den Wind. Die Felswand raste an ihnen vorbei und in Sekundenbruchteilen kam ihnen die aufgewühlte Wasseroberfläche entgegen. Die Frau drückte ihren Oberkörper durch, den Kopf in den Nacken. Rasend schnell zischte sie übers Wasser, vorbei an ihrem geliebten Bruder. Sie waren bereits so tief, dass sie ohne ihre Masken die Wassertropfen der Gischt hätten spüren können. Nach wenigen Sekunden war für ihn der Flug zu Ende. Mit einem dumpfen Platschen durchschlug er die Wasseroberfläche, während sie die Augen schloss und vertraute. Hart tauchte auch sie in die Wellen ein.

„Hast du das gehört?"
    „Was?"
    „Da war ein Platschen!"
    „Ach, sag bloß! Dir ist aber schon aufgefallen, dass wir auf einer Insel mitten in der Ostsee sitzen?"
    „Du kannst mich mal!"

Die beiden Drohnen befanden sich auf der vereinbarten Position. Er hatte seine bereits übernommen, aber wo war seine Schwester? Im grünen Schleier der Ostsee konnte er zunächst nichts erkennen. Da! Ein schwarzer Schatten glitt an ihm vorbei, das Display in seiner Maske zeigte das richtige Symbol an.

Geliebte ... Unser Auftrag ist vollbracht. Sie hatte es geschafft, auch wenn sie ein wenig über das Ziel hinausgeschossen war. Er war beruhigt, denn sie war schon immer eine gute Schwimmerin gewesen. Mit wenigen Zügen war sie an ihrer Tauchdrohne, um sie zu aktivieren. Bei gleichmäßiger Geschwindigkeit zogen beide ihre Unterwasserbahn in Richtung Yacht. Irgendwo hinter ihnen begannen sich ihre Flughäute im hoch salzigen Wasser zu zersetzen.

Grüne Stille umgab sie. Ob der *Offizielle* die Kapsel tatsächlich geschluckt hatte?, fragte er sich. Irrelevant, antwortete sie ihm gedanklich. Es passt ins Bild des Selbstmords, und darauf kommt es an.

15

Davos war also tot. Selbstmord, so wie es aussah. Louann war bestürzt. Jetzt würde sie wahrscheinlich nie erfahren, was wirklich mit Fleur passiert war. Armes Ding! Egal, in welche Machenschaften die Kleine verstrickt war, Louann fühlte sich verantwortlich. Sie nippte lustlos an ihrem Kaffee und dachte scharf nach. Bevor sie verschwand, war Fleur im Medizinischen Trakt gewesen, um sich dekontaminieren zu lassen. Fleurs bildhafte Beschreibung der Ereignisse vor, während und nach der Tat war größtenteils erfunden, so viel war sicher. Möglicherweise hatte sie damit Davos in Misskredit bringen wollen ... Aber warum? Schließlich hatte sie laut Pearls Zeugenaussage am gleichen Abend mit ihm ausgelassen gefeiert ... Mhm ... Eigentlich ein Ding der Unmöglichkeit mit giftigen Substanzen im Körper. Offenbar war Fleur nicht dabei gewesen, als Phanie ermordet wurde. Wozu also die Dekontamination? Mit einem lauten Klirren setzte Louann ihre Tasse ab. Verdammt, warum war ihr das nicht früher eingefallen? Sie hatten sich in ihrer Gier auf Dion Davos gestürzt und diesen Aspekt völlig außer Acht gelassen.

Ich muss das unbedingt checken!

Kurz dachte sie daran, Elias zu benachrichtigen, doch dann entschied sie sich dagegen. Der Fall war offiziell abgeschlossen. Warum unnötig die Pferde scheu machen?

Louann verließ die Ruhe-Lounge der Sektion 3, ging zu einem der Briefingräume und loggte sich in den Zentralserver ein. Schon nach wenigen Sekunden konnte sie sich davon überzeugen, dass für Fleur Martinez tatsächlich eine Patientendatei angelegt worden war. Doch als sie die File öffnen wollte, wurde sie darauf hingewiesen, dass die verschlüsselte Datei ausschließlich im Medizinischen Trakt eingesehen werden konnte.

Louann war verwirrt – sie hatte nicht gewusst, dass es solche Bestimmungen gab –, dennoch machte sie sich auf den Weg. Sie ging die Gangway hinunter und eilte zum Expresslift. Die Sensoren erkannten ihr S3-Implantat und gaben den Eingang zum Lift frei. „Medizinischer Trakt", befahl sie und schon fuhr sie im gläsernen Aufzug drei Level in die Tiefe. Unten angekommen brauchte sie einige Sekunden, um sich zu orientieren. Um den Aufzug herum gingen fünf weiße Gänge sternenförmig ab. Sonst war nichts zu sehen. Keine Aufschrift, kein Schild. Nichts. Unentschlossen trat Louann einen Schritt nach vorn, als sich direkt vor ihr ein weiß uniformiertes Hologramm aufbaute. Weiblich, mit langen blonden Haaren und weißem Lächeln.

„Guten Morgen, Detective Marino. Was kann ich für Sie tun?", fragte die hübsche Blondine mit tonloser Stimme.

„Ich möchte gern eine verschlüsselte Patientendatei einsehen."

„Wie lautet die Nummer?"

„Äh ... MDP-827-615", antwortete Louann nach kurzer Überlegung.

„Gehen Sie einfach diesen Gang entlang, zweite Tür rechts. Setzen Sie sich bitte an die B-Konsole. Wir transferieren alle Unterlagen dorthin", erklärte das Hologramm und zeigte nach links.

Louann bedankte sich und ging langsam in die angezeigte Richtung. Die weiße Leere um sie herum hatte etwas Beunruhigendes. Ein ungutes Gefühl kroch in ihr hoch und sie zögerte kurz, bevor sie den Raum betrat. Drinnen steuerte sie die vereinbarte Konsole an, eine von fünf, die im Raum verteilt waren. Die angeforderte Datei flimmerte bereits über den Screen. Stirnrunzelnd überflog Louann Fleurs Krankengeschichte. Da stand es. Schwarz auf weiß. Im Blut des Mädchens waren hohe Konzentrationen von Thallium nachgewiesen worden. Louann starrte angestrengt vor sich hin, ohne wirklich etwas zu sehen. Wie konnte das sein? Waren die Daten vielleicht manipuliert worden? Sie musste unbedingt mit dem zuständigen medizinischen Assistenten sprechen. Gerade, als sie überlegte, Elias zu informieren, öffnete sich die Tür hinter ihr.

Erschrocken drehte sich Louann um, ihr Herz hämmerte schmerzhaft gegen ihre Brust, dann atmete sie erleichtert aus. „Ach, hallo!", begrüßte sie den Neuankömmling und lächelte. Ihre großen Augen sahen ihn so offen an, dass er zurücklächeln musste. *Was für ein Jammer!* Gleichzeitig hob der Mann den Arm und schoss Louann mit seiner HK-X245 direkt ins Herz.

Die Wucht des grünen Blitzes ließ sie brutal gegen die Wand prallen. Ihr Blick verschleierte sich, dann begann ihr Inneres zu brennen. Verzweifelt versuchte Louann zu atmen, doch ihre Lungen stachen wie Feuer. Die schlanke Gestalt vor ihr zerbrach in Einzelteile, während ein pfeifender Ton an ihr Ohr traf. Es war ihr eigener Atem. Ihre Beine knickten ein. Louann schaute dem Verräter ins Gesicht; zum letzten Mal in ihrem Leben. Ihre Lippen formten ein stummes „Warum?". Dann schlug sie hart auf dem Boden auf und blieb regungslos liegen.

Der Mann schaute mit Bedauern auf Louann herunter. Es tat ihm leid um sie. Sie war eine engagierte, kleine Person gewesen, doch hatte sie nicht begriffen, wann sie damit aufhören musste. Er zuckte mit den Schultern. Die Mission hatte Vorrang und Bauern wurden in diesem Spiel nun mal geopfert.

In aller Ruhe setzte sich der Mann an die Konsole, an der zuvor Louann gesessen hatte. Ihr Stuhl war noch warm. Ohne sie eines weiteren Blickes zu würdigen, aktivierte er den Alarm. Gleichzeitig stoppte er alle Aufzüge. Das alles geschah mit bedächtigen Gesten, ohne jede Hektik. Dann stand der Mann auf, schlenderte aus dem Raum und nutzte die Verwirrung im Gebäude, um zur Notfalltreppe zu gelangen, die zum Evakuierungstunnel führte. Von da aus war es für ihn ein Kinderspiel, unauffällig aus der Sektion 3 zu verschwinden. Seine Arbeit hier war getan. Er wusste, die Cops würden sich an seine Fersen heften und alles tun, um eine der Ihren zu rächen. Der Mann lächelte spöttisch.

Währenddessen würde ein anderer in aller Ruhe die Mission beenden können.

Regungslos starrte Elias auf das Überwachungsvideo. In Endlosschleife spielte sich vor seinen Augen immer wieder dieselbe Szene ab. Der Mann ging auf seine Partnerin zu, lächelte freundlich und drückte ab. Schnitt. Der Mann ging auf seine Partnerin zu, lächelte freundlich und drückte ab. Schnitt. Der Mann ging auf seine Partnerin zu, lächelte freundlich ... Nur langsam erwachte Elias aus seiner Erstarrung. Seine Fäuste ballten sich zusammen, die vernarbten Knöchel wurden kreideweiß. In seinem Kopf formte sich ein einziger, hasserfüllter Gedanke: Sahil! Er presste die Lippen fest zusammen, seine kalten Augen glänzten metallisch. Egal, wo sich dieses miese Stück Dreck verkriechen würde, ob auf, über oder im Planeten. Er würde jeden Stein umdrehen und Sahil finden. Und dann würde er die falsche Schlange mit bloßen Händen erwürgen! Ganz langsam, damit sie beide etwas davon hatten.

Das, Kumpel, ist ein Versprechen!

Wie es weitergeht, lesen Sie im 2. Band:

Sektion 3 | Hanseapolis - Schattenspiele

Glossar

Agilo-Konzept
Nahrungsaufnahme und gleichzeitige körperliche Betätigung, abgestimmt auf das zugeführte Essen.

ATS – Analyzing Tube System
Sensorisches Analyse-Verfahren in der Gerichtsmedizin, bei dem z.B. Gewebeproben verglichen oder Gesichter rekonstruiert werden.

Broker
Illegale Vermittler von Prostituierten.

Citoyen Zero
Hanseapolen, die kurz nach der Großen Flut geboren sind.

City Toys
Staatliche Behörde zur Vermittlung von Prostituierten.

CS/X
Flaches, handflächengroßes Gerät zur Tatortanalyse und Speicherung von Indiziendaten, unter anderem mit einem Infrarotscanner, einer holografischen Projektionsfläche und einem direkten Zugang zum Zentralserver ausgestattet.

DELFI – Delinquent File
Verbrecherdatei der Europäischen Föderation.

Dura-Liquid
: Semi-permeabler Verbundstoff aus Aluminium und speziellen Nano-Kunststoffen, dessen Durchlässigkeit durch die Programmierung der Nano-Partikel geregelt wird.

FIAZ – Financial Interaction Zone
: Über GCS zugängliches Finanzportal.

GCS – Global Communication Sphere
: Weltweite Plattform für Kommunikation, Information, Business und Entertainment.

HCS – Healthcare Security System
: Mobiles, medizinisches Überwachungs- und Regelungssystem von menschlichen Vitalfunktionen, das selbsttätig einfache Rettungsmaßnahmen einleiten kann.

Head-Up Display
: Anzeigefeld im Helm eines Kampfanzugs, das Informationen in das Sichtfeld des Trägers projiziert.

Helium-3
: Edelgas, das auf dem Mond gefördert und zur sauberen Energieerzeugung genutzt wird, z.B. beim Antrieb von Gleitern.

HK-X245
: Standard-Laserwaffe der Polizei, mit mehreren Energiestufen: von leicht schmerzhafter, über betäubende bis hin zu tödlicher Wirkung.

HolOfficer
: Informationshologramm der Behörden, beantwortet interne Anfragen sowie externe Besucheranfragen.

Hydropurit

Gallertartige, grünliche Masse, die kostbares Wasser ersetzt, deren zwölfprozentige Dichte aber einen ähnlichen Auftrieb aufweist.

InterCom

Multifunktionales Kommunikationssystem mit Hörmodul im Ohr.

InterimPairing

Partnerschaftsvertrag zwischen zwei Menschen, der alle fünf Jahre verlängert werden kann und den antiquierten Ehevertrag ersetzt.

Levitake I

30 Jahre alter Kurierfrachter, als einer der ersten Gleiter mit serienmäßigem VTOL, Vertical Take Off and Landing, ausgerüstet.

Map Board

Dreidimensionale Karte zur Ansicht von Gebäude- und Lageplänen.

MEC – Mobiles Einsatz Center

Hochtechnisierter, gepanzerter Polizeigleiter, der als Streife, Office und Verhörraum dient.

Mentalkugel

Wirkungsbereich eines Suggestors, umgangssprachlich auch *Superbowl* genannt.

MiniCube

Datenspeicher mit hoher Speicherkapazität.

Nanobots

Roboter im Kleinstformat.

NanoCam

Hochauflösende Kamera im Miniformat.

Neurokommunikator, auch Neuroimplantat

Wird direkt in die Hornhaut eingepflanzt und über die Gehirnströme gesteuert, ermöglicht die Video-Audio-Kommunikation mit anderen Menschen und eröffnet einen direkten Kanal zur GCS.

NIP – Non Identified Person

Person, die illegal in die Europäische Föderation eingereist ist und deren DNA nicht zentral gespeichert wurde.

Null-Ebene

Erdboden und zugleich „Slums" von Hanseapolis. Gehalt an Stickoxiden und Schwermetallen liegt bei 30 Prozent, der Aufenthalt im Freien ohne Atemmaske und Augen-Protektionsgel ist lebensgefährlich.

Onyx-Schlange

Schwarze Onyx-Platten in Form einer Schlange, die sichtbar in die Haut eingepflanzt werden und vom Fingernagel über den Arm bis zum Hals verlaufen.

S3-Implantat

Wird jedem Mitglied der Sektion 3 in die Schulter injiziert, darauf gespeichert ist die persönliche ID-Nummer. Im Notfall kann der Träger über sein Implantat lokalisiert werden.

SEK – Spezialeinsatzkräfte
Zusammenschluss von militärischen und polizeilichen Sondereinheiten aus Hanseapolis. Je nach Einsatzanforderung bedienen sich die Mitglieder sowohl aus dem militärischen als auch polizeilichen Waffenarsenal.

Sektion 3
Morddezernate in der Europäischen Föderation mit autarken Dienststellen in allen Megacities.

Sim-Translator
Gerät, das jede Sprache der Welt simultan in die Wunschsprache übersetzt. Das Übersetzte wird in der Stimme des Sprechers wiedergegeben.

Sleeping Box
Versetzt den Nutzer in einen künstlichen Tiefschlaf. Jedes MEC der 500er Serie ist damit ausgestattet. Aufgrund der Ähnlichkeit mit einem silbernen Sarkophag trägt es den Spitznamen *Sarg*.

SOP – Standard Operation Procedure
Standardvorgehensweise bei Polizeieinsätzen.

Stunner
Flache, unauffällige Laserwaffe mit kurzer Reichweite und nichttödlicher Wirkung.

Suggestor
Ein Gedankenleser im Dienste der Polizei, der Zeugen in Trance versetzen und sie dazu bringen kann, die gesehene Tat noch einmal zu durchleben. Die Gehirnströme werden dabei gemessen und in holografische Bilder umgesetzt.

TacSuit
> Multifunktionaler Ganzkörperpanzer mit Tarnvorrichtung, Bewaffnung und Biosensorik zur Überwachung und Steuerung verschiedener Körperfunktionen.

TechCenter
> Hermetisch abgeriegeltes Waffen- und Wissenschaftslabor der Sektion 3 mit höchster Sicherheitsstufe.

Thermotrop-Technologie
> Gezielte Verschattung von transparenten Polymer-Fenstern, hervorgerufen durch Temperaturanstieg.

TraceChip
> Werden Vorbestraften sowie Gefangenen im offenen Vollzug in den Hals injiziert, damit sie jederzeit lokalisiert werden können.

TS 200-Implantat
> Illegales Lokalisierungs-Implantat von miserabler Qualität, verbunden mit Gesundheitsbeeinträchtigung.

Tubes
> Polymer-Röhren, zwischen den Towern von Hanseapolis gespannt. Im Innern befinden sich Expressbahnen, die Spitzengeschwindigkeiten von bis zu 600 km/h erreichen können.

Virtueller Kommunikator
> Schmale Brille mit ausfahrbaren, interaktiven Sichtgläsern aus transparentem Polymer, wird per Sprachmodus gesteuert. Ermöglicht die visuelle Kommunikation mit anderen Menschen und den Zugang zur GCS. Audio-Informationen sind nur in Kombination mit dem InterCom hörbar. Vorgängermodell des Neurokommunikators.

Wall-Flax
  Harte, bewegliche Luftkissenwand. Dient unter anderem zur
  Raumteilung.

X-Team
  Interne Bezeichnung für die Spezialeinsatzkräfte (SEK) der
  Polizeibehörde von Hanseapolis. „X-Team", weil alle Perso-
  nalfiles mit einer Geheimhaltungsklausel versehen sind.

YIN – Yahoogle Investigation Network
  Weltweites Nachrichtennetzwerk.

Miriam Pharo,

Jahrgang 1966, studierte in Mainz und Heidelberg Slawistik, Romanistik und Politikwissenschaften. Seit 1993 arbeitet sie als Werbetexterin für diverse Agenturen und Unternehmen.

Die französischstämmige Autorin lebt mit ihrem Mann südlich von München, wo an einem milden Frühlingstag die Idee zu *Sektion 3 Hanseapolis* entstand.